ランウェイ 上

幸田真音

角川文庫
19003

目次

主要登場人物相関図

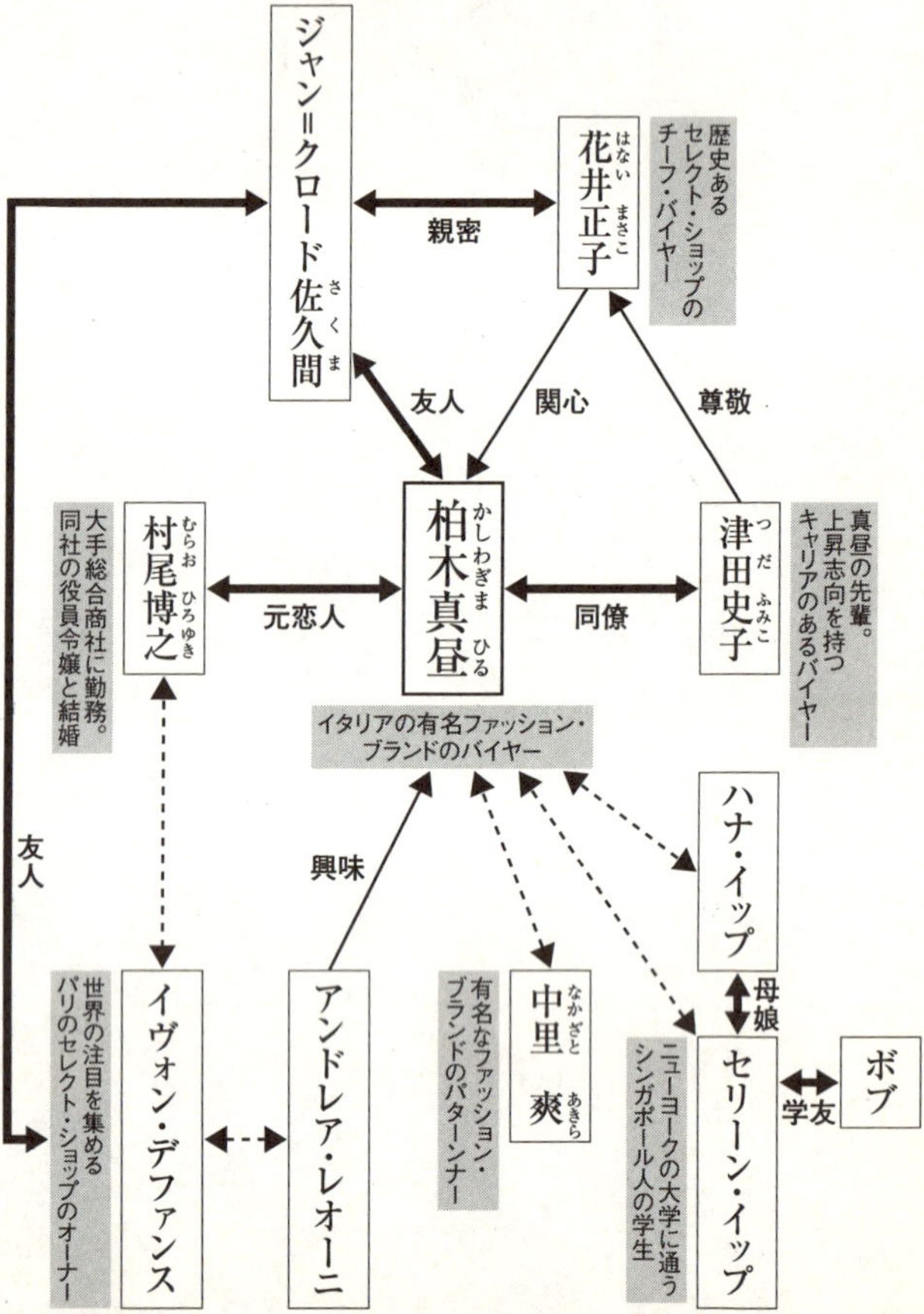
ジャン＝クロード佐久間《さくま》
親密
花井《はない》正子《まさこ》
歴史あるセレクト・ショップのチーフ・バイヤー
友人
関心
尊敬
村尾《むらお》博之《ひろゆき》
大手総合商社に勤務。同社の役員令嬢と結婚
元恋人
柏木《かしわぎ》真昼《まひる》
同僚
津田《つだ》史子《ふみこ》
真昼の先輩。上昇志向を持つキャリアのあるバイヤー
イタリアの有名ファッション・ブランドのバイヤー
友人
興味
ハナ・イップ
母娘
中里《なかざと》爽《あきら》
有名なファッション・ブランドのパターンナー
セリーン・イップ
ニューヨークの大学に通うシンガポール人の学生
学友
ボブ
イヴォン・デファンス
世界の注目を集めるパリのセレクト・ショップのオーナー
アンドレア・レオーニ

第一章　ミラノに恋して

「当機はあと二十分ほどで、アルプス山脈を越えます……」

機長のアナウンスが終わると、やがて機体がゆるやかに下降を始めるのが感じられた。

成田国際空港を飛び立ったのが、九月二十四日の日本時間午後一時。柏木真昼《かしわぎまひる》と先輩バイヤーの津田史子《つだふみこ》を含め、満席の乗客を乗せた日本航空四一七便は、約十一時間五十分の旅を経て、まもなくミラノ・マルペンサ国際空港に到着しようとしている。

真昼は、長いフライトですっかり強《こわ》ばってしまった背中を伸ばし、小さな窓から外に目をやった。

ついにイタリアにやって来た。

いよいよすべてが始まるのだ。そう思った途端、胸が締めつけられるほどの緊張感が襲ってくる。憧《あこが》れのミラノにやって来たという昂揚《こうよう》よりも、強烈な焦りのほうが先に立った。嬉《うれ》しさ以上に、言いようのない孤独感が迫ってくる。真昼はいてもたってもいられない思いで、大きく息を吸い込んだ。

ふと、席から伸び上がって斜め前方に目を移すと、八列ばかり先の席には、シートの背にもたれたままの津田の後頭部がわずかに見える。熟睡しているのか、それとも熱心に本でも読んでいるのか、その頭はぴくりとも動かない。

成田の空港カウンターでチェックインのとき、二人が離れた席になったのは、それだけミラノ直行便が混雑していたからだ。明日の九月二十五日から十月三日までは、ミラノ・コレクションが開催される時期で、日本からもかなりの人間が訪れるのだと聞いている。

二人は別々に出発便に乗り込んだ。正直なところ、それは真昼にとって束の間の救いだった。少なくとも十二時間弱のフライトのあいだは、津田と顔を合わせずに済む。よけいな気遣いでぐったりと疲れさせられることもないからだ。

もっとも、ミラノに到着してからの半月間の滞在では、おそらく朝早くから深夜まで、一分として気を抜くことは許されず、顔を突き合わせて過ごすことになるはずである。

溜《た》め息とも、深呼吸ともつかないままに、真昼はもう一度大きく息を吐いた。

窓の外は暗く、はるか下には初めて見るアルプスの峰が黒々と続いている。やがて山並みが途切れると、ときおり小さな町の灯りが、思い出したように点々と姿を現した。家の形も、教会のような建物も、定かには判別できない。ただ、山あいのあんな小さな村にも、人はたしかに住んでいるのだ。

あの温《ぬく》もりにあふれた灯りのなかには、どんな暮らしが営まれているのだろう。そんなことを考えていると、急に実家の母の顔が浮かんできた。

★★★

久しぶりに実家に電話をかけ、ミラノに出張することを告げたのは、出発の十日ばかり前のことだ。

「あなた元気にしていたの？　いつ電話しても留守電になってるし、伝言を残してもそれっきりだし、身体でも壊していないかって、心配していたんだから」

母のいつもながらの愚痴っぽい口調が、あのときばかりは涙が出そうなほど心に沁《し》みた。

中堅の電機メーカーの財務畑一筋に生きてきた父に寄り添い、家事や家族のことだけに心を砕いて暮らしてきた母に、仕事の話をしても理解しろというほうが無理だろう。真夏の正午に生まれたからといって、一人娘に「真昼」などという名前をつけてしまう父とともに、どんなことに対しても安全志向で、穏やかではあるが、それゆえに平凡すぎる生活を望んだのだ。

「真昼」などという名前のせいで、クラスではいつも男の子にからかわれていたことも、父の前では決して口にはしなかった。

「なんせ、生まれた瞬間に昼の時報が鳴ったんだからね。この子は運のいい娘だと直感した。きっと幸せになる。お父さんはそう確信したな」

　酔うたびに、父は嬉しそうに言っていたが、本当のところは、自分は全然運のいい娘なんかじゃなかった。直感的な名前をつけておきながら、直感的に生きることを否定する父。私の人生は、ちっとも「真昼」なんかじゃないよ。陽のささない夜ばっかりだ。真昼はいつもそう思いながら生きてきた。

　父のためにいい娘を演じるのはもうやめる。そう思ったのは、二十四歳になったばかりの夏、初めて立ち上がれないほどの失恋をしたときだ。安全とか、中庸《ちゅうよう》なんていう人生もウンザリだ。そして、そう思いながらも、いい娘を演じ続けてきた自分自身には、もっと腹が立っていた。

　大学は私立の英文学部を選び、卒業後は深く考えもせず中堅商社のグローバル物産に就職した。そこで知り合った二年先輩の村尾《むらお》博之《ひろゆき》と、わずか一年ほどしかつきあっていないのに、どうしてあれほどまで熱くなって、結婚するものと思い込んでしまったか、いまとなっては自分でも不思議で仕方がない。

ただ、結婚するんだから会社を辞めるのが当然だ。そう早合点して、惜しげもなく辞表を出してしまったからには、真昼にはもう手立てがなかった。

ひとつだけはっきり言えるとしたら、あのころの自分は、笑うしかないほど単純で、愚かしいまでに一途《いちず》だったということだ。あの母を見て育ったからだろうが、グローバル物産を辞め、村尾とも別れ、ついでに「素直でいい娘」もやめることにした真昼が、昔から念願だったファッションの世界に再就職を決めたときは、まるで憑《つ》き物が落ちたような気分だった。

ファッションの世界にはいりたい。そんな子供のころからの憧れを口にすることもなく、それまでずっと心の底に封じ込めてきたのは、紛れもなく父のせいだったし、就職先に商社を選んだのも、父の強い勧めに従ったからだ。

別れるなんて夢にも思わず、早々と商社を辞めてしまった真昼に対して、村尾は結局一言も触れないで去っていった。いや、考えてみたら、先に別れを口にしたのは真昼からだ。それと気づかないまま、真昼のほうから愛想を尽かすように仕向けられていた。だが、それにまんまとのってしまったあとでは、なにを言っても、真昼の独り相撲でしかない。

要するに、村尾はそういう男だった。

本質よりも属性を重視する男。そんな村尾にとって、電機メーカーの財務副部長程度の娘よりも、グローバル物産などではどうあがいても歯が立たぬ大手総合商社、五《ご》洋《よう》商事の役員令嬢のほうがはるかに魅力的だ。

真昼と別れた村尾が、婚約発表と同時に、五洋商事へ転職したという話を、昔の同僚から聞かされたとき、真昼は、自分がひどく冷静でいられることに驚いた。

醒《さ》めるというのはこういうことだ。もういい、と真昼は思った。みんな自分が決めたことだ。

柏木真昼。身長一六二センチ、体重五一キロ。誰のせいでも、誰のためでもなく、掛け値なしにこの身体分だけの人生を精一杯生きていく。そう心に決めてはいったのが、イタリアの有名デザイナー・ブランド、アレッサンドロ・レオーニ・ジャパンの丸ノ内店だった。

お店のオープンは午前十一時。それからほとんど立ちっぱなしで、閉店後の片づけを終えるとたいてい夜八時を過ぎる。商社時代のデスク・ワークから一転し、それまでとはなにからなにまで違う暮らしが始まった。一日が終わるとぐったりと疲れたが、忙しいことが嬉しかった。後悔している暇もなく、昔を思い出すゆとりもなかった。

「で、どうなのよ。毎日、仕事そんなに忙しいの？」

母は、真昼の仕事のことなどたいして興味もないくせにそう訊《き》いてくる。

「うん。先輩と一緒にミラノに買い付けに行く日が決まったから、準備で毎晩残業続きなの」

「ミラノに？　買い付けなんかもやるの？」

「前任者が病気になったから、突然助《すけ》っ人《と》をやれって言われたの。バイヤーといってもアシスタントみたいなものね。だから、いま先輩に猛特訓を受けているところよ。津田さんっていうバリバリのキャリアなんだけど、これが大変なのよ。厳しい人だから、毎日ピリピリしてるわ。二十四日に出発するの」

「そんな、あと二週間もないじゃないの。大丈夫なの？」

母はそのあとも、何度か大丈夫なのか、と繰り返し訊いた。

「大丈夫って、なにがよ？」

つい食ってかかるような口振りになる。言ってから、すぐに悪いなと思った。だけど、いまの自分には、つっかかれる相手なんて母ぐらいしかいない。

「そりゃあ、あなた。イタリアみたいな遠い国まで行って、大丈夫なのかしらってね。だってその、いまはほら、地震とか、テロとか、いろいろあるから……」

娘の剣幕にたじろいでか、母はしどろもどろで答えた。本当は仕事のことを心配しているのだろう。外国に行って、本当に仕事をきちんとこなせるのか、誰よりもそのことが気になっているに違いない。それがわかるだけに、真昼はまた憮然とした声になった。

「あのね、お母さん。会社は私を見込んでバイヤーに抜擢《ばってき》してくれたの。私にとってはすごいチャンスなの。これでもいまのお店のなかでは結構腕を買われているのよ。ここんとこ東京だけじゃなく地方のお店も、全部事前調査に回って、買い付け用のデータもすっかりまとめたしね」

そうなのだ、と真昼は自分で口にしながら思ったのだ。不安がってばかりいても始まらない。準備にはこれ以上は無理というほど、最善を尽くしてきたのだから。

「へえ、全国のお店の分をまとめて買い付けるの？」

「そうよ。円に換算すると、今回はたぶん全体で五、六億円分ぐらいにはなるわね。だから、準備も半端じゃないの。一口に買い付けなんて言っても、いい加減に買っていくわけじゃないんだからね。どの店にどれだけ商品を回すか、それだけでも神経使うのよ。お店の立地によって売れ筋も違うしね。商品が足りなかったら、お客さまからもお店からも文句が出るし、売り上げにもお店の評判にも直接響くでしょ。かといって、売れないものばかり残ったらバイヤー自身の評価にかかわるし。そのうえ、服の種類だけじゃなくて、色違いのものとか、サイズ違いとか、数量とか、なにをどれだけ買い付けるか、コンピュータに全部インプットして、細かく管理していかないといけないの」

　真昼は、一気にまくし立てた。そして、その説明のほとんどが、津田からの受け売りであることにも気づかされる。

「そうなの？　コンピュータでねえ。大変なのね。ずいぶん疲れた声しているもの」

「心配しないでも平気だから。地震とかテロも、そんなの怖がっていたらいまどきどこも歩けないわ」

「そうかもしれないわね。それにあなたはお父さんに似て昔から数字には強かったから」

　中堅電機メーカーで三十五年、財務畑一筋で生きてきた父のＤＮＡを受け継いでいるのだろうか。

「まあね」

　真昼は、几帳面《きちょうめん》で仕事には一徹な父の顔を思い浮かべながら、曖昧《あいまい》に答えた。

　たしかに、それは真昼の強みだろう。何人もの同僚たちのなかで、アシスタントとはいえ、まだ新入りの販売担当だった真昼がバイヤーも兼ねることになり、ミラノに出張すると発表されたとき、周囲からあがった声は、単に驚きだけではなかった。

　どうして真昼なのかという不満の声や、やっかみに満ちた視線を感じなかったわけでもない。前任者の病気というのが、津田の厳しすぎるしごきが原因だから、ミラノに同行するなど自殺行為だとまで、親切そうな顔でこっそり耳打ちしてくる仲間もいた。

そんなあれこれも、同僚たちの信頼や羨望《せんぼう》や嫉妬《しっと》までも、全部ひっくるめて受けて立とう。真昼は自分に言い聞かせて、心を決めた。経緯はどうあれ、バイヤーになると決めたのは自分だし、やるからには後悔はしたくない。不安は、出発が近づくにつれて増していったが、もう後戻りはできないのだ。

やるだけやって、自爆するなら、それもまたよし。最後は自分に向かって繰り返した。

「大丈夫。大丈夫よ、真昼」

★★★

着陸の振動で機体が大きな軋《きし》み音をあげ、真昼は現実に引き戻された。

機体が完全に停止し、キャビン・アテンダントの機内アナウンスも済んで、先を争うように降りていく乗客の混雑に阻まれながらも、津田の姿を必死で探した。見失わずについて行かなければならない。飛行機のなかで現地時間に直しておいた腕時計の針は、午後六時十分前を指している。

津田をやっと見つけたのは、ほかの乗客たちに続いて通路やエスカレータをさらに進んだあとで、通関の長い列に並んでいる後ろ姿だった。比較的空《す》いている列を探して、緊張して並んだが、税関吏の若い男に意味ありげなウィンクをされたぐらいで、パスポート検査はあっけないほど簡単だった。

「なにやってるの、遅れないでよね」

やっとの思いで、ターンテーブルのところにいる津田のそばに追いつくと、いきなり厳しく言われてしまった。

「はい。すみません」

ミラノに到着して、最初の会話がこれでは先が思いやられる。だが、真昼は気を取り直し、やがて出てきた自分のスーツケースを取り上げて、続いて出てきた津田の重いスーツケースも、自分から率先して取り上げてやった。

「さ、行くわよ」

礼を言うわけでもなく、津田はそれだけ言うと、さっさと前を歩いていく。真昼は遅れないようにあとを追い、トートバッグを肩に、片手でスーツケースを押しながら、出口に向かった。国際空港なのに、成田と較《くら》べると薄暗い雰囲気で、どこか素朴な地方空港のような印象がある。周囲は人のよさそうな顔つきばかりに見えたが、それでも緊張のあまりか、知らず知らずのうちに肩に力がはいっていく。

タクシー乗り場から、ミラノ市内のホテルに向かうあいだも、津田はほとんど無口だった。バッグからすぐに手帳を出して、運転手に行き先を告げるのも、もちろん言われる前に真昼が自分でした。

ホテルはもちろんのこと、今回の出張で関係のありそうな場所や、各店舗の担当者など、連絡が必要になりそうな住所や電話番号は、思いつくかぎり手帳に抜き書きして、すぐに取り出せるようにしてきた。津田からなにか言われたとき、間髪をいれずに対処したい。そんな思いから、準備にはことさら心を砕いた。

久しぶりに使う英語だったが、運転手には問題なく通じたようだ。根っから陽気なイタリア男らしく、イタリア語まじりの癖のある英語で、次々とおしゃべりをしてくる。

「お客さんたちは日本人《ジャポネーゼ》か？」だとか、「イタリアは初めてか？」などといった、他愛ない質問だが、あまり嬉《うれ》しそうに訊いてくるので、真昼がひとり答えていると、津田は視線を窓の外に向けたまま、よけいに無口になっていく。

それでもタクシーがミラノの市街にはいってくると、さすがに津田の顔つきが変わってきた。これまで黙っていたのはこのときのためとばかり、津田は驚くほど陽気になる。

「これから行くホテルは、いつも私が泊まっているところなの。あなたのような若い人の出張には、本当は少し高級すぎるんだけど、あなた一人だけ別のホテルだと目が届かないから心配だって、私からわざわざ部長に頼んであげたのよ。感謝しなさい。世界中のファッション業界の人たちが定宿にしているホテルなんだから」

いかにも恩着せがましい言い方だが、本音は真昼をそばに置いておいて、あれこれ小間使いをさせるつもりだろう。それでも、初めての街での心細さからは救われるというものだ。

「セナート通りに面しているとありますけど」

上機嫌な津田につられるように、真昼も言った。

「でも、裏はスピーガ通り《ヴィア・デラ・スピーガ》に面していてね。そこがどんなところかは、もちろんあなたも知っているわよね？」

「いえ……」

真昼が小さく首を振ると、津田は大げさなほど驚いてみせる。

「あら、知らないの？　素敵なブティックがずっと並んでいて、私が初めてミラノに来たときは、感激したものよ。だって、街で一番おしゃれな、大人の女たちが歩いている通りですもの」

大人の女たち、という言葉が心を打った。

「そうよ。パリにいるような女たちとは、ひと味もふた味も違ってね。もっとずっとおしゃれに積極的な大人の女よ」

津田があらためて強調するのが新鮮だった。彼女はかなりミラノに思い入れが強いのがわかる。

だが、窓から目にする初めてのミラノの印象は、ひどく暗い街だというぐらいで、どこかさびれた雰囲気しか感じられない。写真で見るパリのような華やかさはまるでなく、いまが一年で最も混雑している時期だと聞いていた割には、あたりはしんと静まり返って、外を歩く人影もない。

石造りの建物はみな古びていて、どこも薄汚れて見える。ネオンといえば、たまに街角の薬局らしい看板に、鮮やかな緑色の電飾文字が見られるぐらいだ。古い石畳の道の両脇に、暗闇のなかでひたすら息をひそめて佇《たたず》んでいる、気難しい老人のように思えてくる。

「なんだか、ずいぶん暗い街ですね」

思わず漏らした真昼の言葉に、津田がすぐに反応した。

「なに言ってるの、東京の夜が明るすぎるだけよ」

ミラノを悪く言うのは許せないらしい。

ホテルに着くと、チェックインは津田がすべてやってくれた。さすがに慣れた様子で、すぐに手続きが済み、真昼の部屋は十二階で、津田の階より一階うえの部屋になった。夕食はどうするかと訊《き》かれたが、食欲がまるでない。すでに疲労は限界に達していて、明日から始まる仕事のために、いまはなんとしても休みたかった。

「だらしがないわね。じゃ、明日の朝八時半に、このロビーに集合しましょう。資料と、パソコンを絶対忘れないでね。朝食はそれまでに済ませておくこと。遅刻は厳禁よ」

「もちろんです」

ルーム・キーを受け取って、自分の部屋にたどり着いたあとは、ほとんど記憶がない。服を脱いで、ベッドに倒れ込んだまま、真昼はすぐに深い眠りに落ちていった。

★★★

どのぐらい眠ったのだろう。目を覚ますと、すべてが一変していた。

カーテンを開け放ったままの窓からは、朝日がいっぱいに射し込んで、部屋の隅々まで明るく照らしている。誘われるように窓辺に立つと、中庭を囲むように低い瀟洒《しょうしゃ》な建物が並んでいるのが一望できた。

すべての屋根がテラコッタ色に統一されていて、一面の柔らかな茶色の世界。見上げると、息を呑《の》むほどのイタリアの青空だ。

「ここがミラノ。ファッションの古都……」

胸を弾ませて、思わずつぶやいてから、真昼はどきりとして振り返った。突然、ベッドサイドの電話が鳴ったからだ。

「もしもし《プロント》」

受話器を取り、気取って覚えたてのイタリア語を口にしてみると、束の間おしゃれなミラネーゼになった気分がした。

「なにしてんのよ、あなた！　いま何時だと思っているの？」

耳をつんざくような津田の声だ。まさか、と真昼は慌ててベッドサイドの時計を見た。なんということだ。すでに八時四十五分を指している。

「すみません。目覚まし時計が……」

たしかにセットしたはずなのに、鳴らなかったのだろうか。受話器を持って立ち尽くす真昼の背中を、震えが走った。

「あなた、まさかいま起きたばかりだって言うんじゃないでしょうね？」

津田の声のトーンが、一段と高くなる。昨夜からなにも食べていない胃のあたりを、わしづかみにされたような痛みが走った。

ふと足許《あしもと》を見ると、日本から持ってきた目覚まし時計が落ちている。おそらく落ちた拍子にプラスチックの蓋《ふた》がはずれたのだろう、乾電池が抜け落ちて、そばに転がっているのも目にはいった。きっとそのせいでセットしたアラームが鳴らなかったのだ。

「申し訳ありません。いますぐ、大急ぎで仕度をしますから」

真昼としては、いまはただ謝るしかなかった。左手に受話器を持ち換え、頭を下げながら、右手ですぐにパジャマを脱ぎ始める。なんとか一刻も早く仕度をして、ロビーに駆けつけるのだ。だが、津田は我慢ならないような声で言った。

「もういいわよ。あなたの面倒なんか見ていられないわ。先に行くから、勝手にしなさい」

吐き捨てるようにそれだけ言うと、津田は乱暴な音を立てて、電話を切ってしまった。

「え、そんな。あ、もしもし、津田さん。もしもし……」

いくら叫んでもそれっきりだった。すぐに部屋を飛び出していくにも、寝起きの恰《かっ》好《こう》ではそれもできない。津田が先に行くということは、あとから一人で追いかけるということか。初めてのミラノを、たった一人でどうやって行くというのだ。

こんなことなら、せめて昨夜、津田と一緒に夕食に出ていればよかった。そうしていれば、せめてホテルの周辺やミラノ市内の地理だけでも知っておくことができたのに。

「なにやってんのよ、真昼……」

悔しさのあまり、そうつぶやいてみると、堰《せき》を切ったようにこみ上げてくるものがある。鼻の奥にツンと刺すような感覚があり、我慢できずに眉《まゆ》を寄せると、あふれるものに視界が滲《にじ》む。

だが、手早く、それも普段よりやや濃いめにアイ・メイクを済ませ、鏡のなかの自分に向かって、無理にも微笑んでみた。やっぱり、こんなところで泣いているのは嫌だ。せっかくミラノに来て、ホテルの部屋しか知らないなんて悔しすぎる。

このままなにもしないで逃げ出すのでは、あまりに情けないではないか。それに、買い付けには少なくともパソコン入力が不可欠だ。そしてそのパソコンは、いまこの部屋のなかに預かっている。これがなければ、津田が困るのは目に見えているし、なにより買い付けがうまくいかないと、アレッサンドロ・レオーニ・ジャパンが多大な損失を蒙《こうむ》ることになる。それは、すべて真昼の責任になるのだ。バイヤーの卵として、会社から出張してきたからには、最低限の責務を果たすのが自分の務めだ。

心が決まったら、真昼の行動は素早かった。走るようにバスルームを出て、クロゼットのなかの黒い細身のパンツ・スーツに着替えるのに、二分とかからなかった。

いつものトートバッグには、すでに必要なファイルははいっている。さらにパソコンをケースごと抱え、ホテルのルーム・キーを持つと、小走りで部屋を出た。エレベータでロビー階に着き、正面玄関そばのカウンターに行くと、コンシエルジュが二人立っている。

若いにこやかな男と、痩《や》せて白髪頭に鼻眼鏡をかけた無愛想な老人だ。親切そうな若い男のほうに声をかけたかったのだが、なにやら楽しそうに長電話中で、終わるのを待っている余裕はない。

「おはようございます《ブォンジョルノ》」

パソコンを大事そうに抱え直し、真昼は仕方なく、恐るおそる年配のコンシエルジュに声をかけた。

「急いでここに行きたいのですが。このモンテナポレオーネ通り、十五番なんですけど。タクシーだとどのぐらいかかりますか?」

アレッサンドロ・レオーニのショウ・ルームの住所を書いたメモをカウンターに差し出しながら、真昼は必死で訊いた。

「タクシー? 違う違う《ノ、ノ》。タクシーなんか必要ないよ。ここなら歩いてすぐだもの。この地図をあげるから。いいですかお嬢さん。ここがこのホテル、あなたが行くのはここ。ね、簡単でしょ?」

コンシエルジュは鼻眼鏡のまま赤エンピツを取り出して、地図に小さな円を二つ描いて手渡してきた。これを頼りに歩いていくしかない。真昼は心細さを抱えながら、ホテルの正面玄関を出た。

★★★

おそらくこのあたりだろう。

コンシェルジュが描いた赤丸はいい加減で、はっきりとピンポイントしていない。とはいえ、ようやくのことで目ぼしい建物の前まではたどり着いたのだが、今度はいったいどこからはいって行けばいいのかわからなかった。道路に面した壁に、ブザー用らしい小さな金属製のボタンが並んだ表札があるが、手書きの判読できない文字が並んでいるだけで、本当にここが正しいのかどうか、どれを押せばいいのか判断のつけようがない。

途方に暮れていると、向こうからやって来たイタリア人の若者と目が合った。黒いスーツは、いかにもイタリアン・スタイルで、茶色の髪はごく短くカットしてあり、顎《あご》全体にうっすらと短く髭《ひげ》を伸ばしている。背はそれほど高くなく、どちらかといえば華奢《きゃしゃ》な身体つきだ。年齢的には、ほとんど真昼と変わらないぐらいで、目が合った途端にっこりと微笑んでくれたのを見て、勇気を得た。

こうなったら恥ずかしいなんて言っていられない。誰にでも、わかるまで訊いてみよう。真昼は大きく息を吸い込んで、声を発した。

「スクーズィ、スィニョーレ」

そこまで言ったら、男はまた嬉《うれ》しそうに笑みを浮かべた。

「英語、話しますか？」

「イエス。なんでしょう？」

ひどく甘ったるい声だ。だが、それもかえって安心感がある。

「この住所のところに行きたいのですが」

住所の書いてあるメモと赤丸のついた地図を見せると、男はうなずいてから、すぐに首を傾け、真昼と頰がくっつきそうなほど顔を寄せて、覗《のぞ》き込んできた。

「ああ、ここに行きたいのね。この建物の四階だ。でもちょっとわかりにくいから、僕が一緒について行ってあげるよ」

間近から真昼の目を覗き込むように答えた男の瞳《ひとみ》は、日陰になった瞬間淡いスミレ色のガラス玉のような色になった。それに気づいた途端、なぜか真昼の胸が高鳴ってくる。

「ああ、よかった。ありがとうございます」

心から礼を言うと、男は真昼をその場に待たせ、石の壁に設《しつら》えられたボタンのひとつを強く押した。インターフォンになっているらしく、なかからなにか声が聞こえたが、イタリア語の意味はわからない。不安なままになりゆきを見守っていると、すぐ鉄の扉が開いて、男は嬉しげに手招きをした。

「どうぞ《プレーゴ》」

言われるままに、石壁の建物に囲まれた中庭を突っきると、黒い鉄の門扉と、薄茶色の石壁が、中世の世界に迷い込んだような荘厳な雰囲気だ。狭い中庭から仰ぐ空は真っ青で、どこまでも乾いて澄み渡っている。中庭から門をひとつくぐると、すぐにエレベータになっていた。どうやらなかまでついて来てくれるらしく、男は平然と一緒に乗り込んでくる。

「僕、アンドレア。君は？」

さらに親しげな笑みを浮かべ、握手の手を差し出してくる。

「私は真昼《マヒル》」

まだ払拭《ふっしょく》されたわけではない不安感と、感謝の入り交じった思いで、儀礼的に軽く握手をしたあと、真昼は男からできるだけ距離を置いて、ぎこちなく立っていた。

「君、日本人でしょ？」

馴《な》れ馴《な》れしいというか、どこか強引なほどの問いかけだ。

「ええ」

「日本のどこから来たの？」

「トウキョー」

本当にこのままついて行っていいのだろうか。そんな緊張感が増してきて、真昼は答えに詰まった。悪い男ではなさそうだが、さっき道で会ったばかりなのに、なんだか親切すぎる気がしないでもない。

「君もバイヤーなの？」

「どうしてわかるの？」

答えた途端、津田の顔が頭に浮かんだ。一人前にバイヤーだと名乗っていいかどうかは疑問だが、残念ながら真昼には詳しく説明するだけの語学力がない。

「だって、ここはアレッサンドロ・レオーニのショウ・ルームだもの。セキュリティが厳しくて、ここにはいれる人は、かぎられているからさ」

「ということは、もしかしてあなたもそうなの？　アンドレア」

メモには住所だけしか書いていなかった。なのにそこまでわかるということは、関係者だということだ。なぜ気がつかなかったのだろう。真昼はまじまじとアンドレアを見返した。

「ううん。僕はバイヤーじゃないよ。だってほら」

そう言って、大げさに手を開き、アンドレアは指をひらひらとさせながら肩をすくめてみせる。たしかに彼はバッグもなにも持っていない。

「さあ、着いたよ、マヒル。ここが君の目的地だ。バイヤーにとっての戦場だよ」

エレベータが止まり、開いた扉を前にして、アンドレアが芝居がかった仕草でそう言うと、うやうやしく手を差し伸べた。

いやでも高まってくる緊張感に、なんとか息を整えながら、真昼は思いきってエレベータを降りた。そこは狭いコンクリートのフロアになっていて、正面に古めかしい小さなドアがひとつあるだけだ。

ほんとにこんなところなの？

真昼は、またも心配になってきた。たしかに住所は間違っていないのだろう。だが、わがアレッサンドロ・レオーニは、なんといってもミラノを代表する世界的なデザイナーだ。それなのに、彼のショウ・ルームが、本当にこんな質素な場所なのだろうか。

「ここ？」

アンドレアを振り返り、探るような視線を向けて、真昼は訊《き》いた。

「そうだよ。開けてごらん」

アンドレアに促されて、恐るおそるそのドアを開くと、一瞬眩《まぶ》しい光に目を射抜かれ、真昼は言葉を失った。外からはまったく想像もつかないほど広々として、明るい朝の光にあふれたモダンな部屋が拡がっている。入口そばの白い壁面にほどこされているのは、懐かしいあのアレッサンドロ・レオーニのロゴ・マークだ。

そしてそのすぐ隣には、彼のデザインによる華やかな総ビーズ仕上げのローブ・デコルテの写真が、壁一面の巨大なボードになってディスプレイされている。

このドレスは、昨年の秋冬物のコレクションのとき、ヨーロッパでヴォーグ本誌の表紙を飾って一躍脚光を浴びたものだ。真昼も、東京で初めてこのドレスの実物を見たときは、計算され尽くしたそのみごとなシルエットや、気の遠くなるほど手間のかかったビーズ細工に、思わず溜《た》め息を漏らしたものだ。

ここがファッションの本場。間違いなくアレッサンドロ・レオーニ、ミラノ本店のショウ・ルームなのだ。真昼は、こみ上げてくる得も言われぬ興奮に、いっときわれを忘れて、佇《たたず》んでいた。

それにしても明るい部屋だ。

高い天井を、ほとんど白に近いような淡いクリーム色の壁がぐるりと取り囲んでいる。中庭に面した側は、純白の木枠の大きなフランス窓がいっぱいに開け放たれ、ミラノの乾いた秋の空気が流れ込んでいる。広い部屋の中央には、商談用らしい大きな黒いテーブルが、間隔をおいて合計十組、二列に配されていて、それぞれ白い布のカバーをかけた四脚ずつの椅子がセットされている。

「仲間はいたかい？」

隣からアンドレアの囁《ささや》くような声がして、真昼はすぐにわれに返った。

「それが、どこにも……」

テーブルのあいだを、忙しそうに人が何人も行き来しているが、どこにも津田の姿はない。いや、津田の姿どころか、およそ東洋人らしい人間は誰もいないようだ。真昼は急に不安になってきて、抱えていたパソコンを胸に抱き締めた。

夢中でここまでやって来たが、津田がここにいるという保証はない。もしもいないとわかったら、あとはどうしたらいいのだろう。真昼は、ごくりと生唾《なまつば》を呑《の》み込んだ。

「隣の部屋じゃないかな。きっとみんなとコーヒーでも飲んでいるんだよ。ダイニングがあってね、簡単な食べ物が置いてある。サンドイッチとかコーヒーとか。君も食べてきたら？」

どこまでも気楽に告げるアンドレアに勧められて、とりあえず津田を探そうと隣の部屋を覗いてみる。隣は、さきほどの部屋の半分ぐらいの広さだが、中央に白いクロスのかかった大きな丸テーブルが置かれ、真ん中には豪華な花のアレンジメントが飾られていた。その花を取り囲むように、いくつもの白い大皿が並び、色とりどりのカナッペがのせられている。

さらには、形よくカットされたパイナップルやイチゴ、葡萄《ぶどう》などといったフルーツや、枝つきのレーズンが添えられた各種のチーズ。それにジュース類や、さまざまな形をしたクッキーとドライ・イチジク。バスケットに盛られた何種類ものパンなども用意されている。

テーブルをぐるりと囲むように、大勢の人たちが取り皿を手にして、思い思いの恰《かっ》好《こう》で和やかに談笑しているのが見える。その顔触れをぐるりと見回して、真昼は小さな声をあげた。

部屋の一番奥のほうに、小さなエスプレッソの紙コップを手に、見知らぬ東洋人らしい男性と向かい合って、楽しそうにおしゃべりをしている津田がいた。男になにやら耳打ちをされ、そのたびに上機嫌な顔で笑っている。

「いたんだね、彼女？」

「ええ、あそこよ」

津田を見つめたままでそう言った。よかった。とりあえず、津田と会えただけでも安心だ。

「なんだ、彼女ならよく知っているよ。そういえば東京《トキオ》から来ているって言ってたっけな。きれいな人だよね。ただし、一緒に仕事をするのは、大変《タフ》だけどね。彼女、とってもボスィだろう？」

アンドレアはおどけて片目をつぶってみせた。それにしても、彼はなぜ津田のことをそこまで知っているのだろう。そう訊こうと思ったとき、津田がこちらに気がついた。声までは聞こえないが、真昼を呼んでいるように大きく口を動かし、しきりと手招きしているのが見える。

真昼はどきりとして、慌ててそばに近づいていった。

「遅くなってすみません。大急ぎで来たんですけど、こんな時間になってしまいまして」

なにか言われる前に、まず謝っておいたほうがいい。そんなつもりで、真昼は先に頭を下げた。初めてのミラノで、ここまで来るだけで精一杯だった。それでも、とにかくめげずに自力で到着できたのだ。その努力だけは、わかってほしい。

「ねえ、ダニエル。これが私と一緒に働いているマヒルよ」

意外なことに、津田は今朝のホテルでの出来事などまるで気にも留めていないかのように、にこやかな顔で隣の男に声をかけた。

「やあ、君がフミコの新しい生徒か。僕はダニエル。よろしく」

男は英語で言って、笑顔で握手の手を差し伸べてくる。津田は、この男に自分のことをどんなふうに話したのだろうか。戸惑っている真昼に、津田がすかさず横から口をはさむ。

「こちらはダニエル・チャン。アレッサンドロ・レオーニのシンガポール店のバイヤーよ。このあともいろんなところで何度も顔を合わせることになるでしょうから、覚えておきなさい」

津田の声は優しげで、遅れてきたことを咎《とが》めるような雰囲気はまるでない。

「はい。私はマヒル・カシワギです。お会いできて嬉《うれ》しいです」

しっかりとダニエルの手を握り返しながら、真昼は微笑んでみせた。

「ミラノは初めてなんだって？」

ダニエルの声は、どこまでも穏やかだ。だが、シンガポール英語の特徴らしく、母音の強い、癖のあるイントネーションでひどくわかり辛《づら》い。真昼は二人の会話に加わりながら、ダニエルの英語に聞き耳を立てた。東洋人特有の顔つきではあるが、やはり日本人とはどこか違う。ただし、全身を黒でまとめたファッションは、見るからにアレッサンドロ・レオーニのスタイルだ。

「そうなの。彼女はミラノが初めてというだけじゃなく、買い付けの仕事もまったく初めてなのよ」

真昼が答えようとするのを遮るように、津田が代わって答える。

「緊張しなくても大丈夫だよ、マヒル。もっとリラックスして」

ダニエルは驚くほど顔を近づけ、真昼をじっと見つめてくる。

「それは困るわ。気を緩めずに、しっかり働いてもらわなくちゃね」

「おやおや、フミコは相変わらず厳しいボスだからね。そうやって、いつも東京《トウキョウ》ばかりいい成績をあげているんだ。いいさ、マヒル。買い付けなんか彼女に全部任せて、君はミラノを思いっきり楽しめばいいんだよ。今夜は僕が街を案内してあげるから」

いたずらっぽい顔でそう言うと、ダニエルはそっと真昼の肩を抱いた。

「甘やかさないでちょうだい、ダニエル。そうでなくても、初日から寝坊しちゃうんですもの」

そう言う津田の顔は笑っている。いったいどこまでが本気で、どこまでが冗談なのだろう。

「すみませんでした」

「仕方ないよな、マヒル。長いフライトだもの。翌朝に寝坊するのは、若い証拠だよ」

「あら、それじゃあまるで、寝坊しなかった私は、もう若くないからだって言っているみたいだわ」

それでも、口で言うほどには怒っていない様子で、津田は、さりげなくダニエルの腕に手をかけた。こんなに寛《くつろ》いだ表情の津田を見るのも初めてだ。毎回買い付けのときに出会うからか、二人はとても親しげに見える。

「だけど、それにしてもあなた、よくここにはいれたわね？　セキュリティが厳しかったでしょ」

いきなり初日に置いてけぼりにされ、ここへ来るまでどんなに大変だったか、真昼は遠回しに伝えたかった。偶然アンドレアと会わなければ、いまごろはきっと途方に暮れていたことだろう。

それにしても、いったい彼はどういう人間なのだろう。関係者であることは間違いないが、そのことを津田に言おうとして、周辺に目をやったが、すでに彼の姿はどこにも見当たらなかった。

「それで、マヒル。ミラノも買い付けも初めてなら、ショウを見るのも初めてなのかな？」

ダニエルが優しげなまなざしでこちらを見た。

「私もショウを見られるんですか？」

「もちろんさ。チケットは人数分だけ用意されていると思うよ。バイヤーの席でも、一番いいところを僕が確保してあげる」

「本当ですか？　ありがとうございます」

真昼が浮かれたように礼を言うと、津田は不機嫌になる様子もなく、ただあきれたように笑っている。

「いいかい、マヒル。ショウをじっくり見て、どの作品がいいかをよく感じておくんだよ」

「感じる、なのですか？　考えるではなく」

「そうさ、頭で考えるのではなく、アレッサンドロ・レオーニの作品に対する思いを、君の身体全部で浴びるように、感じ取るんだよ」

ダニエルの目の奥に、一瞬なにかが光ったような気がした。真昼は、その正体が知りたくて、食い入るように彼を見る。

「私の全身で浴びるように、ですか？」

一語ずつ嚙《か》みしめ、真昼は頭に叩《たた》き込む。ダニエルに言われると素直に理解できるような気がしてくる。ほとばしるような熱いものを秘めた彼の目は、バイヤーというより芸術家か、哲学者のものだ。

「ショウを見て、マヒルがこれはと思う作品を確認したら、明後日から本格的な買い付けだからね。明後日にまたここで会おう。レオーニのショウは、予定では午後一時からになっているけど、実際に始まるのは、きっと三十分ぐらい遅れてからになるだろう。だいたい、少しずつ遅れるのが普通だから。ただ、ちょっと待つことになっても、君は時間どおりに来ていたほうがいいだろうな」

なんということだ。必死の思いで、焦ってここまでたどり着いたけれど、買い付けは今日から始まるわけではなかったのか。真昼は拍子抜けした思いだった。津田はなにも言ってくれなかった。

「さあ、マヒル。グレイスにも紹介してあげよう。こちらは東京から来ているマヒル」

ダニエルに呼ばれて、津田の隣の女性が振り向いた。歳は津田と同じぐらいだろうか。顎《あご》のあたりの長さで綺麗《きれい》に切り揃えられたボブ・スタイルの黒髪が、ダニエルよりさらに浅黒い肌のグレイスの顔の動きにつれて、サラサラと艶《つや》やかに揺れている。

背は真昼よりは少し低いが、身体の線を強調するような黒のカットソーに、ぴったりとした短めの黒いパンツ姿。自分のプロポーションに、よほどの自信がなければ着こなせないコーディネイションだ。

パンツの裾《すそ》から覗《のぞ》く引き締まった足首が、豹柄《アニマル・プリント》の華奢《きゃしゃ》なピンヒールのパンプスを一層際立たせている。きめ細かな頬は、まるで素肌のようだが、凛《りん》と強めに引いたブラックのアイラインに、マットな深紅の口紅が、なにより効果的なアクセントになっている。

一見なんでもないような組み合わせなのに、よけいなものを極限まで削《そ》ぎ落とした装いは、計算され尽くした知性を感じさせて、つい見とれてしまうほど洗練されている。その強烈な存在感には、ただ圧倒されるばかりだ。

「ハーイ、あなたがマヒルね？　私はグレイス。お会いできて嬉しいわ」

「はじめまして、グレイス」

やっとそれだけ口にした真昼を見て、大げさではあるが儀礼的なハグを交わしてきたグレイスは、次の瞬間、真昼になどまったく興味がないという顔で、すぐに津田のほうに向き直ってしまった。

「だからさマヒル。今日はリラックスしてのんびりすればいいのさ。世界中からやって来た連中や、ミラノ本店のスタッフたちに、ブオンジョルノを言うだけで、あとはミラノの街をいろいろ歩いてもいいしね。明後日からは戦争なんだから、エネルギーをうまく配分しないと、最後までもたないぞ」

津田の手前、そうもしていられないだろうが、ダニエルのような先輩と会えたことはなにより心強いし、グレイスのようなアジア人女性がいるのも誇らしい。東京で営業部長の鈴木《すずき》が言っていた、「人脈を作れ」ということは、きっとこういうことだったのだ。勇気を出して、ここまでやってきて正解だった。真昼は心からそう思った。

「せっかくのチャンスなんだから、欲張った者の勝ちだ。ミラノでの滞在時間を大事にすることだね。コレクションの期間中は、朝九時から夜の十時ごろまで、ほぼ一時間刻みのスケジュールで、たくさんのメゾンが競ってショウを開いている」

「そうなんですね。東京で、ショウのリストを見てびっくりしました」

今回のミラノ・モーダ・ドンナの春夏物コレクションでは、九月二十五日から十月三日まで、開催期間中は連日朝から夜までびっしりと各デザイナーのファッション・ショウが予定されている。

「ショウ以外にも、関連の展示場がいろいろとあってね、この時期のミラノは、街中がファッションのお祭りみたいなものだからさ」

「コレクション・シーズンはお祭りなんですか？」

「そうさ。街の本会場だけでなくて、なかには公園のなかに設置した特設会場もあるし、それぞれの場所を借りて、メーカー各社がバッグや靴なんかの展示会も開いているよ。そういうものも時間が取れるかぎり見にいっておくといいね。シーズンの流行の傾向や、他社ブランドの動きを知っておくことも、仕事上とても意味があることだし、コーディネイトの参考にもなるからね」

ダニエルの助言は、どこまでも頼もしい。真昼は大きくうなずいた。

「ここへ来るまでの道で感じたのですが、この街はウィンドウ・ディスプレイも個性的で、目を奪われますね。なんでもない瓶詰めの食品とか、お総菜とか、ちょっとした事務用品《ステイショナリー》のお店でも、デザインや色がとってもファッショナブルです。日本にもずいぶん素敵なものが増えていますが、ミラノはどこかがちょっと違うみたい。歩いている人のファッションも同じですけど」

真昼にしてみれば、素朴な感想だった。

「だったら、明日はもっと驚くよ。みんなプロとしてのプライドを持っているから」

「バイヤーという職業のプロ意識ですか？」

「もっと広い意味をこめてね。自分たちがミラノ・ファッションをリードしている、いや、世界のファッションを動かしているというプライドかな」

真昼にそう告げたダニエルの目が、またも強い光を放っていた。


翌朝は、目覚まし時計が鳴る前に目を覚ました。急いで顔を洗い、そのまま出かけられるように身仕度をし、しっかりと胸にパソコンを抱えてダイニングに下りていく。今朝は絶対に遅刻はしない。長い一日となるのが予測されるから、朝食もしっかり取っておくのだ。

手早く済ませられるようにと、ブッフェ・スタイルの朝食に決め、各種のハムやニンジンの細切りサラダとルッコラ、それにクロワッサンなどを皿に取っていると、周囲から聞こえてくるのはイタリア語より英語が多い。おそらくアメリカあたりからやって来たバイヤーたちなのだろう。

テーブルはほとんど満席で、それぞれ数人ずつが朝食を取りながら話をしたり、あるいは一人でゆったりと新聞に目をとおしたりしている。なかには、なにやら一心不乱にパソコンのキーボードを叩いているアメリカ人らしい男性もいた。

「あら、来ていたのね」

頭のうえから声がして、顔をあげると朝食のトレイを手にした津田が立っていた。

遅れてダイニングにやって来た津田は、空いたテーブルがなかったせいか、まっすぐに真昼に向かってきたらしい。

「あ、おはようございます」

「ぼやぼやしてないで、早くしなさい。さっさと済ませて玄関に並ばないと、タクシーがなかなかつかまらないわよ。部屋に戻らなくても、このまま出かけられるんでしょ？」

「はい。そのつもりで用意してきました」

真昼は、椅子の横に置いてあったパソコンを持ち上げてみせる。

「パソコンは今日は要らないかもね。それより、ショウをしっかり見ておくのよ」

「わかりました、そうします。しっかりメモも取っておきます」

津田は、手早く、だが優雅にナイフとフォークを使いながら言った。

「さっき玄関を確認したときは、もう三、四人ぐらいタクシー待ちの人がいましたから、私、先に行って並んできます」

真昼はそう言って席を立った。津田が伝票にサインをしているあいだに、真昼がホテルのエントランスでタクシー待ちの列に並ぶ。津田が玄関までやって来たころ、タイミングよく空車の順番がきて、コレクション会場に向かうことになった。

道路の混雑は、目的地に近づくにつれて激しくなり、やがてコレクションの本会場になっているフィエラ・ミラノの前に到着した。といっても、すでにエントランス付近は人だかりがしていて、そばまでは近づけない。手前でタクシーを降りた途端、あまりの熱気に、真昼は軽い眩暈《めまい》すら覚えるほどだった。会場にはチケットがないとはいれない。入口では、黒服を着た屈強な体格の男が数人立っていて、厳しい表情のままチケットの確認をしている。

九月の末とはいえ夏の名残の陽射しは強く、周囲はむせ返るような混雑だ。何人ものカメラマンたちが忙しそうに行き交い、会場に集まった群衆のスナップを撮影しているのも見える。長い列に並んで、やっとの思いでホールのなかにはいると、テロ防止のための金属探知機のアーチをくぐり、さらにボディ・チェックを受ける。そのまま列について、会場に向かうエスカレータに乗った。

後方でなにやらざわめきがする。振り向くと、エスカレータのすぐ後ろに大きなサングラスをした小柄な金髪女性が立っていた。

「アニタよ」

津田が耳打ちしてくる。

「え、アニタ？　アメリカン・ヴォーグの編集長の、あのアニタ・スプリングスですか？」

真昼は、思わず大きな声を出していた。彼女の名前や顔は、もちろん雑誌で見たことがある。ファッション界で常にトレンドをリードする存在だからだ。毎回世界の主だったコレクション会場を訪れるときの、彼女自身のファッションも注目を浴び、その存在が映画にもなって人気を博した。

「あそこにいるのは、イタリアの有名な女優ね」

続いて津田が示す先を見ると、フロアでひときわ目立つ女性が一人、テレビ・クルーたちに囲まれているのが、動くエスカレータのうえからも見えてきた。見たこともない顔だが、イタリアでは人気があるのだろう、大勢の人がカメラの前でインタビューを受けている彼女の様子を遠巻きに見ている。

真昼は声にならない歓声をあげた。デザイナーとモデル、そしてファッション・ジャーナリストにファッション誌のエディター、さらにはフォトグラファー。真昼たちのようなバイヤーだけでなく、ファッション界に関わる人間がすべて集まる場なのである。

どこを見ても物珍しく、なにもかもが新鮮で、そのつど目を奪われる。身体の奥から突き上げてくるような昂揚《こうよう》感と、あたりの空気に圧倒され、あまりの息苦しさに真昼は大きく息を吐いた。

それにしても、津田はどこまでも平然としている。真昼にとっては興奮と緊張の連続でも、津田にとっては物慣れた光景にすぎないのだろう。

長いエスカレータを降り、アレッサンドロ・レオーニのコレクション会場にはいろうとするところで、津田の名前を呼ぶ女の声がした。

「あら、花井《はない》さん。お久しぶりです……」

声のするほうを向いた津田の顔が、嬉《うれ》しそうにほころぶ。

「新しい方なんですね。会社の方？」

「ええ、うちのジュニア・バイヤーの柏木です。柏木さん、こちらはリベルテでチーフ・バイヤーをなさっている花井さんよ」

リベルテと言えば、日本におけるセレクト・ショップの草分け的な存在である。全国の主要都市に積極的な店舗展開をしており、洋服からバッグや靴、アクセサリーなどの小物にいたるまで、洗練された品揃えで人気を得ている有名な老舗《しにせ》だ。

「はじめまして、柏木真昼と申します。よろしくお願いします」

真昼は深々と頭を下げた。

「花井さんはね、この業界では第一人者なのよ。まだお若くていらっしゃるのに、なんといってもあのリベルテの全商品を取り仕切っておいでになるのですものね」

津田が、横から口をはさんできた。花井に対する敬意に満ちて、これまでとは顔つきも、口調までもがまったく違っている。

「そんな、津田さん……」

はにかんだ花井は、どこまでも慎《つつ》ましやかだ。

「いいえ、本当ですよ」

津田は、そこまで言って真昼に向き直り、謙虚な笑みを浮かべている花井を手で制するようにしてから、先を続ける。

「いいこと、柏木さん。花井さんのようなセレクト・ショップのバイヤーって、ものすごく大変なのよ。私たちみたいに、アレッサンドロ・レオーニという同じ企業のなかで、一人のデザイナーの商品しか扱わないバイヤーとは全然意味が違うんですからね。ある意味で、世界中のデザイナーの作品のなかから、買い付けるものを選ぶわけなんですもの」

津田のあまりの勢いに気圧《けお》され、真昼はただうなずいた。

「あのね、柏木さん。花井さんのような、本当の意味での女性のバイヤーは、日本ではまだ数えるほどしかいないのよ。だって、まずブランドを選ぶ段階から、バイヤーの目がよほどしっかりしていないと、商品としての消化率に関わるし、大きな失敗に繋《つな》がるわけだしね。ビジネスとして会社自体が成り立っていかない可能性もあるわ。その反対に、日本ではまだ知られていないような新しいブランドを発見して、日本に紹介すれば、どんな大きな花を咲かせられるかもしれないっていう、可能性も秘めているわけよね。それもこれも、みんなバイヤーとしての花井さんのセンスと腕次第で、それだけに本当の意味でのバイヤーの力が厳しく問われるという立場なのよ」

頬を上気させ、熱心に語る津田の顔を、真昼はじっと見つめた。

「津田さんたら、大げさなのよ。私はそんなに大したものじゃないわ……」

花井はあくまで謙虚な表情で、目の前で手を振って否定している。

「花井さんは、新しいデザイナーとか、ブランドの開拓もなさるんですか？」

真昼が訊《き》くと、花井はまたも穏やかに笑っている。

「そうね、それって結構大変だけど、やりがいのある仕事だわ。ただ、苦労して、うちの社のお金もつぎ込んで、なにかとプロモーションにも力をいれてあげてね、やっと日本で定着してきたな、これから商品も売りやすくなるわって思ったら、その途端に日本で直営の代理店を作ったりして、私の手を離れていっちゃったりしてね。なんのために苦労したのかわからなくなることも多いけど」

「そんなこともあるんですか」

真昼は、素直に驚きの声を漏らした。花井に対する津田のかぎりない羨望《せんぼう》が、まだ見ぬ世界への憧《あこが》れとなって、真昼にも伝わってくる。

「本当に花井さんは凄《すご》いですわ。しかも、それぞれのメゾンとの条件交渉や、商品の搬送面でのフォローも、いろいろありますものね。うちみたいな親子会社でもいろいろ問題が起きるのに、花井さんのところだと、相手がそれぞれで、もっと面倒でしょう？」

「本当ね。スムーズにいくことのほうが珍しくて、いろいろあるほうが普通かも」

苦労話のはずなのに、花井はどこか楽しそうにいたずらっぽい顔で笑う。

「それにね、柏木さん……」

津田は、さらに続ける。

「どちらにしても、本格的なバイヤーの世界で、きちんと自分の枠をもらって、実際に資金の決済権を持ってバイイングをしている人って、ほとんどは男性ばかりなのよね」

「え、そうなんですか？」

真昼の前では、これまで誇らしげにバイヤーの仕事を語ってきたのに、津田は自分の立場に満足していないのだろうか。意外な津田の言葉に、真昼は驚きの声をあげた。

「私たちみたいなメゾンのなかのバイヤーとか、セレクト・ショップは別なんだけど、本当の意味で、大きな予算枠《バジェット》を任され決定権を持たされて、バリバリ買い付けしているのって、たぶん日本では女性はほとんどいないでしょう。そうですよね、花井さん？」

「そういえばたしかにそうね。外国の第一線のバイヤーたちには、女性がとても多いんだけど、日本人は、とくにデパートなんかはほとんど男性ばかりかもしれないわね。

コレクションに来ている日本人のバイヤーも、おじさんばっかりだったりして」

花井は、くすりと思い出し笑いをしながら言った。それにしても、なにを語るにしても、花井の口から出ると、まるで悲愴《ひそう》感がない。不思議なひとだと真昼は思った。津田の花井を見る顔つきや態度から判断すると、花井への強い憧憬《どうけい》を感じずにはいられないが、あの津田をして、ここまで言わせる日本でも数少ない先駆的な女性バイヤーが、こんなに穏やかな人物であるのが救いにも思えてくる。

真昼は、バイヤーの世界の奥の深さを、垣間《かいま》見た気がするのだった。

★★★

アレッサンドロ・レオーニのショウ会場は、「A」から「L」まで十二のブロックに分けられ、椅子が並べられていた。モデルたちが歩くランウェイをはさんで、両側に六ブロックずつ、向き合う形だ。各ブロックごとに五十人前後として、全部で約六百人程度の客席が用意されている計算になる。

だが、実際にショウの観客はさらに多く、椅子の後ろの立ち見席《スタンディング》まで満員になるというから、相当な人数になるのだろう。正面のステージは、天井から床まで艶《つや》のある黒一色に統一されていて、照明も薄暗い。いまはただ、がらんとした空虚な空間だが、あたかも眠りから目覚める直前の黒豹《くろひょう》のようで、その息遣いすら聞こえるような気がしてくる。

「これだけの会場が、満員になるんですね？」

期待感を抑えきれずに、真昼はうわずった声をあげた。

「そうよ。アレッサンドロ・レオーニが、どれだけ人気が高いかは、コレクションを見にこられるお客さまの数を見ているだけでも、つくづく実感できるわ」

津田や真昼に用意されていたのは、正面ステージにもっとも近いAブロックで、二人の席はその中央、前から三列目だった。椅子の座面には、すべて小さな紙袋が置かれていて、それを取って座ることになる。紙袋のなかには、アレッサンドロ・レオーニからショウを見にきてくれた客へのプレゼントとして、しゃれたデザインの小箱がはいっていた。

会場にやって来る客が増えてくるにつれ、津田に声をかけてくる人数は加速度的に増えていった。毎年コレクションにやって来る人間とは、ほとんど全員顔なじみなのだろう。ファッション誌のエディター、ショウのプロデューサー、プレス、コーディネイター、フォトグラファーなど、その関わり合い方は違っていても、すべてファッション業界に従事する者ばかりだ。

しばらくして、真昼が周囲を見回すと、会場はいつの間にかほとんど満席になっていた。立ち見席も、びっしりと立錐《りっすい》の余地もないほど人が集まっている。正面ステージを狙う反対側のカメラマン席は、撮影機材がひしめき合って並んでいる。緊張感はいよいよ高まってくる。腕時計を見ると、予定時間をすでに三十分は過ぎている。

と、そのときだ。ランウェイの向こう正面で、じっとこちらを見つめている男と目が合った。見覚えのある顔だ。男は、気づいた真昼に向かって、しきりと手を振ってくる。

「まさか、どうしてこんなところに……」

すぐに視線をはずしたが、心臓が突然大きな音を立てている。真昼は生唾《なまつば》を呑《の》み込んだ。

あの村尾博之と、よりにもよって、なぜこんなミラノのコレクション会場で再会しなければならないのだ。思いもしなかったなりゆきに、わが身を呪いたい気分だった。

ランウェイをはさんだ斜め向こうのブロックはアジア人席になっているようで、最前席《フロント・ロウ》には堅苦しいビジネス・スーツにネクタイ姿の男性が何人も並んでいる。いままさにショウが始まろうとしている会場のなかで、その一角だけがひどく場違いな雰囲気だ。

村尾は、ずらりと並んだその日本人男性の右端の席で、かなり前からこちらに気づき、合図を送っていたらしい。真昼は、激しい動揺を抑えるため、胸に手を当てて俯《うつむ》いた。

「あら、どうしたの？　そんなに緊張しなくてもいいわよ」

隣の席から津田が声をかけてくる。

「あ、はい……」

慌ててそう答えてから、すぐに視線をステージに戻した。村尾がなぜこのコレクション会場に来ているのか、事情はわからない。だが、いまはショウに集中するのだ。

真昼は自分に強く言い聞かせた。

その瞬間、すべてのライトが消え、あたりは真っ暗になった。意表を突いた演出である。驚いて、目をしばたたかせていると、すぐに左奥の正面ステージにスポットライトが当たり、最初のモデルがこちらに向かって歩き始めるのが見えた。

モデルが素肌に着ているのは、計算され尽くしたラインの純白の麻のジャケットに、柔らかな裾《すそ》ひろがりの短めのパンツ。どこかレトロな味わいのある華奢《きゃしゃ》なストリング使いのサンダルは、いまにも折れそうなほど細いピンヒールだ。

観客席から感嘆の声があがり、拍手とざわめきが会場一杯に拡がっていく。

吟味された素材使いが、いかにもアレッサンドロ・レオーニらしい作品だ。しかもこれまで以上にアジアン・テイストを取り入れて、西欧と東洋の不思議な融合に成功している。真昼は、夢中でモデルの動きを目で追った。

二人、そして三人と、モデルたちがステージに現れてくる。その完璧《かんぺき》なまでの美しさを誇るように、ランウェイを闊歩《かっぽ》していく。古きよき時代、セピア色の洋画のなかに見たようなウエストを絞ったジャケット。モデルの長い脚にまとわりつくようなシルク素材のロング丈のタイト・スカート。

大胆に胸をはだけ、たおやかな肉体の曲線を誇示するようなドレスと、それに合わせた大きくて浅い円錐形の帽子は、はるかベトナムや中国などの異文化のニュアンスをも感じさせる。真昼は、無意識のうちに大きな溜《た》め息を漏らしていた。デザインの斬新《ざんしん》さに目を奪われ、息を殺して見入っているのは、きっと周囲の誰もが同じはずだ。

「うん。今年はなかなかいいわね……」

津田が、闇のなかで顔を寄せ、耳元に囁《ささや》いてくる。

「はい。とっても素敵です」

素直な気持ちでそう答えた。こんな素晴らしいドレスを創り出すアレッサンドロ・レオーニのもとで、仕事ができる自分を誇らしく思える。

この思いを、なんとかメモにしておこうと試みるのだが、手元はほとんど真っ暗で、なにを書いているかすらまったく見えない。それよりも、とにかくいまはしっかりと見て、細部までをこの目に焼きつけておくしかない。

アレッサンドロ・レオーニがなにを狙って今回のコレクションを組み立てたのか、

それぞれの服は、どんなふうなコーディネイトがなされているか。この会場の空気までもが、彼の創り上げた作品だ。

そのレオーニのファッションの世界を、日本に持ち帰って全国の店に伝えたい。レオーニに魅了されて店にやって来る客たちに、いまのこの感動を伝えるのだ。

真昼の頭は、そのことで一杯になっていた。

ラストが近づくと、ステージの背景になっていた天井からの長い長いカーテンが落ち、突如ステージ一杯に階段が現れた。モデルたちは全員が純白のドレスを身にまとい、それぞれの定位置に立って思い思いのポージングをしている。そして、睨《にら》みつけるように正面のカメラの砲列に視線を送るのだ。

ステージから客席に向けて、地中海からの海風を思わせるような風が吹いてきて、モデルたちの柔らかなドレスが激しくなびく。手にした大きな白いストールも、さながら流れる川のように弧を描く。

なんとも大がかりで、ダイナミックな演出。これこそがアレッサンドロ・レオーニのショウのフィナーレなのだ。誰とはなしに拍手が湧き起こり、会場の隅々までスタンディング・オベイションの輪が拡がっていく。

真昼も立ち上がって、心から拍手を送った。津田も、周囲の観客たちも総立ちだ。

そして、またも突然会場が暗転したかと思うと、名残を惜しむ拍手に送られてショウはあっという間に終わった。実際には開始からラストまで三十分もかかっていなかったのだろうが、始まるまでの待ち時間が長かっただけに、よけいにあっけなく思える。ショウが終了しても、興奮はいつまでも醒《さ》めやらず、真昼はその場に立ち尽くしていた。

「どうだった、初めてのコレクションは？」

「感激でした。こんなに素晴らしいなんて、想像していた以上で……」

声がうわずってくる。

「明日からの買い付けが楽しみですね、津田さん」

「それほど単純なものじゃないけどね」

津田は、すかさずしっかりと釘《くぎ》を刺してくる。

ふと気になって、さっき村尾がいたあたりを見ると、すでにもぬけの殻になっている。ショウのあと、村尾と顔を合わせることになったらどうしようかと心配していたが、そんな必要はなかったらしい。

いや、もしかしたら、さっき見た村尾の姿自体が、実は幻覚だったのではないか。そうだ。あれは白昼夢だ。村尾に似た日本人を、勘違いしただけだ。きっと時差ボケと極度の緊張のせいで、そう思い込んだだけなのだ。真昼は、自分をそう納得させた。

「さ、なにしてるの？　行くわよ」

津田に促され、ようやく席を立った。

「このあとは、どうしますか？　一度ホテルに帰るんでしょうか？　それとも、小物の展示会場を見て回りますか？」

昨日、シンガポール店のダニエル・チャンに、できるかぎり見ておくと買い付けの参考になると言われたことを思い出したのである。

「その前に、私、ちょっと用を思い出したから、あなたしばらくどこかで待っててくれる？　そうね、このホールの下の階にある、プレスのブースでいいわ」

去っていく津田の背中を見送っていると、緊張が解けたせいか急に脱力感を覚えた。

広い会場内はあっという間に人気《ひとけ》がなくなり、またもとのがらんとした空間になった。

それでも、さっきのあのショウの熱気はまだあちこちに残っている気がして、真昼はいつまでもそれを反芻《はんすう》していたかった。

★★★

エスカレータを降りると、奥にあるプレスのブースはすぐにわかった。通路の両脇には、ミラノ・コレクション全体のスポンサーになっている企業が、商品などをディスプレイしているブースがあり、シャンパンを片手に談笑している関係者の姿も見える。

ブースのなかはさほど広くはなさそうだ。壁に沿ってデスクが置かれていて、ずらりとパソコンが並べられ、電話はもちろんファクシミリなどのさまざまな通信機器も設置されている。世界中からコレクションに集まってくる報道関係者のために便宜《べんぎ》をはかっているのだろう。

デスクに向かって忙しそうにキーボードを叩《たた》いている顔触れは、国籍もそれぞれで、ファッション・ジャーナリストや新聞社の特派員のようだ。本社とのやりとりにインターネットを使って記事を送ったり、資料の収集をしたりと、時間に追われて忙しく動き回っている熱気は、外にまで伝わってくる。

インターネットでコレクションの周辺情報などを見てみようかなどと考えて、なかに足を踏み入れようとしたところで、係員に呼び止められた。

なにかを問いかけられているのだが、イタリア語なのでどういうことかわからない。どうやらなかにはいることを禁じられているようでもある。

「報道関係者《スタンパ》のパスがないとなかにはいれないんだ。よかったら、このパスを使うといいよ」

日本語だ。それも聞き覚えのある声だった。真昼は弾《はじ》かれたように後ろを振り向いた。

「博之……」

やはり幻覚ではなかったのだ。久しぶりに見る村尾博之は、そっくり昔のままの恰《かっ》好《こう》で立っていた。きちんとしたグレーのビジネス・スーツに細いストライプのシャツは、いかにも日本の商社マン風だし、細かいペーズリー模様の淡いピンクのタイの好みも、あのころと変わっていない。

「やっぱり思ったとおりだった。さっきから、ぜったい真昼だと思っていたんだ。こんなところで会えるなんて、嬉《うれ》しいなあ。何年振りだろう」

再会を心から喜んでいる口振りだが、いまさらよく言えるものだ。真昼は、自然に頬が強《こわ》ばってくるのを感じていた。

「グローバル物産のころ以来ですもの、四年振りだわ」

どうしてもそっけない声になってしまう。

「いや、正確には、君が辞めたとき以来だから、三年とちょっとだよ。そうか、そんなに経っちゃったんだね。元気だった?」

村尾は、どこまでも屈託のない笑顔で懐かしそうに訊《き》いてくる。

「とっても元気よ。でも、あなたどうしてこんなところに?」

「それは、僕のセリフだよ。真昼こそ、どうしてここにいるの？」

「私は、いまアレッサンドロ・レオーニで働いているから」

さっきのショウを見ただけに、よけいに誇らしい気持ちになってくる。

「え、そうだったの？　そういえば、さっきのショウはよかったよね。レオーニのショウは、毎年いろいろと工夫を凝らしてみせてくれるけど、今回の春夏コレクションはとくに素晴らしかった。ラストの演出なんか、最高だったよ」

「ありがとう」

「そうか、真昼は、いまレオーニのメゾンで仕事しているんだ。でも、君は結婚したって聞いていたから、すっかりセレブになっちゃって、暇にあかせてコレクション見物なのかなって、そう思っていたよ」

冗談とも本気ともつかない顔で、村尾は言う。皮肉なのか、それともからかっているのか、その表情からは彼の本心がわからない。だが、どこか神経を逆撫《さかな》でするような物言いに思えて、真昼は不快感を隠せなかった。

「ちょっと待ってよ。私が結婚したなんて、そんな話、誰から聞いたの？」

「あれ、違ったの？　あのとき、僕はすごいショックだったんだよ」

村尾の声には、責めるような響きがあった。冗談じゃない。よくも言えるものだ。村尾が婚約したと聞かされて、落ち込んだのはこっちのほうだ。真昼は、心のどこかでひとつ古いかさぶたが剥がれるのを感じた。

「言っておきますけど、結婚なんかしていないし、今回のコレクションには買い付けで来ているのよ」

「買い付け？　ということは、もしかして、真昼はあのアレッサンドロ・レオーニのバイヤーをやってるの？」

驚きのなかに、明らかな尊敬の色が混じる。そんな村尾の変化が小気味よくも思えてくる。思わず胸を反らして、大きくうなずいてから、だが、すぐにかすかな後悔を覚えた。本格的な買い付けは、まだ明日が初日なのだ。バイヤーといっても、実際には買い付けの現場すら経験していない。ただ、それでもバイヤーには違いない。だから、なにも嘘を言っているわけではないのだ。

それに、村尾にはひどい仕打ちを受けている。このぐらいのことがなければ、あまりに悔しいではないか。いまにして思えば、この男と結婚すると信じきっていた自分が愚かだった。それでも、あのときのあまりに一方的な別れは、いま思い出しても胸が潰《つぶ》れそうだ。

ずっと封印してきた過去が、一気に蘇《よみがえ》ってくる。真昼は、そんなすべてを振りきるように、自分を懸命に奮い立たせるしかなかった。

「だから大変なのよ。ここんとこ、すっごく忙しくて」

真昼は、わざと大儀そうに眉《まゆ》をしかめてみせた。そのたびに、心のどこかにチクリとなにかが刺さる。どうして自分はこんな見栄を張ってしまうのだろう。

「そうなんだってね。バイヤーって、本当に大変な仕事だと僕も思うよ。だけど、凄《すご》いじゃないか、真昼。若いのに立派だよ。で、仕事はうまくいってるの？」

村尾は、ますます感心したような声になる。そんな顔をしないでほしい。そう叫びたいぐらいだった。

「もちろんよ。うまくいってるわ」

もう引っ込みがつかなかった。仕方がない。だが、どうせ村尾とはもうこれっきりだ。かまいはしない。真昼は自分にそう言い聞かせて、無理にも笑顔になって訊いたのである。

「それで、そっちは？　博之のほうはどうなのよ」

別に訊きたかったわけではない。村尾がどんな仕事をし、どんなふうに暮らしているかなど、自分にはもう無関係だ。ただ、なんでもいいからバイヤーのことから話題を逸《そ》らしたかった。

「うん、こっちの支社にいるんだ。五洋イタリアに赴任して、まだ一年半だけど」

以前真昼が勤務していたグローバル物産と違って、五洋商事は日本の商社のなかでも常にトップの座を争う大企業だ。そのイタリアの子会社に赴任して、ミラノに住んでいるというわけか。

「あなたのほうこそ、結婚したんでしょ？」

いまさらなんでこんなことを訊いているのだろう。真昼はまたも後悔した。答えなんか聞きたくない。むしろ、聞かずにこのままこの場から駆け出していきたいぐらいだ。

「うん……」

村尾は、いともあっさりとうなずいた。予想していたはずなのに、胸がひどく騒ぐ。

「だけどいまは、単身赴任でさ。こっちで気楽に独り暮らしを楽しんでいるよ。カミさんも子供も、東京に置いてきたからね」

「お子さんもいるの」

努めて笑顔で言ったつもりだったが、自分の頰はきっと不自然に引き攣《つ》れているはずだ。それにしても、胸がこんなに締めつけられるのはなぜだろう。

「もうすぐ二歳になるよ」

どこまでも淡々と、村尾は言った。一秒でも早く、この場から逃げ出したかった。

「オー、マヒル」

そのとき、前方からやって来た男が、真昼に向かって両手を拡げるのが見えた。

「アンドレア！」

なぜここに彼がいるのかわからなかったが、またも救い主の出現だ。真昼は満面に笑みを浮かべ、大きく手を振っていた。

「彼、知り合いなの？」

顔いっぱいに笑みを浮かべて、真昼に向かって抱きつかんばかりに手を拡げて歩み寄ってくるアンドレアを見ながら、村尾は訊いてきた。

「え？　ええ、そうよ。もちろん……」

真昼は曖昧《あいまい》に言葉を濁した。

「ハーイ、アンドレア。元気だった？」

思わず自分の口から飛び出した馴《な》れ馴《な》れしい言葉に、真昼はわれながら驚いた。

「君こそ元気だったかい、マヒル？　また会えて、嬉しいよ」

そう言いながら、大げさな仕草で肩を抱き、頰を寄せてくる。真昼は、村尾の前で戸惑いを見せるわけにもいかず、努めてさりげなくハグを交わす。

「私もよ。ねえ、アンドレアも、さっきのショウを見にきていたの？」

さらに親しげに訊いてみると、アンドレアも嬉しそうに答えてくる。

「もちろんだよ。素晴らしかったね。アレッサンドロの作品は、今年もやっぱり最高だよ」

なんの違和感もなく、怪訝《けげん》な顔をするわけでもなく、こちらの言葉に屈託なく返事をしてくれるアンドレアに、真昼は内心感謝の気持ちでいっぱいだった。

「あ、そうそう。アンドレア、紹介するわね、こちらは村尾博之さん。私が以前勤めていた会社の同僚なの。博之、こちらはアンドレアよ」

村尾がなにやらイタリア語で挨拶《あいさつ》するのを見ながら、真昼はまたも激しい後悔に襲われていた。いったい自分はなにをやっているのだろう。村尾の手前、親しげな素振りをしてみせたものの、アンドレアには、ただとおりすがりに出会って、道を教えてもらっただけのことだ。どうやらファッション業界の関係者らしいという推測だけはできるが、どういう人間なのかはまるで知らない。またも行きがかりでアンドレアを巻き込み、助けを借りてしまったが、これ以上話を複雑にしてはいけない。

すぐにもこの状況を終わらせたくて、真昼はわざと慌てた様子で腕時計に目をやってみせたのである。

「もうこんな時間だわ。ごめんね、博之。私、本当に急いでいるから。アンドレアも、ありがとう。でも私、もう行かないと。じゃあね、チャオ」

詳しい事情を説明し、先日の礼も言いたかったが、いまはそれも事情が許さない。

「わかっているよ、マヒル。ほら見てごらん、あそこに、君のボスが来ているよ」

そう言いながら、アンドレアがいたずらっぽい目で指し示した方向を見ると、津田がエスカレータで降りてくるのが目にはいった。真昼がこの場を離れる理由として、これ以上のものはない。

ただ、アンドレアがなぜ津田を知っているのかも気になっていた。前回のときも、そんな口振りだったが、いったいどうしてなのだろう。いやそれ以上に、そもそも彼は何者なのか、それも訊《き》いておくべきだとは思う。とはいえ村尾の前で質問するのも不自然だろう。

「とにかく、仕事があるので、私はこれで。じゃ、ごめんなさい」

真昼は、そそくさとその場を立ち去ろうとしたのである。

「チャオ、マヒル。また明日ね」

津田のほうに向かって歩き出した真昼の背後で、アンドレアの声がする。

「え、また明日？」

まさか、明日また会うことになると予言しているのだろうか。どういう意味なのか気になって、すぐに振り向いたが、アンドレアはただにこやかにうなずいて、手を振っている。駆け戻って訊《たず》ねたい気もするが、そういうわけにもいかず、真昼はそのまま二人の男に背を向けて津田のほうに歩いていった。

★★★

翌日、真昼はいつも以上に早起きをした。というより、起こされたというべきだろう。目覚まし時計のアラームが鳴る少し前に、ホテルの部屋に電話がかかってきたのだ。

「ハロー？」

ベッドサイドのデジタル時計を見ると、真昼が起きるつもりだった午前七時より十分前だ。

「おはよう、マヒル……」

妙にハスキーで、優しげな若い男の声だ。

「僕だよ。アンドレア。今朝の気分はどう、マヒル？」

黙ったままの真昼に、さらに優しげな声が続いた。

「アンドレアなの？　でも、どうして」

このホテルに泊まっていることを、なぜ彼が知っているのだ。

「うん。今日から大事な買い付けが始まるって言っていただろう？　君の目覚まし時計が壊れたりして、遅刻したら困るから、ウェイクアップ・コールをしてあげたんだよ」

「そんな、大丈夫よ、アンドレア。目覚まし時計はきちんと動いているし、なにも問題ないわ」

「よかった。君が元気だったらそれでいいんだよ。じゃあね。今日も楽しい一日を」

それだけ言うと、彼は自分から電話を切った。受話器を置いたあと、なんだか浮き立つような思いがして、一気にベッドから跳ね起き、真昼はすぐにバスルームに駆け込んだ。

今日から、いよいよ買い付けが始まるのだ。すべては今日からが本番だ。手早くシャワーを浴び、歯磨きやメイクも済ませ、昨夜揃えておいたパンツ・スーツに、手をとおした。津田との待ち合わせ時刻の五分前にはロビーに着き、やがてやって来た津田と一緒に、ホテルの玄関を出た。

途中、バールで朝食用のサンドイッチを買い込んだあと、一昨日の朝は一人で心細い思いをしながら歩いた同じ道順をとおって、モンテナポレオーネ通り十五番のアレッサンドロ・レオーニのショウ・ルームに到着した。

入り口のドアを開けると、ずらりと並んだ商談用のテーブルはすでに各国のバイヤーたちがそれぞれに陣取っていて、エスプレッソの小さな紙コップを片手に、なにやら話し込んでいるのが見えた。ざっと見回すと、どうやらテーブルごとに国別になっているらしい。

「このテーブルが東京のスタッフ用よ。うちは結構たくさん買うからね、私たちはここを自由に使っていいことになっているわ」

津田が言い、真昼はホテルの部屋から大事に抱えてきたパソコンや、買い付けに必要な資料などをいれたトート・バッグをソファのうえに置いた。部屋のなかは、もちろん一昨日に来たときと同じである。長い時代を経て磨き上げられた古い木製の床は、深い重厚感のある焦茶で、周囲を囲むしっくいの白い壁も、大きなフランス窓も一昨日のままだ。

ひとつ大きく違っているのは、広い部屋を取り囲む壁ぎわに、ぐるりと金属パイプでできたハンガーが並んでいることだ。そしてそこには、びっしりとカラフルなこの春夏コレクションの洋服が並んでいることである。昨日ショウで目にしたドレスも、無造作にハンガーに吊《つ》るされている。

真昼は一瞬、息をするのも忘れたように、その場に立ち尽くしていた。

ショウ・ルームに並べられているのは、それだけではない。ジャケットや、パンツ。インナーやシャツ類。さらにはカラフルな刺繍《ししゅう》やビーズをほどこしたリメイク・ジーンズにいたるまで、ありとあらゆる作品が、コーナーごとに分類され、色別に並べられている。

さらに目を奥に移すと、別室に繋《つな》がる通路の壁ぎわまでが、すっかり商品のディスプレイ用の棚に変身していて、各種のバッグ類や、ミュール、華麗なデザインのサンダル、そしてアクセサリー類やサングラスなど、コレクションでモデルたちが使用していたグッズの類《たぐ》いがずらりと並べられている。

それらをひとつずつ目で追って見回しながら、真昼は作品から発せられる強烈なパワーに、圧倒されそうだった。

東京で日々手にしてきたアレッサンドロ・レオーニの手による洋服が、喩《たと》えてみれば透明なフィルムで綺麗《きれい》にラッピングされたドライフラワーだとしたら、ここで目にしているものは、生きたままの瑞々《みずみず》しい生花だと言うべきだろうか。

まるごとみんな日本に持って帰りたい。この生の感覚を、なんとかして日本のお客さまに伝えたい。真昼は、ショウのときに感じたあの願いを、またも強く嚙《か》みしめていたのである。

「ダメよ。雰囲気に呑《の》まれては」

そのとき、そばで津田の声がして、真昼はハッとわれに返った。

「全体をまずざっと見て、それぞれアイテムごとにチェックしていくわよ。今日は、まずジャケットからね。時間があったら、そのあとパンツも見るわ。いいこと、集中して仕事を進めないと、時間はかぎられているんだからね」

津田は、どこまでも冷静だった。

「これがサンプル・ブックよ。それぞれ、アイテムごとにファイルされているわ。そしてこっちがコーディネイト用の参考例を示したルック・ブック。このなかのものと、現物を確認しながら、どんどん見ていくわよ」

号令をかけるように津田に指示され、見ると黒いテーブルのうえには、厚さが二十センチはあろうかというほどの、分厚い黒のバインダーが数冊積まれている。

一冊を手に取り、なかを開いてみると、大きなループでファイルされた見本帳になっていて、それぞれ製品番号ごとにデザイン画が添えられ、サイズの種類などとともに、小さな生地見本もいくつか貼りつけられている。

今日見ていくのはジャケットだ。ただ、ジャケットといっても、ショウのなかで見たのはほんの一部で、サンプル・ブックをざっとめくっただけでも、気が遠くなりそうなほど種類がある。それらにすべて目をとおし、売れそうなものを選んでいくのだが、買い付けるのは日本各地の店舗ごとに、各サイズや色違い、素材違いを含めると、膨大な数にのぼる。

「いいわね、柏木さん。気持ちを引き締めて見ていくのよ。かぎられた日数で、抜かりのないように買い付けていくには、淡々と判断していくことが大事だから」

津田はまたも言った。

「わかりました」

すぐに答えてはみたものの、真昼は当惑を隠せない。はたして、淡々と判断するなんていうことが、自分にできるのだろうか。これだけ夥《おびただ》しい洋服のなかから、冷静に、そしてビジネスライクに、商品を取捨選択していくことなど可能なのか。

津田を見ていると、サンプル・ブックの見方すらまったく違う。全体を見回すように、ざっと視線をめぐらせ、次々とページを繰っている。自分はといえば、途中でつい何度も手を止めてしまい、デザイン画からできあがりを想像したり、添付されている生地に手を触れて、その手触りをたしかめたりしてしまうのだ。

そうこうするうちに、テーブルのそばにモデルがやって来た。

コレクション会場で、ランウェイを闊歩《かっぽ》していたモデルたちが、今日はバイヤーのために、コーディネイトの実際を間近で見せているのだ。ショウ・ルームには、数人の専属モデルたちが待機していて、実際の商品を着て歩き回り、バイヤーたちにアピールしている。

ジャケットやパンツ、インナーとの組み合わせだけでなく、バッグや帽子、アクセサリーなどといったものまで組み合わせを替えて、それぞれのアレンジも見せているのだ。

それにしても、ハンガーにずらりと吊るしてあるのを見るのと、モデルが身にまとったのを見るのとでは、雰囲気がまるで違う。モデルはすべて白人で、サイズも日本人とはかなり違うだろうが、商品のよさを知り尽くしているからか、色のコーディネイトの参考にもなり、グッズとの合わせ方なども、コレクションとは一味違っていて印象深い。

津田は、そんな気配などおかまいなしに、一心不乱にサンプル・ブックを繰っている。東京から持参したらしいポストイットを取り出して、気になるところをマーキングするのも忘れていない。

真昼も、気を取り直して、ショウのあとにホテルで作っておいたメモを取り出し、印象に残ったジャケットにマークしていった。


「へーイ」

どれぐらい経っただろうか。真昼の頭上で、若い男の声が聞こえた。

「アンドレア……」

突然のなりゆきに、真昼が思わず声をあげると、津田が怪訝《けげん》な顔でそっと訊《き》いてきた。

「柏木さん、彼を知っているの？」

「ええ、一昨日、ホテルからここに来る途中、親切に案内してくださったんです。でも、どういう方なのか聞いていなかったものですから」

「だったら紹介しておくわ。彼はアンドレア・レオーニ。ミラノ本社のセールス部門で、アレッサンドロ・レオーニ・ジャパンの担当をしてくれているの」

「そうだったんですか。昨日、コレクション会場でも見かけたんですけど、セールス部門の方だからだったんですね。でも、アンドレア・レオーニ？　名字がレオーニということは、もしかして……」

「そうよ。できは悪いけど、彼も一応レオーニ家の一員なんですって。アレッサンドロ・レオーニの甥《おい》だかなんだか、詳しいところまでは私もよく知らないんだけど」

津田はわざとらしくアンドレアを見てから、声をひそめて言った。

そんな日本語での会話が想像できるのか、アンドレアもニヤニヤしながらうなずいている。

「ねえ、マヒル。フミコは僕のこと、レオーニ・ファミリーのなかでも一番できの悪い男だって、そう言ったんでしょ？」

「いえ、そんなことは……」

「あら、アンドレアさすがね。やっと日本語がわかるようになったの？」

言葉に詰まっている真昼を遮るように、津田が口をはさんでくる。どこまでも、年下の男をからかうような口振りだ。

「まあ、いいですよ。それより、まもなくマダム・サルトーリが来ますので、その前に、さあレイディーズ、まずこれをどうぞ。今年の商品が全部まとめてありますので」

アンドレアは、重そうに抱えていた資料のなかから、二センチほどの厚さのファイルを二冊ずつ、津田と真昼に差し出した。マダム・サルトーリというのは優秀なセールス・レディだとのこと。なんでもとてもリッチな家系の夫人で、何人もメイドがいるような暮らしをしているのだが、ファッションが大好きなので、趣味のようにレオーニでセールスの仕事をしているらしい。

「コレクションに関しては、レオーニのデザイン・コンセプトとか、商品作りの狙いとか、細部にいたるまで完璧《かんぺき》に頭にはいっている人なの。コーディネイトのヒントとか、より魅力的に見せる着こなしとかもね。だから、あなたも遠慮なくどんどん質問すればいいわ」

「でも、言葉が……」

「なに言ってるの。そんなこと遠慮していちゃダメよ。通じなかったら、私が通訳してあげるから。いまここで訊いておかないと、あとで後悔してもどうしようもないんだから」

「はい、わかりました」

真昼はまたも大きくうなずいた。とにかく、臆《おく》せずに自分でもできるかぎりやってみることだ。

アンドレアから受け取ったファイルの表紙を開いてみると、レターサイズの用紙が横に五列、縦に四段の小さな四角に仕切られていて、各ページに合計二十点、それぞれの欄にスタイル画がずらりと描かれている。いわゆる「絵型」といわれるもので、今回の春夏物コレクションとして、アレッサンドロ・レオーニが来年初めから世界中で販売展開をする全商品を網羅したモノクロのスタイル画である。

各欄のうえには、商品のシリアル番号が振られていて、パンツやインナーといったカテゴリーごとにまとめられている。津田があらかじめ指示しておいたためか、ファイルの最初はジャケット類から始まっていた。

「うわっ、こんなに種類が豊富なんですね」

真昼は、絵型に素早く目を走らせ、驚きの声をあげた。わずか数センチ角のなかに描かれたスタイル画は、一見しただけでは、ほとんど同じ絵に見えてしまう。だが、注意深く見てみると、ちょっとした襟のデザインの違いや、ウエストの絞り具合、着丈の長短、それにフリルやベルトなど、商品の特徴を忠実に表現している。さきほど、下準備のために目をとおしていたサンプル・ブックにあった商品説明のなかから、スタイル画だけが綺麗《きれい》に切り取られ、無駄なく目次のように並べられているのだ。

「しっかり見ていくのよ。いいわね、柏木さん。この絵型の番号順に、これから今回の商品をモデルが着てみせてくれるから」

「ここにある商品を全部ですか？」

ファイルのなかには、ショウでは見なかったデザインもたくさんあった。というより、商品全体からすれば、ショウで見たものは、ほんの一部にすぎなかったのがわかる。

「そうよ。これから一つ残らず現物を見ていくのよ。一着ずつ丁寧に見て、まずあなたの印象をきちんとメモしておきなさい。第一印象は大事だわ。いいか、悪いか。買いたいか、買うのをやめるか。あとでその印象や、目についた特徴を思い出して、買い付けの判断材料やヒントになるようにするの」

「判断材料にするための、自分なりのメモですね」

「そうよ。ディシジョン・メイクのヒントになるものは、少しでも多いほうがいいんだけど、なんせ商品の種類が多いから、混乱してもいけないしね」

津田の説明を受けていると、まもなくアンドレアの後方から、柔和な笑みを浮かべた六十歳前後の婦人が現れた。予想していたより大柄で、背筋が伸びて姿勢がいい。

「あ、マダム。フミコです。今年もまたお目にかかれてとても嬉《うれ》しいですわ」

すかさず津田が笑顔で挨拶《あいさつ》をし、握手の手を出した。

「お元気でしたか、フミコ。今年もよろしくね。日本のお店は、本当にありがたいのよ。今年もまたたくさん買ってくださることを期待していますわ」

「それから、ご紹介しますわ、マダム。今年は、うちのジュニア・バイヤーのマヒル・カシワギが一緒ですの。柏木さん、こちらがさっき話したマダム・サルトーリよ」

言われて、マダムは真昼をまっすぐに見つめ、さらに笑顔になって握手の手を差し伸べてくる。

「ブオンジョルノ、マヒル。お目にかかれて嬉しいわ」

マダムの英語は、ゆったりとして、わかりやすかった。真昼が聞き取りやすいようにと、気を遣ってくれているのだろう。それにしても、津田の英語は澱《よど》みがない。

「初めまして、マヒルです。お目にかかれて光栄です」

「いい、柏木さん？　マダムの説明は詳しいからよくわかるけど、メモは簡潔に、記憶に残る書き方を工夫することが大事よ。黙っていたらモデルは次々と歩いていっちゃうけど、気になったら、いつでも止まってくれるように頼んでいいわ。こっちは買う側なんだから、そのつもりで、遠慮なんかする必要はないのよ。全商品の膨大な点数を思えば、私たちが買えるもののほうが少ないの。だから、買いたいものを選ぶというより、買わないものを決めるという作業になる。それを忘れないで。スピードが速いから、遅れないようについてくるのよ」

津田のアドバイスは的確だった。それに、心なしかいつもより親切だ。もしかしたら、少しは自分を頼りに思ってくれているのかもしれない。

ここは買い付けの現場。買い手として、津田と真昼はひとつのチームなのだ。アンドレアがここを「戦場」だと言っていたが、そうなると二人は戦友ということになる。真昼は、ひとつ大きく息を吸って、絵型のファイルを胸に、三色ボールペンを持つ手に力をこめた。

真昼にとっては、ここからがいよいよバイヤーとしての本格的な初仕事だ。今日から十一日間をかけて、日本各地の合計十二店舗に振り分ける商品のすべてを、津田と自分の二人だけで買い付けることになる。東京を発《た》つ直前の買い付け会議の席上で、十二店舗のうちの四店舗、つまり丸ノ内店、神戸店、京都店、福岡店の買い付けについては真昼が責任を持って決めるようにと、営業部長から指示を出された。

買い付け計画《パーチェシング・プラン》を作成するにあたっては、何度も会議を重ねてきた。各店舗からあげられてきた購入希望のデータを細かく分析し、商品のカテゴリーごとに買い付け総数も算出した。カテゴリーごとに集計するのはもちろんのこと、各店舗別の配分リストも作成し、それだけでなく、サイザー・ソーティングと呼ばれるサイズ別の集計表も用意した。

各店舗の持つ独自の地方色や、特有の顧客の傾向もしっかりと把握して、買い付け案を練り上げ、出発前まで何度も徹夜作業を繰り返して最終的な買い付けリストを完成させてきたのである。

準備は万端、抜かりはない。あとは、どの商品をどれだけ買い付けるか、自分で判断するだけだ。

「さあ、始まるわよ。いいわね、柏木さん。大事なことは、買わない理由をきちんと説明できるかどうか、ということよ」

「買わない理由が、どうして必要なんですか？」

「それは、あとになったらわかってくるわ」

まただ、と真昼は思った。仕事の要所要所で、津田はそれなりのアドヴァイスをくれるが、それはいつも謎めいていて、一番のポイントが欠落しているように思えてならない。あえて意識的にそうしているのかどうか、またそれがなぜなのかはわからない。全部を教えるのが惜しいのか、あとは自分で考えろとでも言いたいのか。

だがいまさら文句を言っても仕方ないのだ。やるしかない。少なくとも任された四店舗分は、自分を信じて決めるしかない。ボールペンを握りしめた掌《てのひら》に、じっとりと汗が滲《にじ》むのが感じられた。

★★★

一着目のモデルがやって来た。

レオーニらしいラインの純白のジャケットである。

「素材はサマー・ウールの混紡、着丈は五十九センチ、襟が細く昨年より繊細な雰囲気を出しています」

マダム・サルトーリの落ち着いた声が聞こえる。細部に今年らしさは漂っているが、いつもの定番商品だ。だから、どの店舗も、少しは買わないわけにはいかないだろう。真昼はスタイル画の空白に一重丸を書いた。

すぐに二着目を着たモデルがやって来る。見るからに柔らかなラインを活《い》かした、繊細な生地の春夏コレクションらしいジャケットだ。二番目の欄のスタイル画の余白には、即座にバツ印を書き入れる。この生地はバツだ。いつだったか、丸ノ内店の客からクレームが出たのと同じ種類だからである。見た目は繊細で素敵なのだが、一度クリーニングに出したあと、引き攣《つ》れが生じたのを覚えている。

ファイルから顔をあげると、すでに三番目のモデルがとおりすぎようとしていた。慌てて駆け寄ると、モデルはすぐに立ち止まり、こちらを振り返ってくれた。

これは買いだ。

真昼は直感した。このジャケットなら一目で好きになる客が確実にいる。あの人と、あの人と、それからあの人も……。

真昼の頭に、懐かしい顔が次々と浮かんできた。丸ノ内店で自分が担当しているお客だけでも、少なくとも四人には売る自信がある。即座に四人に売れるということは、その背後にさらに大きな可能性があるということだ。

三番目の欄のスタイル画の余白には大きく花丸を描き、ボールペンの芯《しん》を赤に変えて、「いい！」と書き添えた。

モデルは、次々と目まぐるしくテーブルの横をとおりすぎていった。そのつど、全神経を集中し、自分が得た印象を簡潔にメモしていく。そうやって、二十着ほども見続けたころだっただろうか。

「あ、これは……」

真昼は、無意識に叫び声をあげていた。

一瞬、周囲の視線が自分に集中するのを感じた。

「あの、とても大胆だけど、でも素敵です」

真昼は弁解するように告げていた。

「でしょう？　マヒルはこういうジャケットが好きなのね？」

マダムがにやりと笑みを浮かべる。

「ええ。私のお客さまのなかに、ぜひとも着せたいなと思う方がいらっしゃいまして」

「ダメダメ、柏木さん。いくらなんでも冒険しすぎよ。価格も高いし、まあ、もしも買うとしても、二、三着だけにしておいて、ウィンドウ・ディスプレイ用に使う程度ね」

津田は断言するように言って、スタイル画にことさら大きなバツを書いた。

「でも……」

真昼の頭から、客の顔がいつまでも離れなかった。あの人には、どうしてもこのジャケットを着せてみたい。間違いなく似合うと確信があるからだ。ここまで斬新《ざんしん》なデザインだと、戸惑いはするだろう。それでも、やはり勧めたい。いや、買わせてみせる。きっと似合うはずだ。真昼は強く思ったのである。

そのあとも何着見ただろう。午前中の分を終えたのは、午後一時半を過ぎていて、アンドレアが買ってきてくれた生ハム《プロシュート》とレタスのパニーニを頬ばりながら、午後の分をこなした。商品のチェックだけで、こんなにハードだとは思わなかったが、次々やって来るモデルに遅れずについていくだけで精一杯で、苦痛に感じているゆとりすらなかった。

誰よりも自分がまず袖《そで》をとおしてみたいと思うジャケットもあれば、個人的には好みではないが、買いそうな客の顔が浮かぶ商品は、ほかにも何点かあった。不思議と、店頭でお客に対応していたとき、在庫が切れていて悔しい思いをした記憶が蘇《よみがえ》ってくる。

それを思うと、余裕を持ってどれも多めに買い付けをしたい。そうは言っても、売れ残ってしまう不安もないわけではない。マダム・サルトーリの説明を聞き取ろうと耳をそばだて、メモを取るのに集中しているうちに、いつの間にか窓の外はすっかり暗くなっていた。

★★★

翌朝、また昨日と同じショウ・ルームに出向いた。

アンドレアからは新しい絵型のファイルを手渡され、マダム・サルトーリの解説に耳を傾けながら、モデルが着ている状態を一着ずつ丹念に見て、ひたすらチェックをする。

そのなかから、買うものと買わないものとを判断し、工場別に注文のリストを作成していくという、毎日がまるで同じ作業の繰り返しだ。

「このパンツは、このマークでサイズごとに合計四百五十二本。このSW-1822番のカットソーは、合計四マークスで各二千百枚……」

マークというのはデザインのパターンとカラーを組み合わせて注文の一単位とするレオーニ独自の数え方だ。買い付けは、それから毎日朝から夜まではてしなく続いた。

買い付け予定の商品リストは、買っても買っても一向に減らないような錯覚すら覚える。毎日、次々と新しい商品のチェックをこなすだけで精一杯で、一日何時間あっても足りないぐらいだった。

気持ちのゆとりなどまったくない。夜になって疲れてくると、無意識のうちに、反射的に判断をしているような気がして、心配になってくる。パソコンへの入力をしていると、つい時間を忘れてしまう。ふと気がつくと夜の九時を回っていることもたびたびで、ようやく一日の仕事を終え、ホテルの部屋に帰ると、そのままベッドに倒れ込んで、朝までひたすら眠りこけた。

作業予定の十日間は、そんなふうにしてあっという間に過ぎていき、最後の日を迎えたのである。

「お疲れさま。明日はお休みよ。ミラノ滞在の最終日ですから、一日自由にしていいわ。なにかしたいことある？」

ショウ・ルーム自体も閉鎖するので、一日休業となるのだと、津田が言う。

「いえ、とくに……」

真昼はいまはとにかく眠りたかった。

「じゃ、お互い、明日は好きに行動しましょう」

ホテルのエレベータ前で別れた途端、真昼は言いようのない解放感に満たされた。

ミラノでの仕事は、これですべてを完了した。帰国のために荷造りをする必要があったが、それも明日に回せばいい。

実家の両親に電話でもしようかと思ったら、ヴォイス・メールの小さなランプが点灯しているのに気がついた。再生してみると、村尾からの伝言である。

夜遅くなってもかまわないから電話をほしいとのことで、電話番号も残している。

そういえば、忙しすぎて、村尾のことなど思い出している暇すらなかった。ショウ会場で、偶然再会したのが、はるか昔のことのように思える。あのとき帰国予定を訊《き》かれた気がするが、それを覚えていて、挨拶《あいさつ》の連絡をしてきたのかもしれない。

村尾に電話をすることには抵抗があった。だが、明日がミラノ最後の日だと思うと、妙に感傷的な気持ちになってくる。電話でサヨナラを言うぐらいならいいのではないか。向こうもきっとそのつもりだろう。真昼はそんなふうに自分に言い聞かせて、思いきって電話番号を押したのである。

「あ、真昼？　ずっと待っていたんだよ。いま帰ったの？」

村尾はすぐに電話に出た。

「ええ。それにしても、よくここがわかったのね」

「いつも遅くまで大変なんだってね。アンドレアが言ってたよ」

滞在先を教えたのは、アンドレアらしい。

「明日は一日お休みなんだってね。せっかくだから気分を変えて、コモ湖まで連れてってあげる」

「え？」

「コモは、繊維産業の加工基地といってもいい街でね。これまで長いあいだ、毎年二回、イデア・コモといって、世界的な素材展が開かれてきたところでもあるんだ。バイヤーとしては、ミラノ市内だけじゃなくて、一度は行ってみておく価値があると思うよ」

そんな村尾の言葉が、わずかに残っていた真昼の躊躇《ちゅうちょ》を、あっさりと消し去った。

★★★

ミラノ中央駅《チェントラーレ》を出た列車が、三十分ほどでコモ・サン・ジョヴァンニ駅に到着し、そこからタクシーで数分も行くと、突然目の前に湖が見えてきた。

「うわぁ、気持ちいい」

「コモの街は、コモ湖の最南端。日本語の人の字の形をした湖の左下のほうにあってね。絹を中心とした繊維産業の街なんだ」

「シルクの街？」

「うん。テキスタイル・デザイナーのアトリエもたくさん集まっていてね。コモ湖を見下ろす丘陵地帯には二百軒以上もあるそうだ。街の南側には主にプリントを得意とする染色工場もたくさんあって、ヨーロッパの繊維産業の重要な担い手になっているよ。グッチやアルマーニとか、ヴェルサーチのようなイタリアのデザイナーはもちろんだけど、シャネルとかサンローランなんかのフランスのデザイナーとか、もっとほかの国々のデザイナーのプリント生地もコモで数多く生産されている」

「だから素材展が開かれていたのね」

それにしてもいい天気だ。抜けるような空というのはこういうのを言うのだろうか。真昼は胸一杯に透明な北イタリアの空気を吸い込んだ。ミラノで仕事に没頭しているあいだに、いつの間にか月が変わり、十月にはいってしまった。とはいえ、陽射しはまだ眩《まぶ》しいぐらいで、十月初旬とは思えないほど暖かい。

ゆっくりと湖畔まで歩くと、観光客もさらに増えて、にぎわっている。ときおり遠くから轟音《ごうおん》がするので目をやると、派手な色のパワーボートが次々と猛烈なスピードでとおりすぎていくのが見えてきた。

湖畔の船着き場から、二人は小さな連絡船に乗り込んだ。はるか先、湖の周辺のなだらかな丘陵には、家々が軒を連ねている。イタリアならではのテラコッタ色の屋根が樹々の濃い緑に映えて、どこまでも続く。

ときおり、湖のすぐほとりに贅《ぜい》をきわめたような瀟洒《しょうしゃ》な屋敷が建っているのも見えてくる。淡いクリーム色の壁に、趣向を凝らした純白の窓枠。水辺に迫った広いバルコニーは、たっぷりと陽射しを浴びて、見ているだけで溜《た》め息が出そうになる。

「このあたりは、ヨーロッパ中の金持ちたちに人気があってね。こぞって別荘を持ちたがるんだよ」

村尾の言葉に、真昼は心から納得した。船は湖上をそのまま行き、緑があふれる保養地チェルノッビオに着いた。下船するとき、狭い桟橋でバランスを崩しそうになり、村尾がすかさず支えてくれる。真昼も自然に手を預けたのだが、村尾は、今度はその手をいつまでも離そうとしない。

なんとなく、そのまま手を繋《つな》いで歩く恰好《かっこう》になったのだが、村尾はまったく平然としていた。船を降りてしまうと、あたりはひっそりと静まり返っている。

「ここも、いわゆる高級別荘地でね、デザイナーとか、ハリウッドの俳優たちとか、ミラノからだけでなく、世界中からセレブリティたちが避暑にやって来るんだ」

閑静な家並みに混じって、小さなブティックも見えた。小振りのウィンドウに、趣味のいい小物が並んでいるが、店は閉まっているようだ。細い路地を抜けると、すぐに深い緑に囲まれた田舎道のようなところに出て、そのままゆるやかな坂をのぼっていくと、やがて芝生の庭に繋がっていた。

「さあ、着いたよ。ここがグランド・ホテル・ヴィラ・デステ」

ホテルという言葉に、真昼はなぜかドキリとした。ときおり鳥の声が聞こえる。動揺を隠し、真昼は努めて明るい声をあげた。

「なんだか、映画のシーンに迷い込んだみたいだわ」

「そのとおりさ。このホテルはいろんな映画の舞台にもなったらしいよ。なんせ十六世紀に建てられて、宮殿だったのをホテルに改造したっていうんだからね。こんなところで、一週間ぐらい真昼と一緒に夏休みを過ごせたら、楽しいだろうな」

どういうつもりか、独り言のように言う村尾に、真昼はあえて聞こえなかった素振りをした。一週間を一緒に過ごすということの意味を、村尾はなんと考えているのだろう。

「ねえ、なんだか、お腹が空《す》いてこない？」

あえて話題を変えたのが伝わっただろうか。村尾は愉快そうに微笑んだ。

「そう言うと思ったよ。大丈夫、湖の見えるレストランを予約してあるから」

ドアマンになにか告げたあと、真昼の背中に手をやって、建物のなかにエスコートしてくれる。ベネチアングラスの繊細なシャンデリアが下がる重厚な雰囲気の廊下を行き、ダイニングにはいると、一方はそのまま緑の庭に向かって開け放たれている。その先は数歩ですぐに湖だ。

にこやかに声をかけてきた初老のメートル・ドテルに、村尾はイタリア語で語りかけた。

「庭のテーブルを」

ゆったりと進む食事は、どれも申し分なかった。とくに、村尾に勧められてデザートに頼んだクレープ・シュゼットは、目の前でリキュールがかけられ、フランベされ、最高だった。

「オレンジの香りが素晴らしいの。これまで食べたどんなデザートよりもおいしかったわ」

だから、真昼は心から言ったのである。

「喜んでもらえてよかったよ。真昼はいいよな。本当に素直だから」

「え?」

「真昼と一緒だと、ホッとするよ。うちのヤツも、真昼の半分でいいから、そんなふうに嬉《うれ》しがってくれると救われるんだけど」

そんなことを言われても、答えようがない。もう一度、聞こえなかった振りを決め込んだのだが、村尾は深々と溜め息を吐《つ》いた。

「一昨日まで、東京に行ってたんだけど……」

東京に「帰る」ではなく、なぜか「行く」という言葉を遣うのも気になった。

「うちのヤッとは、結局一度も顔を合わせなかったよ」

「どうして？　仕事で忙しかったから？」

真昼は思わず訊《き》いていた。単身赴任の夫が久しぶりに帰国したら、家族で一緒に過ごすのが普通ではないか。

「いや、ここんとこずっとそんな調子さ。こっちは、もう勝手にしろっていう感じだけどね。僕は、あいつの親父さんか、会社と結婚したようなものだからさ」

村尾は、口のなかから苦いものを吐き出すような顔をして言った。

★★★

ようやくミラノのホテルの前までたどり着いたとき、日はすでにとっぷりと暮れていた。

村尾とのあいだに起きた今日の出来事も、そのあとのハプニングも、いまはひとまず頭から追いやるのだ。しばらくは仕事のことだけを考えていよう。いまの自分にとって大切なのは、無事に東京へ帰ることだ。明日早朝の出発のため、早く荷造りを済ませ、帰国の仕度をしなければいけない。

部屋に戻ったあと、荷造りに取りかかろうとしたところで、真昼はふと思い立って、先にバスルームに飛び込んだ。

成田に着いたあと、いったん青山の本社に直行することになると、津田から聞いている。営業部長に出張の報告をするのだろう。明日の出発が早いことを考えると、今夜のうちにシャンプーもしておきたい。頭のなかで済ませておくべきことの手順を考え、荷造りより先にシャワーを浴びておこうと考えた。

疲れきってはいたが、真昼の動作は機敏だった。メイクを落とし、熱めのシャワーに打たれていると、強《こわ》ばっていた心までが和らいでくる。香りの高いシャワー・ジェルで汗を流し、ゆっくりと時間をかけて髪を洗っていると、つい昼間のコモ湖の景色が浮かんでくる。

どこを撮ってもそのままポストカードになりそうなほど、溜め息の出るような湖畔と、高級別荘地。

その澄んだ空に、嫌でも村尾の顔が重なってきた。

「素敵だよ、真昼……」

村尾のあの訴えるような目が迫ってくる。

真昼は強く首を振り、頭のなかから必死に村尾の顔を追いやろうとして、両手で強く顔を洗った。村尾の顔も、言葉も、そして懐かしいあの唇の感触までも、なにもかもを熱いシャワーで洗い流せれば、どんなにいいだろう。

村尾は、幸せな結婚をしたはずだった。なんの躊躇《ためら》いもなく、真昼に背を向けて、華やかな職場と豊かな生活を手にいれたのだ。その選択がどんなに真昼を傷つけたかも、真昼の存在そのものすら貶《おと》しめるほど容赦のないものであったかも、いまさら知らなかったとは言わせない。

ヴィラ・デステのレストランでの昼食を済ませたあと、村尾にエスコートされるまま、静まり返った別荘地の小道をゆっくりと進んだ。いつの間にか、また手を繋いでいた。秋の陽射しはどこまでも優しげで、白ワインで火照《ほて》った身体を醒《さ》ましながら歩いていると、世界中に村尾と真昼しか存在しないかのような、錯覚に囚《とら》われてくる。匂い立つような濃い緑のなか、村尾の温かい手をとおし、自分の激しい鼓動がそのまま相手にまで伝わりそうな気がして、真昼はそっと手を離した。振り向いた村尾は、怒ったような顔をしていた。そして次の瞬間、真昼の身体を引き寄せ、強く抱き締めてきた。

「真昼……」

その唇を、自分はどうして避《よ》けなかったのだろう。咄嗟《とっさ》に身体を強ばらせ、真昼は激しく後悔した。頭では、すぐに後悔していたのに、身体はなぜか動かない。

村尾の舌は柔らかく、昔と変わらず優しくて、そしてひどく性急だった。歯のあいだから、まさぐるように忍び込んでくるその動きに、真昼はただすべてを委《ゆだ》ねていた。

重なり合った村尾の身体が、明らかに変化を見せている。強く押しつけられるその変化から、村尾がその先を求めていることも、痛いほど感じられた。

　ヴィラ・デステに部屋を取ってあるんだ。いまそんなふうに切り出されたら、自分はどう答えるのだろうか。真昼の後頭部のあたりに、痺《しび》れるような感覚とともに、そんな思いがふと浮かんだが、村尾はそこまでは口にしなかった。

　ただ、長い長い接吻《キス》のあと、代わりにぽつりと言ったのである。

「なあ、真昼。僕たちやり直せないかな？」

　どうやって？　すぐにもそう問い返したかった。離婚する気？　会社も辞めて日本に帰るの？

　だが、真昼は、自分がそんなことを訊かないこともわかっていたし、村尾が決してイエスと言わないことも、切ないぐらいわかっている気がした。

★★★

「あれは事故のようなものよ」

　熱いシャワーの飛沫《しぶき》のなかで、真昼は声に出してつぶやいた。

　明日の朝になったら、荷物を持って空港に向かい、飛行機に乗ったらそれでなにもかも終わりだ。東京に帰ったら、二人にはまた別々の日常が待っていて、なんの接点もなく、何事もなかったかのように、それぞれの生活が始まるだろう。

と、そう思って、気持ちを振り払うように、もう一度両手で顔を乱暴なぐらいに洗っていたとき、突然あたりが真っ暗になった。

一瞬、なにが起きたのかわからなかった。

お湯だけはさっきと変わりなく落ちてくるが、バスルーム中の電気がすべて消えている。いや、消えてしまったのは、バスルームだけではないようだ。

停電？　まさか……。

手触りで、髪や身体に石鹸《せっけん》分が残っていないのをたしかめてから、シャワーを止めた。闇に手を伸ばし、バスタオルの場所を探り当て、慌てて身体に巻きつけた。一面の闇に目を凝らしても、息苦しいまでに真っ暗で、家具やベッドのシルエットすら浮かんでこない。

すべってころばないように細心の注意を払いながら、摺《す》り足でバスルームを出る。壁づたいにさらにゆっくりと窓ぎわまで歩き、カーテンを開けてみたが、外には月明かりさえもない。どうやら周囲の建物の灯りがすべて消えているらしい。周辺の地域一帯が停電になっているのだろう。

やがて、目が闇に慣れてきたせいか、仄《ほの》かにベッドの輪郭が見て取れて、かろうじて脇のベッドサイド・テーブルのところまでたどり着いた。

ホテルの係員になにがあったのか問い合わせてみるつもりで、受話器を取ったが、電話回線も切れている。ふと思い出して手を伸ばすと、常備されていた懐中電灯に指先が触れた。これで少しは動きが取れると思い、嬉《うれ》しくなってすぐにスイッチを入れたが、音がするだけで、電池切れらしい。

まったく、なんということだ。

だが、こういうときはかえって落ち着くしかない。真昼は自分に言い聞かせて、ベッドに乱雑に積まれた洋服類をまさぐった。

明日、帰国のときに着る予定の服だけは、さっき一揃いにしてクローゼットのなかに残しておいた。こんな状態がいつまで続くのかわからないが、どちらにしても朝になれば明るくなる。そのときになってから、それ以外のものをざっとスーツケースに詰めれば、問題はないはずだ。

ベッドのうえから手当たり次第に着るものを抜き取り、ひとまずそれを身につけてから、真昼は湿った髪のままで、ドア方向に進んだ。

廊下に出れば、誰かいるに違いない。階段を使って津田の部屋に行ってみれば、なにかわかるかもしれない。そう思って、また手探りでルーム・キーのありかを見つけ、ドアを開けた瞬間、強い光に射抜かれた。

「ハーイ、マヒル。君、大丈夫？《アー・ユー・オーケイ？》」

懐中電灯でこちらを照らしているからか、声はするけれど、相手の顔は闇のなかだ。

「アンドレアなの？」

眩《まぶ》しさに目を細めながら、真昼は驚いた声をあげた。

「可哀想に、びっくりしただろう？　でも、もう大丈夫だよ。心配ないからね」

ラフなジーンズ姿のアンドレアは、別の手に持ったもう一個の懐中電灯を掲げてみせる。

「ありがとう、アンドレア。だけど、あなた、どうしてここに？」

「今夜はミラノの最後の夜だろう。ホテルのバーで一緒に一杯どうかなと思って、電話をしてみたんだよ。そうしたら、何度やっても繋《つな》がらなくってさ。このあたり一帯が停電になっているって聞いたんだ。どうもたしかな原因がつかめていないらしくて、復旧までまだだいぶ時間がかかりそうだなんて言ってたけど、だったら、マヒルは一人できっと困っているだろうと思ってさ」

「嬉しいわ、アンドレア。でも、私のことより、津田さんは？　彼女も一人で困っているはずだわ」

急いで廊下を行こうとすると、アンドレアは真昼の肩に手を置いて引き止めた。

「心配いらない。彼女は、いまごろまだ街で飲んでいるよ。グレイスたちと一緒なんじゃないかな。それよりマヒル、髪がびしょびしょだ」

「ちょうどシャワーを浴びていたの。真っ暗になっちゃって、ドライヤーも使えないし、服を探すにもなんにも見えなくて」

懐中電灯の光のなかで見ると、さっき手探りで着たカットソーが、前後ろになっているのがわかる。

「大丈夫？　このまま出かけられる？」

「でも、見て、こんな恰好《かっこう》なのよ」

情けない声を出す真昼に、アンドレアは声をあげて笑った。

「平気さ、誰も気にしないよ。だいいち、暗くて見えないしね。だけど、そのままじゃ風邪をひいちゃうね。わかった、そんな恰好でもかまわないところに連れていってあげる」

アンドレアにうながされてホテルの外に出て、外気に当たると、解放感があった。だが、シャワー後の湿った身体にはさすがに冷気が沁《し》みる。思わずくしゃみが三度も続き、そんな真昼の肩に、アンドレアがすかさず自分のジャケットを脱いで、着せかけてくれた。

「さ、乗って」

すぐ先の道に駐車してあった車のドアを開けてくれ、真昼が少し躊躇《ためら》いながら乗り込むと、アンドレアはすぐにエンジンをかけた。そのままどこをどう走ったのか、すっかり灯りの消えた街を十分ほども行くと、途中からようやく建物の窓に灯りの見える地域にはいってきた。

「ここだ。着いたよ。どうぞ……」

広い道路に面した石造りの建物脇に、無造作に車を停めたアンドレアは、運転席から降りてきて、助手席のドアを開けてくれた。

「ここはどこなの？」

「いいから、こっちだよ。おいで、マヒル」

ごく自然に手を取って、建物のなかに案内され、真昼は仕方なくあとをついて行った。外観はいかにも歴史を感じさせる古い建物だったが、玄関から階段を上り、ドアを開けて部屋に一歩足を踏み入れると、室内は驚くほどモダンな雰囲気がある。

高い天井に、しっくいの白い壁。素朴な木製の床にはシックなオフ・ホワイトの厚いカーペットが敷かれている。全体に白を基調としたインテリアだが、ところどころアクセントを利かせた家具は、どれもポップで、カラフルで、住む人のインテリジェンスと、センスを感じさせると言えばいいだろうか。

「ねえ、ここって、もしかしてアンドレアのお部屋？」

「そうだよ。僕のほかには誰もいない。だから、リラックスしていいよ。奥にあるド

ア の向こうがバスルームだからね。よかったらもう一度シャワーを浴び直してもいいし、ドライヤーも使えるからね」

アンドレアはどこまでも屈託がない。だが、まさか男の独り住まいでシャワーを浴びるわけにもいかないだろう。とはいえ、あまりこだわりすぎるのもかえって不自然だと思い、とりあえず礼を言って、ドライヤーだけ使わせてもらうことにする。

「ねえ、マヒル。ワインでいいかな？」

髪を乾かして出てきた真昼に、アンドレアが訊《き》いてくる。

「ええ、ありがとう」

目の覚めるようなフレンチブルーの皿に、何種類かのイタリアン・チーズが並び、小さなボウルにはいった山盛りのオリーブが添えられていた。

「今日は、コモに行ったんだって？　ヒロユキが電話で言ってたよ」

村尾は、今日一日真昼が休みを取れることをアンドレアから聞いたと言っていた。そのとき、そんなことまで伝えていたのだ。

「あの湖は僕も好きでね。ときどき行くんだ……」

黙ったままの真昼に、アンドレアの話は続く。

「あそこには伯父《おじ》の別荘があってね。ベランダで一日湖面を見て過ごしても、飽きないよ。湖面に、魚が跳ね《ライズす》るだろう？　あれを見るのが好きでさ」

「魚が跳ねるのを、ライズって言うの？」
「釣り《フイッシング》の用語だけれど、鏡のように静かな水面から、突然魚がジャンプする姿って、なんだか思わせぶりだと思わないか？　水のなかで幼虫から羽化して飛び立つ瞬間の羽虫を食べるため、という説もあるけど、僕は違うと思うな。きっとなにかとびきり嬉しいことがあって、身体で表現したくて、それでブラボーって、飛び跳ねるんじゃないかと思うんだけど」

アンドレアは楽しげだったが、真昼は素直にはうなずけなかった。
「そうかしら。私は違うな。きっと、水のなかが息苦しくて、我慢できなくて、だから思いきってなにかを捨てるために、それでジャンプするんじゃないかって思う。いまいる水中の世界から、一瞬だけでも逃げ出したくてね。たとえ、すぐにまた水のなかに落ちちゃうとしても……」

その言い方があまりに激しかったからか、アンドレアは驚いたように真昼を見つめた。

成田に向かう機内は満席だったが、飛行は順調で、揺れもほとんど感じられなかった。真昼は、ときおり通路を歩く人影がとおりすぎる気配をぼんやりと感じながらも、読書灯も点《つ》けず、真っ暗な窓の外を眺めていた。

ミラノでの最後の朝は忙しかった。

　ホテルの停電は結局午前四時ごろまで続き、真昼は早めにセットしておいたアラームで目覚めるやいなや、朝の薄闇のなかで手早く荷造りに取りかかった。

　それにしても、今回の初めての出張は、とうとう最後までハプニングの連続だった。変わらなかったのは、思えば津田の叱責《しっせき》ぐらいだ。

「いいこと、柏木さん……。浮かれていないで、気持ちを引き締めて帰るのよ。バイヤーが本当に大変なのは、このあとなんだから」

「このあとって、どういうことなんですか？」

　意味が理解できず、真昼は訊いた。

「バイヤーの真価が本当に問われるのは、すべて帰国後だということよ」

「それはつまり、買い付けた品物が無事注文どおり到着するかどうか、そういうことのチェックやフォローが残っている。そういう意味なんですよね？」

　そんなことぐらいはわかっているつもりだ。真昼は内心そうも言いたかった。

「そんなのは当たり前のことよ。でも、それだけじゃないの。もっと大変なことよ」

　津田は、少しムッとしたような顔で言う。

「もっと大変って、ほかにどういうことがあるんでしょうか？」

　だから、できるだけ謙虚な態度でまた訊いたのである。

「それは、帰ったらわかるわ。あなたも、そのうち嫌というほど味わうでしょうから ね。バイヤーは、買い付けを済ませたらそれで終わりじゃないの。というより、これからがスタートね。まあ言ってみれば、バイヤーとしてまともに一人前になれるかどうかの大きな試練はこれから、と言うべきでしょうね」

津田の唇に、薄い笑みが浮かんでいる。

真昼は、曖昧《あいまい》に言葉を濁した。そんなことを言われても、なにをどうしていいかわからないではないか。この先、なにが待っているのか、真昼は重い心を抱えて機内の席に着き、シートベルトを締めながら、深々と溜《た》め息を吐《つ》いた。

★★★

「ライズ……」

機内の狭い座席で、何度も姿勢を変えながら、眠れぬままに真昼は口のなかでつぶやいてみる。

窓の外は相変わらず真っ暗で、さながら夜の湖面のようだ。その闇を見ていると、思い出すともなしに、昨日の夜、アンドレアの部屋でのことが浮かんできた。

「ねえ、マヒル。君のために、僕になにかできることはあるのかな？」

あのときアンドレアは、ゆっくりと真昼のグラスにワインを注ぎ、そのあとまたじっと真昼の目を見つめて言ったのだ。ライズは、魚にとっては喜びの動作だと説明するアンドレアに、真昼がムキになって反論したのが心配でならないという顔をしていた。

「ゴメンナサイ。私ったら、つい……」

あんな言い方をするつもりはなかったのだ。真昼は自分を恥じていた。買い付けの窓口でもあり、取引相手でもあるアンドレアの前で、感情的で八つ当たりのようなことを言うのはあまりに子供っぽい。

「いいんだよ、気にすることはないさ」

アンドレアは、包み込むような笑顔を見せる。真昼は、自分の気持ちをうまく表現できず、もどかしくてならなかった。極度の疲労に突然の停電が重なって、かなり動揺していることもあった。二週間の予定をすべてこなし、緊張が解けたせいもあるのだろう。

だが、本当の原因は、村尾とあんな経緯があったからだ。いや、それだけではない。初めて訪れたはずなのに、不思議なぐらい居心地のいいアンドレアの部屋と、なにより彼の優しさが、自分を明らかに落ち着かなくさせている。

真昼はあのとき、危うさすら感じていた。できるものなら、彼の優しさのなかに手放しで浸っていたい。心の底ではそう望んでいるくせに、感覚だけは妙に研ぎ澄まされていて、どこか好戦的にすらなっている。アンドレアの言うことには、いちいち異論を唱えてみたくなるのは、間違いなく甘えだ。途方もない無茶を言って、彼を困らせてみたい。

村尾には決してぶつけられない苛立《いらだ》ちを、代わりにアンドレアに向けているわがままな自分がいる。それに気づいていて、アンドレアは受け止めようとしてくれているのではないか。

「言いたいことは、なんでも言えばいいんだよ。我慢することはないさ」

「そんなこと言うけど、私には……」

自分自身にすら説明のつかないほどの鬱々《うつうつ》とした思いを、どんなふうに表現すればいいというのだ。

「だからさ。あんまり気にするなって、そう言ってるんだよ。リラックス、マヒル。この部屋には僕らのほかには誰もいないんだからさ。いくら大きな声で話しても、フミコには絶対に聞こえないから」

アンドレアはそう言って、おどけた素振りで肩をすくめ、ウィンクをしてみせた。

「アンドレアったら……」

「いや、君はもっと自分の意見を主張すべきだと、僕は思うよ。相手に自分の考えを伝えることを怠けていちゃいけない」

「怠けてるですって？　私がなにを怠けてるって言いたいわけ？」

自分の意見を言うのを躊躇《ためら》ったり、遠慮することはあっても、それは津田がバイヤーの大先輩だからだ。なのに、それを怠けていると言われたら立つ瀬がない。

「日本にはね、出る杭《くい》は打たれる、という諺《ことわざ》があるわ。積極的に発言して目立つと叩《たた》かれちゃうの」

「そんな諺は、ミラノでは忘れることだね」

「でも、私はバイヤーとしては、まだジュニアだもの」

「それも関係ないね。勇気を出して、きちんと声に出して、自分の意見を言ってみるんだよ、マヒル。考えていることや、言うべきことを、はっきりと口にすることは、この先もっと大事になる。とくにこの世界ではね」

アンドレアは真顔だった。そうなりたいと願っているのは、誰よりもこの自分なのだ。あの津田のように、そしてグレイスやほかのバイヤーたちのように、なにを言うにもあんなに自信たっぷりでいられたら、どんなにいいだろう。

「バイヤーにとって、選ぶということは、捨てることですって。選んだら、あとを振り返らない。なにより大事なのは、気持ちを切り替えること。津田さんからそう教わったわ。でも、私にはできない」

最初聞かされたときは、どういうことかまるで見当もつかなかったが、二週間を終えたいま、津田の言葉がよく理解できるようになった。買わないと決めた商品には執着せず、すぐに頭の外に追いやってしまう。目の前に並ぶ数多《あまた》の魅力的な商品のなかで、捨てることの難しさを今回身に沁《し》みて味わった。

買わないと決めたものを、すっぱりと切り捨てられる人間こそが、バイヤーとして生き残れる。自分の判断力や審美眼に、確固たる自信を持ってこそ、思いきった取捨選択が可能になる。

それなのに、自分はいつも引きずっている。過去の迷いも、一度下した判断についての躊躇《ちゅうちょ》も、反省もそれから後悔も。なにもかもを引きずりながら歩いている。村尾とのことも、まさにそうだ。

「できるさ、マヒル。君が、ほんのちょっと勇気を出すだけでね」

アンドレアは、どこまでも穏やかな目をして言う。

「私、自信がほしい。誰がなんと言おうと、これがいいって断言できる勇気がほしい。きっとそういう人間じゃなければ、バイヤーには向かないのかもね」

「頑張るんだよ《ユー・キャン・ドゥ・イット》、マヒル。そしてまた、必ずミラノに帰ってくるんだ。忘れるなよ。一度ミラノに買い付けに来て、それっきりで辞めてしまう人間がどれだけ多いか知ってるかい？　買い付けは、それだけプレッシャーの多い仕事だから」

「え、そうなの？　一回きりでバイヤーを辞めちゃう人がそんなに多いの？」

「本当さ。二回以上続ける人はかぎられている。もっとも、二回続けて来た人は、そのあとも何度も来るようになるみたいだけど」

初めて聞く話だった。だが、言われてみれば真昼の前任者も、買い付けから帰ったあとしばらくして長期の病欠にはいったと聞いたことがある。

「僕は、君にもそうなってほしいんだよ。次も、その次も、またミラノに帰ってきてほしい」

アンドレアは、「ミラノに来る」ではなく、「帰ってくる」という言葉を使った。

「ありがとう、アンドレア」

「今回の出張は大変《タフ》だったものな。フミコはああいう人だから、マヒルはきっと倍ほど疲れただろう？」

「そんなことはないわ。学ぶことがたくさんあったし、楽しかった」

真昼は、強くかぶりを振って言ったのである。そうなのだ。この苛立ちは、決して津田に対してのものだけではない。いや、それよりむしろ自分自身への歯がゆさゆえのものだ。アンドレアがいみじくも指摘したように、津田に対しても、それから村尾に対しても、自分はいつも本当の思いを伝えていない。

「フミコは厳しい人だけど、優秀なバイヤーだよ」

「ええ、それはわかっている。そのとおりだと私も思うわ」

「だったら、彼女からいろんなものを盗めばいいんだよ。君にはやっぱり素敵なライズをしてほしいと思うものね。お日さまが昇るときもライズだし、職場で昇進《プロモート》するときも、ライズって言うじゃないか。マヒルにはそんなふうにポジティヴなライズが似合うと思うな」

「だといいけど……」

人生においてもそうかもしれない。買い付けと同じように、選び取ること、過去を切り捨てられる人間だけが、新しい幸せをつかめるのだ。

「ライズだよ、マヒル。飛び跳ねるんだ。思いっきり」

「わかった。やってみるわ」

真昼は少しおどけた仕草でワイン・グラスを掲げた。

「ところで、マヒル。今日、ヒロユキと一緒だったんだって？」

アンドレアが、遠慮がちに話題を変えた。本当はなにより知りたかったことなのに、真昼が少し元気を取り戻したのをたしかめてからでしか、言い出せなかったという顔だ。

「え？」

「コモには、彼と二人っきりで行ったんじゃないのか？」

「ええ、そうだけど」

「そこで、きっとなにかあったんだね。今夜君が苛立っているのは、そのせいなんじゃないのかい？」

アンドレアは、心のなかまで見透かすような目をしていた。真昼は、またも激しく首を振った。

「なにもないわ。あるはずがないもの。博之は前の会社の同僚よ。ただそれだけ、ミラノの思い出に、親切にコモ湖に連れていってくれただけ。それでおしまい」

言いながら真昼はそばの置き時計に目をやった。いまごろホテルに村尾から電話がかかっているのかもしれない。だが、これでよかったのだ。そして、またしてもアンドレアに救われたことになる——。

★★★

成田空港に着いたあとは、津田と一緒に青山の本社に直行した。

だが、営業部長の鈴木は地方に急な出張で留守だとのこと。肩透かしにあった思いで、そのまま帰宅することになり、翌朝は気分を入れ替えて、久しぶりの丸ノ内店に出勤した。

ミラノでは買い付けに追われ、疲れきって帰国したのだが、だからといって甘えは許されない。丸ノ内店にいるあいだは販売で頑張るのが自分の仕事であり、バイヤーになったからといって、なにも特別扱いされるわけではない。また以前とまったく変わらない日々に舞い戻っただけだ。

それでもなにより感じるのは、自分の商品を見る目がすっかり変わったことだった。客に勧めるときも、これまでとはまったく違って、ポイントを突いた説明ができるようになっている。真昼は、より自信を持って、情熱をこめて語れる自分が嬉《うれ》しかった。アレッサンドロ・レオーニが、どんなコンセプトを持ってデザインしたかが、商品を見ているだけで想像できるような気がする。いま店に並んでいるのは、真昼が見てきたコレクションより半年前の商品ではあるが、ミラノのマダム・サルトーリの説明や、熱っぽい表現が目に浮かぶようだ。

そのせいかどうか、週初の午前中で来客は数えるほどだったのに、真昼にばかり客が集中した。それでも帰国早々から客に喜んでもらえたのはよかったし、いつも以上に買ってもらえたのも満足だった。

「あ、失敬。柏木さん、ちょっといいかな」

店長が遠慮がちに手招きをしている。

「私ですか？」

「さっき営業部長から電話があって、明日の午後、君に本社のほうへ来てほしいそうだ。買い付けの報告も聞きたいし、今後の予定も立てるそうだよ」

「今後の予定、ですか？」

「そろそろ、上代《じょうだい》設定会議があるんじゃないかな」

「なんですか、それ」

思わず大きな声になる。

「え、津田さんから教えてもらってないの？」

店長は信じられないという顔をした。だが、そんな会議のことにかぎらず、なにもかもが知らないことだらけだ。というより、津田から親切に教えてもらったことなど、はたしてどれだけあるだろう。

真昼は、胸に溜《た》まった不信感を吐き出すこともできず、ただうなずいた。

「買い付けてきた商品をね、どのぐらいの販売価格に設定するか、社長とかマーチャンダイザーとか、バイヤーなんかが集まって決めるんだよ」

「そんな会議にまで、私も顔を出さなきゃいけないんですか？」

「当たり前だろう。今回ミラノで、君はバイヤーとして自信を持って、買い付けをしてきたはずだね」

「それは、もちろん……」

確固たる自信があるかと問われれば、不安は残る。それでも精一杯考えて、買い付けたつもりだ。

「だったら、上代設定にもしっかり意見を述べるべきじゃないか。これはと判断して仕入れた商品は、完売するまで責任を持つのがバイヤーの使命だよ。バイヤーとしての誇りを持って、発言してくるんだ」

「はい……」

ふと、帰国直前に、津田に言われた言葉が浮かんできた。バイヤーの本当の大変さは、むしろ日本に帰ってから始まる。真価が問われるのは帰国後だ。津田が言いたかったのはこのことだろうか。自分がいいと思って買い付けてきたものが、売れ残ってしまったらバイヤーの責任だ。反対に、各店舗で在庫の奪い合いになるぐらいなら、これほど嬉しいことはない。だが、だからといって、せっかくの売れ筋商品が在庫不足になってしまうのも、バイヤーの読みが甘く機会喪失を招いたと判断される。

バイヤーとしての真価が問われる。真昼は心のなかでそっとつぶやいた。そう思うと、年明けの最初の入荷が待ち遠しいような、いつまでも届かないほうがいいような、複雑な気持ちになる。

「いいね、明日の午後の本社行きは頼んだよ」

「わかりました」

バイヤーの試練がいよいよ始まる。真昼は胸を張って答えた。

★★★

翌日の会議はやはり上代設定のためのもので、午後三時から青山の本社で開かれた。営業部長を前にしたときの津田は、ミラノでの彼女とは百八十度違って穏やかで、好意的だったが、真昼にとっては、それもいまさら驚くことではない。

「やあ、柏木君。ミラノはどうだった？　今度のコレクションは抜群のできだったんだってね」

「はい。ショウは本当に素晴らしくて、感激してしまいました」

その言葉に嘘はない。

「買い付けは、うまくいったかい？」

「はい。どれも全部買い込みたくなるほどいい作品ばかりでしたが、そのなかでもお客さまの顔を思い浮かべて、とにかく厳選してきたという自信があります」

前のめりにそう答えると、隣から津田の視線を強く感じた。

「ほう、それは頼もしいね。年明けの入荷が楽しみだね」

部長の前だとどうしてこんなに素直に、自分をさらけ出せるのだろう。部長が喜ぶ顔を見ると、ミラノで大変な思いをしたことも、帰国直後の店で、一部の同僚たちから相変わらず嫌みな言葉を言われているのも、些細《ささい》なことのように思えてくる。上代設定会議では来季の商品の傾向や、セールスを強化するアイテム、売れ行き予想などを中心に、価格の設定も含めて出席者からの真剣な意見が交わされた。

「それはそうと、向こうでアンドレアと会ったんだって？」

会議の終了後、帰り仕度をしている真昼に部長が声をかけてきた。

「彼が僕にメールをくれてね、君のことをいろいろ訊《き》いてくるんだよ。よっぽど気になるみたいだな」

「そんな、冗談はやめてくださいよ、部長」

声を落とし、意味ありげな顔で言う部長に、真昼は返事をはぐらかした。まさか停電の夜、彼の自宅まで行ったことまでは伝えていないだろう。

「まあ、いいじゃないか、柏木君。それより、彼が十二月の初めに東京に出張してくるからね。そのときは君に彼の案内役を頼んでもいいかな。彼のほうにはそう返信しておいたから、よろしくな」

部長は、どこまでも屈託のない顔で言った。

アンドレアから突然電話がかかってきたのは、クリスマスまであと十日という、それにしては妙に暖かい午後のことだった。

「さっき青山《アオヤマ》本社のオフィスに着いたんだ。しばらくぶりだけど、元気だったかい、マヒル？」

アンドレアは、以前とまったく変わらず親しげで、思いやりにあふれた言い方をする。その声を聞いていると、ミラノでの日々が懐かしく蘇《よみがえ》り、街並みや景色までが目の前に浮かんでくるようだ。思えば、あれから二カ月半も経ってしまった。

「ミラノでは、ずいぶん助けてもらったのよね。ありがとう」

「いいんだよ。それより君の仕事、今夜は何時ごろ終わるの？　それまで待っているから、会えない？」

「ごめんなさい。今夜は遅いシフトなの。後片づけやなんか、全部済ませてからしか出られなくてね。それだと、いくら頑張っても午後九時にはなるかな」

それから約束の場所に向かうのでは、かなり遅くなってしまう。

「僕はかまわないよ。何時まででも待っている。今夜どうしても会いたいんだ」

どこか性急な言い方だった。だが、悪い気はしない。せっかく東京に来たのだから、早く会いたいのは自分も同じだ。真昼は声を弾ませた。

「あなたがよければ、もちろん私はいいのよ。そうね、じゃあ待ち合わせはどこがいいかしら」

「いま僕は帝国《インペリアル》ホテルに滞在しているんだ。ニューヨークと西海岸を回って、東京だろう。そのうえ明日から、すぐに関西《カンサイ》方面に行くことになっていて、もうくたくただよ」

「帝国ホテルなら、ここから近いわ」

「だったら、ここのラウンジにしようか。それともそこまで僕が迎えに行ってもいいけど」

「ノー、ノー。私のほうから行くから待っててくれない？　できるだけ急いで行くから」

「わかった。じゃあ、待ってる」

電話を切った途端、落ち着かなくなってきた。今日の服やメイクが気になったり、ふと気がつくと、いつの間にか頰が緩んでいたりした。終業時刻が待ち遠しくて、いつになく何度も腕時計に目をやった。

★★★

約束していた一階のラウンジに着くと、やはり午後九時二十分近くになっていた。

「マヒル。やっと会えたね」

アンドレアは真昼を見つけるなりソファから立ち上がり、少し芝居がかった仕草で両手を拡げ、頬を寄せ合う挨拶《あいさつ》をしてくる。コートを脱ぐのを手伝ってくれたり、さりげなくソファを引いてくれる。

「ごめんなさいね、すっかり遅くなって」

「ずいぶんハードワークだね。東京で働くのは大変そうだ。お腹空《す》いているだろうから、地下のブラスリーに予約をいれておいた。ラスト・オーダーは九時半だから急がなくっちゃ。僕はもう飢え死にしそうなぐらいだよ」

そう言うが早いか伝票をつかんで立ち上がり、さっさと真昼のコートを持って、出口に向かっていく。真昼は、苦笑しながらも慌ててあとを追い、一緒に地下に下りていった。地階の「ラ　ブラスリー」は、気軽なフレンチを出すレストランで、店のなかもまさにフランスといった雰囲気だ。こんな時間帯なのに店内はまだどこもほぼ満席で、二人は奥のほうのテーブルに案内された。

「大好きな日本食は、今度マヒルに連れていってもらうことにするよ」

白いクロスのかかったテーブルに向き合って座ると、アンドレアはそういって片目をつぶってみせる。

「おいしいお店を探しておくわ。でも、今回の旅は仕事なんでしょう？」

「うん。日本の地方の各店を回って、視察をしてこいと言われてきた。アレッサンドロ・レオーニのマーチャンダイザーとして、日本のお客の傾向を肌で感じるためにね。東京には前にも一度来たことがあるんだけど、地方は初めてでさ。日本には今夜をいれて四日間しかいられないから、明日の朝早くに大阪《オオサカ》に飛ぶことになっている」

「大阪へ？」

「そのあと神戸《コウベ》、京都《キオト》と回って、そのあと福岡《フクオカ》に行き、広島《ヒロシマ》と名古屋《ナゴヤ》を見たあと一度東京に戻るけど、そのまま仙台《センダイ》や北海道《ホッカイドウ》まで足を延ばすことになりそうなんだ。日本を発《た》ったあとは、上海《シャンハイ》とシンガポールにも寄るように言われていてね」

「すごい。アンドレアのほうこそ、ハード・スケジュールね」

「本当はもっとゆっくりするつもりだったんだけど、ミラノを発つ直前のトラブル処理がまだ少し残っていてね。それに、やっぱりクリスマスには向こうに帰っていたいから」

「アメリカからアジアを回って、ミラノに帰るわけだから、世界一周の出張なのね。でも、それじゃ東京にいられる時間はほとんどないわ。日本食のお店に案内するチャンスはなさそうじゃない？」

以前、営業部長がアンドレアを東京見物に案内するように言っていたことが、ふと頭に浮かんできた。これでは、東京見物どころか都内の店舗をじっくり見ている暇もないだろう。

「だから、今夜はどうしてもマヒルに会っておきたかった」

アンドレアはそう言って、真昼の目をまっすぐに見つめてくる。その吸い込まれそうなほど明るい色の目は、光の加減か、角度によって灰色や緑色にも変化するようで、見ているとなぜかどぎまぎして落ち着かなくなる。

「ようこそ、東京へ。また会えて嬉《うれ》しいわ」

だから、話題を逸《そ》らせる意図もあって、わざと高らかにグラスを掲げてみせる。

「僕もだよ。君が日本に帰ってしまって、すごく寂しかった」

だが、そんな気持ちを見透かしたように、アンドレアはさらに強く見つめてくる。

こういうときは、どんな受け応《こた》えをすればいいのだろう。タイミングよく料理が出されてきたとき、真昼は救われたような気分だった。

「で、どうなのマヒル？　その後の仕事のほうは」

「いまは試験の結果発表を待っている、学生の心境かしらね」

「そうか。新しい年になったら、この前マヒルが買い付けた商品が届き始めるのだね？」

「いよいよだわ。お客さまに喜んでもらえるとは思うんだけど、本当に売れるかどうか、なんだかいまはとても心配なの」

「大丈夫だよ。レオーニの商品だもの」

アンドレアは誇らしげに言った。

楽しい時間というのは、あっという間に過ぎていくものだ。デザートを終え、エスプレッソのデミタスが空になるころは、さすがに店内の客も潮が引いたようにまばらになる。腕時計を見ると、すでに十時半になっていた。

「いけない。もうこんな時間だわ。アンドレア、明日、出発は早いんでしょ？」

「まあね。でも僕は、まだ大丈夫だけど」

レストランを出るときがきても、アンドレアはいつまでも名残惜しそうな様子だった。真昼はバッグのなかからメモ用紙を取り出し、自分の携帯電話の番号を書いて手渡した。

「日本のことでなにか質問があったら、いつでも電話くれていいわ」

「嬉しいな。心強いよ」

アンドレアは、ふざけてメモ用紙にキスをしたあと、大事そうにシャツの胸ポケットにしまい込んだ。

翌朝のことを気遣って、部屋に戻るアンドレアとはエレベータのところで別れるつもりだったが、彼のほうがどうしてもと言い出して、ホテルのエントランスまで送ってくれた。さらに正面玄関を出て、そのあと地下鉄の駅に向かうまで、ずっと肩を並べて歩く。

「もうここでいいわ、ありがとう。明日は気をつけてね」

真昼が笑顔で言うと、アンドレアはいきなり真昼の手を取り、ぎゅっと両腕のなかに抱きすくめる。驚いて、思わず真昼が声を漏らすと、それを遮るように唇が押しつけられてきた。抱き締める力は驚くほど強いのに、その唇は遠慮がちで、触れたのはほんの一瞬のことだった。そして、すぐに真昼の身体を離すと、またもとの穏やかな表情に戻って、ぽかんとしている真昼に笑顔で手をあげる。

「チャオ」

「おやすみなさい。アンドレア……」

去り難く感じているのは、むしろ自分のほうなのかもしれない。そんな気さえしながらも、ずっと見送っている彼に背を向け、背中に注がれる視線を強く意識しながら、真昼は階段を下りていった。

★★★

翌々日は、久しぶりにオフの日だった。朝から溜《た》まった洗濯物を片づけたり、部屋の掃除をしているると、すぐに昼近くになる。そのあとはすることもなく雑誌をめくっていると、バッグのなかで携帯電話が鳴った。着信画面を見ると知らない番号で、都内からだということしかわからない。

「もしもし……」

おそらく間違い電話だろうと思いながら出てみると、いきなり激しく咳《せ》き込む声がした。

「ハロー、マヒル？」

「アンドレアなの？　どうしたのよその声？　どこからかけているの？」

つい大きな声になって訊《き》くと、また激しく咳き込んでいる。

「風邪ひいたの？　ねえ、アンドレア、いまどこなのよ」

「帝国ホテルだよ。この前と同じ部屋だ。さっき東京に戻ってきたんだけど、なんだか調子が悪くてね。福岡で風邪をひいたのかな。ニューヨークは寒かったけど、東京も福岡も暖かい日が続いたのに」

極端に寒暖の差がある各地を回り、体調を崩し、途中で東京に戻ってしまったのだろう。

「熱は？　お薬は飲んだの？」

「いや……」

辛《つら》そうな声でそれだけ言うと、急に声が途切れてしまった。

「もしもし、アンドレア？　ハロー、大丈夫？」

何度呼びかけても、返事はない。真昼は心配でじっとしていられなくなってきて、電話を切ると、風邪薬や解熱剤など、手当たり次第の常備薬をバッグに放り込み、部屋を飛び出していた。ホテルに向かう途中、コンビニで氷を買い、ついでにファストフードの店にも立ち寄って、カップ入りの温かいミネストローネ・スープも買った。

逸《はや》る思いでようやく部屋の前まで到着し、ドアをノックしてみたが、いっこうに物音がしない。もしかして、部屋のなかで倒れているのではないか。そう思うと、急に胸騒ぎを覚え、真昼はいてもたってもいられなくなる。

もしも高熱を出して倒れているとしたら、ルーム・キーがないかぎりなかにはいれない。ホテルのフロントに引き返して、事情を話し、合い鍵《かぎ》で開けてもらうしかないだろう。そう決めて、いま来た廊下を引き返そうとした途端、鍵が開く音がして、ドアがゆっくりと開いた。

「マヒル……」

目の下に濃いくまを作り、額に脂汗を浮かべたアンドレアが、ワイシャツの胸をはだけたまま、真昼の胸に倒れかかってきた。両手に荷物を抱えながら、慌てて受け止めたアンドレアの身体は、驚くほど熱かった。とにかくベッドまで連れていくことだ。

「平気だよ……。ちょっと風邪をひいただけだ。すぐに治るさ」

無理して笑おうとするのだが、声を発するのさえ辛そうだ。

「ダメよ。熱があるときは、水分を摂《と》って、しばらくはじっと安静にしていなきゃ」

ベッドに横になっても、すぐに起き上がろうとするアンドレアを、真昼は手で制した。

「お医者さまを呼びましょうね。ホテルの人に頼んだら、手配してくれるはずだから」

電話に手を伸ばそうとする真昼に、アンドレアは首を横に振る。

「大丈夫だよ。そんなにたいしたことないから。それより、僕はマヒルと二人だけでいたい」

「でも、心配だわ」

「大丈夫だ。そのかわり、ずっとそばにいてくれる？」

低い声で、息が苦しそうだが、アンドレアはまた言った。

「いいわよ。元気になるまでここにいるから。薬を持ってきたから、それを飲んでみる？」

ミニバーからミネラルウォーターのボトルを出し、解熱剤を飲ませる。

「お腹は空《す》いてない？　スープがあるの。身体が温まるから、少しでも飲めるといいんだけど」

「飲むよ」

無理しているが喉《のど》がひどく痛そうだ。今度はバスルームに行って、コンビニで買った氷で冷たくしたタオルを絞って、アンドレアの額に当てた。

「マヒルって、お母さんみたい」

「そうよ、アンドレアが子供みたいだから。マンマがそばにいてあげるから、少しお休みなさい」

わざとそんな言い方をして、額の乱れた前髪を指で直してやる。

「本当にすぐに帰ったりしないでね。眠っているあいだに、いなくなったら嫌だよ」

そんなことを言っていたが、そのうち寝息が聞こえてきた。呼吸は速く、苦しそうだったが、やがて深い眠りにはいったらしく、ときどきタオルを取り換えても、まったく気づかない様子だった。真昼はバッグから読みかけの文庫本を取り出し、ベッド脇の椅子でページを繰った。

三時間ほどは経っただろうか。窓の外はいつの間にかすっかり陽も落ちて、クリスマス間近のイルミネーションが闇にくっきりと浮かび上がっている。このまま、いつまでこの部屋にいることになるのだろう。窓のそばに立って、そう思っていたとき、耳元で声がした。

「マヒル……」

慌てて振り向こうとすると、後ろからそっと抱き締められる。

「起きたのね、大丈夫、アンドレア。苦しくない？」

真昼は、窓ガラスに映った顔に向かって言った。

「もうすっかり熱が下がったみたいだ。ありがとう、マヒル」

腕のなかで、身体を捩《よじ》って振り返ると、アンドレアは胸をはだけた黒のシャツに、ジーンズのままで、しかも裸足《はだし》で立っていた。その皺《しわ》だらけのシャツが、汗に濡《ぬ》れてぴったりと肌に貼りついている。

「すごい汗だわ。早く着替えたほうがいいわね。でないと身体が冷えて、また熱がぶり返してしまう」

すぐ目の前にアンドレアの顔がある。ここは密室で、すぐそばにはベッドもある。そんなことを思った途端、真昼は急に落ち着きを失っていた。

「もう大丈夫だ。君が来てくれたお蔭《かげ》だよ、マヒル」

「ううん。ミラノではあなたにいつも助けてもらったもの。こんなことぐらい当然のことだわ」

「ねえ、マヒル。いま、なにを考えてる？」

アンドレアが耳もとに唇をつけて囁《ささや》いた。

「そうね。今朝、シャワーを浴びてきたらよかったなって思ってる」

一瞬考えて、真昼は答えた。

「それと、こんなことになるんだったら、新しい下着を着てくればよかったなって」

アンドレアは、堪《こら》えきれないように噴き出した。

「僕とまったく一緒のことを考えているよ」

真昼もクスッと笑い声をあげる。それまで二人を隔てていた最後のものが、一気に縮むのを実感した。

「でも、あなたまだ熱がある。今夜はおとなしく寝ていなさい」

「そうだね。僕は死にそうだ。強力なマヒル・ヴィールスに冒されてしまったみたいだもの。鳥《バード》インフル《・フル》エンザより性質《たち》が悪そうだよ」

「ひどい……」

言いながら真昼が彼の胸を叩《たた》いたとき、けたたましく携帯電話の着信音がした。

「ごめん、マヒル」

「いいの。それより早く電話に出たほうがいいわ」

電話はミラノからなのだろうか。アンドレアはなぜかとても動揺していた。イタリア語なので内容はわからないが、ひたすら謝っている様子でもあった。時計を見ると、もう七時半を回っている。部屋を出ていったほうがいいと、真昼は直感した。

「ねえ、マヒル。約束してほしいんだ。明日また必ず会ってくれるってね。それまでには、絶対に風邪を治しておくから、最初からデートのやり直しだ」

送話口を手で塞《ふさ》いで、アンドレアが言った。

「ルーム・キーが二枚ある。一枚を渡しておく。明日仕事が終わったらここに来て、待っていてほしい」

ひとまずそれを受け取って、真昼は部屋を出るしかなかった。

明日やり直しをするのだと、彼は言った。だからといって、それがなにを意味するのかは定かではない。なにより自分の気持ちはどうなのだ。営業部長の話では、彼はアレッサンドロ・レオーニの甥《おい》だというが、真昼自身の仕事上の立場を考えると彼とどう向き合い、接していけばいいのかわからない。

翌朝、まさか直接店に電話がかかってくるとは思わなかった。

「僕だよ。ごめん、マヒル。これから急にシンガポールに発《た》つことになったんだ。今夜の約束は次に延期するしかなくなった。このまま成田《エアポート》に向かうことになってしまったんだよ」

ひどく慌てている様子だ。真昼の携帯電話に何度かかけてきたらしいが、勤務中は携帯電話の使用を禁じられているので、繋《つな》がらず、仕方なく店にかけてきたようだ。

「気にしないで。それより体調はどう？」

受話器を手で隠すようにして、真昼は小さな声で言った。昨夜、あんなに悩んだのに、なんだか肩透かしを食らわされてしまったみたいだ。

「本当に申し訳ないと思っている。だから、少しだけでも会っていきたいんだ。いまから出てこられないか？　タクシーで店のすぐそばまで来ているんだ」

「無理だわ。仕事中ですもの」

「五分でいいんだ。いや、三分でもいい。お願い《プリーズ》だよ、マヒル」

一瞬考えはしたが、真昼はすぐに口を開いた。自分は仕事に徹するのだ。これ以上、話を複雑にしてはいけない。

「ごめんなさい。私、行けないわ。お昼休み以外の外出は、禁じられているの」

半分は嘘だ。そのつもりになれば、十分程度の外出など不可能ではない。だが、心のなかに芽生えた言いようのない喪失感が、真昼を素直になれなくさせている。

「そうか。どうしてもだめなんだね？　もう一度、顔だけでも見ておきたかったんだけど」

アンドレアがひどく落胆しているのがわかる。だが、約束を破ったのは彼のほうなのだ。意地を張らずに、会いにいきたい気持ちもあったが、真昼はきっぱりと首を振った。

★★★

「年末年始、どこかへ行く予定はないよね？　悪いけど、今年は東京にいてほしいんだ」

営業部長から電話がかかってきたのは、そのすぐあとのことだった。

「とくに予定は立てていませんので、かまいませんけど。どうしてですか？」

「年が明けたら、すぐにミーティングを開く予定だ。柏木君も、早く準備作業に参加してもらいたい。一月末か、二月になったら、すぐにミラノ行きだからね」

「え、また私がミラノに行くんですか？」

「おいおい、なにを寝ぼけたことを言ってるんだよ。当たり前じゃないか。コレクションは待ってくれないぞ。買い付けも待ったなしだ。いつも先へ先へとシーズンのことを考えてくれないと困るんだよ」

今後も真昼がバイヤーの仕事を続けるのは決まりきったことで、ミラノに行くのも当然だという口振りである。

「そういうことだから、頼んだぞ、柏木君」

真昼の心中など知るはずもなく、部長は言いたいことだけ伝え終えると、そそくさと電話を切った。

★★★

年が明けると、店はすぐにセールの時期に突入する。そしてそれに並行するように、待ちに待った春物の新商品が到着し始めた。買い付けてきた商品は、それぞれの商品ごとに輸送用のダンボールに詰められ、まず一旦《いったん》横浜の倉庫に届く。その後すべて一括してではなく、ほぼ二週間ごとに段階的に各店に納品されてくる。真昼が初めて自分で判断し、買い付けてきた商品が、続々と届くのである。丸ノ内店分についてはそのつど伝票を確認し、注文書と商品の突き合わせをしながら、確認作業をするのも真昼が率先して行なうことになった。

店頭に並べるところを思い浮かべながら、上代設定会議で決めた価格がはいったタグを、ひとつずつ商品に取りつける。作業に没頭していると、つい夢中になって時間を忘れた。一着ずつ丁寧にたたんで棚に並べるときも、自然に笑みが浮かんでくる。

「柏木さん、なんだか楽しそうね。商品に触れているのが嬉《うれ》しくて仕方ないっていう顔をしてるわ。とっても愛《いと》おしそうに見える。なんだか、子供を見る母親の目みたいよ」

そんな真昼に、同僚が声をかけてきた。

初めてミラノで買い付けてきたものには、特別の思い入れがある。これまで自分が扱ってきた商品に対する感情とは、まったく別の愛着が生まれている。ある程度想像していたことではあるが、ここまで違ってくるとは思わなかった。

膨大な種類の商品のなかから、あれほど悩みに悩んで、選び抜いて買い付けた商品なのだ。客には大事に着てもらいたいと思う反面、本当に気に入ってもらえるだろうか、売れ残ったりはしないだろうかと、底知れぬ不安も湧いてくる。

春夏物の商品の入荷が始まった日から、真昼はそわそわとして、急に落ち着かなくなってきた。気まずいまま別れたアンドレアとのことも、気にならないわけではない。だがそれ以上に、自分が買い付けてきた商品を見る客たちの反応や、なにがどんなふうに買われていくか、そのことで頭が一杯だった。

店頭での客への説明に力がはいるのはもちろんだったが、暇さえあればパソコン画面を覗《のぞ》きたくなり、一日に何度もデータをチェックしては、一喜一憂するようになった。

アレッサンドロ・レオーニの各店舗では、すべての商品についてのデータを世界共通のシステムでコンピュータ管理している。販売担当者が店頭で商品を売るとき、全商品についているプライス・タグのバー・コードをそのつどハンディ・ターミナルで読み取り、販売情報として保存しているのだ。そのため、世界中のどの店舗のどの担当者が、何月何日にどんな商品をどれだけ販売したか、逐一販売記録として保存され、集計されることになる。当然ながら、その商品を買い付けたのが誰かについても、すぐにわかる仕組みだ。

真昼はバイヤー専用のパスワードを与えられているので、各店舗における商品の入荷状況や、それらの販売状況についても自由に検索することができる。だからこそ、どの店でどんな商品から順に売れていくか、常にチェックをしないではいられなかった。

★★★

東京本社の営業部長から久しぶりに電話があったその日も、真昼はちょうどパソコン画面をスクロールしていた。

「やあ、柏木君。今季の商品は、なかなか出だしが好調のようだね」

電話の向こうで、部長はいきなり上機嫌な声で言った。

「はい。コレクションのときも、ラインが綺麗《きれい》だって、とっても評判がよかったものばかりでしたから」

「そうか。昨日、神戸と京都の店に行ってきたんだけど、君が買い付けてきた今回の商品はいい感じらしくてね。順調に売れているそうだ。バイヤーとしてなかなかいいセンスをしているって、両方の店長が君のことを褒めていたよ」

「本当ですか？　ありがとうございます。そう言っていただけると励みになります」

真昼は心から安堵《あんど》の声をあげた。販売数については毎日確認しているものの、数字自体は天候にも左右され、日によってバラつきがある。だから、実際に店舗の現場の評判を聞かされると、ホッとするし、嬉しさもひとしおだ。

「とくにジャケットとパンツ・スーツのなかに、ずいぶん人気が集中している商品があるんだってな」

どの商品のことかすぐに見当がついた。ミラノのショウ・ルームで見たときに、丸ノ内店で担当している客の顔が何人も頭に浮かび、すっかり気に入ったので積極的に選んだもののひとつだ。

「今シーズンはレオーニらしいデザインのよさが、隅々にまで活《い》かされているものが多かったんです。神戸店のお客さまが好まれる雰囲気のものも、京都店のお客さまの傾向にぴったりのものもいくつかありましたので、とくに力を入れようと、思いきってかなり多めに買い付けてきたんです」

「そうだったのか。君もバイヤーの弁らしいことを口にするようになってきたな。そういう買い付けのメリハリは大事なことだ。売り難《にく》いものはリスクを抑えて、これはというものに勝負をかける。なにもかも安全志向ばかりがベストではないからな。店長たちが言っていたが、今回のパンツ・スーツは神戸でも京都でも引っ張りだこなんだと。早々から数字が伸びているようで、結構なことじゃないか」

鈴木は、愉快そうに笑い声をあげた。

「あんまり油断はできませんけどね。実を言いますと、数量的にはちょっと冒険だったかなと思って、心配で心配で、毎日各店の数字を見てドキドキしています。でも、ミラノで見たとき、直感的にこれはいけると感じたものは、万が一品不足になることも考えて、やっぱり多めにいれてきました。お店でお客さまを担当していると、品不足でご迷惑をかけるときの辛《つら》さは身に沁《し》みていますから」

だからこそ、それらの商品については他のどれよりも売れ行きが心配で、毎日の売り上げデータのチェックでも、真っ先に数字を確認してきたのだ。丸ノ内店での客の反応をはじめ、ここ何日か、神戸、京都、福岡の担当各店で一日何着売れているか、すっかり頭にはいっているぐらいだ。

「そういう心配をするのも、バイヤーにはいい勉強だ。その調子で、次の買い付けも頑張ってくれよ」

「部長、今度の買い付けは、二月でしたよね」

　また、あの極限の毎日が来る。気疲ればかりを強いられる津田との二人旅を思うと気が重いが、レオーニの作品を誰よりも先に見られるのだと思うと、抑えようがないほど心が弾んでくるのも不思議だった。

「そのことなんだが、急な話で悪いけど、今回、君にはプレのほうにも行ってもらうことになった。今日の会議で、今回の秋冬物は、プレとコレクションとの買い付け割合を逆転させることになってな」

　プレといって、コレクションに先駆けてミラノに行き、ショウで発表するより前に買い付けをするのは聞いていた。これまではプレで全体の三割を、本番のコレクション時期に残りの七割を買い付ける方式をとっていたようだ。今回は、それを逆転させるというのである。

「私はコレクションではなくて、プレのほうに行くんですね？」

「いや、君にはプレとコレクションの両方とも、ミラノに行ってもらうつもりだ」

「え、二回もですか？」

「前回のような調子で、頑張っていい商品をたくさん仕入れてきてくれ。出発は今月の十九日になる。帰国は三十一日だ」

　一月十九日の出発といえば、あと一週間しかない。しかも次のコレクションは二月二十日からだ。真昼は、頭のなかで素早く日数を数えながら、身震いしそうな気分だった。

「三十一日に一度帰って、また来月二十日から三月十日までのコレクションにですか」

「忙しくなるだろうが、神戸も京都も、それから福岡も、君には大いに期待しているからな。大変かもしれないけど、買い付け計画のほうも、準備は抜かりなく頼んだぞ」

電話やメールを使って、自分が担当している四店舗とは常にコンタクトを取ってきた。各店の顧客の特徴や商品に対する傾向、それに販売担当者からの買い付けの要望についても、ある程度把握はしているつもりだ。去年の秋に自分が買い付けてきた商品への反応を見て、新たに得た感触や情報もある。次回の買い付けには、それらを活かして、もっといい買い付けができるはずだ。

「わかりました。頑張ってきます」

真昼は、力強く答えていたのである。

★★★

翌日から、さっそく準備が始まった。

まず、真昼が買い付けを担当する神戸、京都、福岡と丸ノ内の各店舗の店長から、今年の秋冬物についての要望や、前回作成した顧客データに修正があるかどうかを片っ端から訊《き》いて回るのだ。大事な情報なので、電話で簡単に済ませるわけにはいかず、各店舗を大急ぎで駆け回ることになる。前回は津田が同行してくれたが、二度目だからと、今回はすべて真昼が単独行動することになった。

それに並行して、引き続きこの春夏物の売れ行きの推移をチェックし、店舗ごとの顧客の傾向や好みといったものを、真昼がバイヤーとしてさらに具体的に分析し、綿密な買い付け計画を立てていく。

なにをするにも時間の余裕がなかった。幸いだったのは、各店の店長との面談が、最初のときとは違って、予想以上に順調だったことだ。二度目という慣れももちろんあったのだが、なにより春夏物の商品が問題なく消化していることで、真昼に対する各店の信頼感が高まっているのを実感する。営業部長が電話で言っていた真昼への評価は、実際に会ってみるとさらにひしひしと伝わってきて、真昼にはなによりの自信ともなり、同時に次の買い付けへのプレッシャーともなった。それで、全体の傾向の把握だけでなく、今回はとくに各店に個別の要望も聞いてみることにした。

真昼は、各店からの情報を一言も漏らさないようにと、手帳に書き取り、買い付け予定のデータに盛り込んでいく。文字どおりトンボ返りの地方出張のあとも、一息吐く暇もなく、買い付け予定の数字固めに没頭した。商品の分類や色、素材やサイズごとの数量など、四店舗の情報を逐一入力していくとそれだけで眩暈《めまい》がしそうなほど膨大なデータになる。

地方店回りで二日間は潰《つぶ》れ、東京に帰ってからも一日はあっという間に過ぎていく。真昼の焦りは募るばかりだった。ミラノに発《た》つ朝まで残りはあと四日。カレンダーに丸印をつけ、それまでにやり終えることをリストにすると、仕事と個人的な旅仕度とで、大判のメモパッドがびっしりと埋め尽くされた。

店での作業だけでなく、自分の部屋に帰ってからも、真昼は寸暇を惜しんでノート・パソコンに向かうはめになった。真昼の頭のなかには次の買い付けのことしかなかった。

ミラノに行けば、また顔を合わせることになるアンドレアのことや、あの村尾のことも、もちろん忘れたわけではない。だが、買い付けのことを考えると、それどころではなくなってきて、ひたすら各店の数字を固める作業に没頭するしかない。

買い付けがうまくいくかどうかは、事前の準備にかかってくる。前回の経験で、真昼にはそれが痛いほどわかっていた。ショウ・ルームで夥《おびただ》しい数の商品を見て、即断即決が必要となる。そのため、少なくとも数量だけはしっかり把握しておかなければならない。

買い付けてきた商品が、入荷後に売れ行きとなって数字で明確に示される嬉《うれ》しさも、そして怖さも、嫌というほど味わってきた。ひとまず出だしは順調で、おそらくこれがバイヤーとしての最高の喜びではないかと実感もしたが、その一方で、そこにいたるまでの不安感がどれだけ大きいかも、身をもって経験した。だからこそ、今回の準備にかける真昼の意気込みは、なにも知らなかった最初のときとは俄然《がぜん》違ったものになっていた。

神戸店の店長から、慌てた声で電話がかかってきたのは、そんなある朝のことだった。

「K－322865のスーツの第二便が、入荷してこないんです。あと二十五着入荷予定になっていたはずだから、お客さまには何人もお待ちいただいている状況です。でも、あんまり遅いので横浜の倉庫のほうに確認の電話をいれてみたら、神戸店向けのこの商品は前回の二十五着だけで、もう全部配送済だって言われたの。どうなっているんですか？」

機関銃のようにまくし立てる声を聞きながら、すぐに春夏物の買い付けファイルを取り出した。

「変ですね。そんなことはないはずですけど。合計五十着買い付けていますよ」

念のために、自分が記録を取っている買い付け用の絵型のファイルを調べ、さらにはプリントアウトしてある工場への注文書ファイルも開いてみた。だがたしかにこの商品は神戸店向けに五十着買い付け、二十五着ずつ分納すると明記してある。

「すごい人気になった商品なので、入荷数が多くて喜んでいたんです。なのにこんなことになると、お客さまと約束してあるから、届かないと絶対に困るんですよね」

神戸店長は金切り声でまくし立てる。

「ご迷惑をおかけして申し訳ありません。きっとなにかの行き違いだと思います。私からも調べて、わかり次第ご連絡しますので」

電話を切り、すぐに横浜の倉庫の担当者に電話をかけた。だが、電話ではまったく要領を得ない。真昼のファイルでは五十着になっているし、注文書でもたしかにそのとおりになっているのに、なぜか倉庫のデータでは二十五着だと言い張るのだ。

「そんなはずはありません。買い付けてきたバイヤーがそう言っているんですよ」

五十着だ、いや二十五着だと、担当者とは水掛け論になるだけで埒《らち》が明かない。ミラノ出張も迫っているいま、これから横浜まで往復したのでは半日は潰れてしまう。それでも真昼が行くしかなかった。

担当者は五十すぎのゴマ塩頭の男性で、真昼のような若い娘がなんの文句を言いにきたのだとばかり、横柄な対応だった。煙草臭い息を吹きかけながら、大儀そうに大きな溜《た》め息を吐いてみせ、灰だらけのキーボードを叩《たた》いて、彼ら専用のデータを突きつけてくる。

「そんな馬鹿な」

「馬鹿なって言っても、このとおりです。うちはおたくの指示どおりに出荷を終えているんですけどねえ。そっちのほうこそ、途中で数字を変更したんじゃないの？」

真昼がいくら食い下がっても、取りつく島がない。男が言うとおり、業者側のデータを見ると辻褄《つじつま》が合っているのも事実だった。

「変更なんてしていません。この私が買い付けてきた本人なんですから」

変更などあり得ないのだ。真昼は持参してきたノート・パソコンを開き、イタリア工場への注文数を見せてやろうと画面を呼び出した。そして画面を覗《のぞ》き込んで、アッと声をあげたのである。

「ほら見てごらん。あんたのパソコンだって、二十五着になっているじゃないか」

見ると、神戸店向けに発注したK－322865のパンツ・スーツの数は、五十着ではなく、たしかに二十五着になっている。

「どうしてこんなことに……」

「どうしてって言われても、私らにはわかりませんよ。あんたが出した注文でしょうが」

男は鬼の首でも取ったように言い、真昼には返す言葉がなかった。納得がいかない。自分はこれでもかというほど何度も確認をしたし、発注直後には入荷確認用のプリントアウトも取っておいた。その用紙では、間違いなく五十着になっているではないか。

となると、誰かが真昼に無断で変更処理をしたとしか考えられない。だが、もしもそうだとしたら、いったい誰が、どんな理由でそんなことをするというのだ。

「まさか……」

そのとき、不意に浮かんだ顔があって、真昼はその場に凍りついた。

「あの、すみません。ちょっとほかの店舗用の出荷状況も確認させてもらえませんか？」

頼む声が震えてくる。だが、青山店の入荷数を見たとき、もしやと思ったことが的中していたのを知った。津田はこのスーツは買っていない。真昼が大量に買い付けたと聞き、馬鹿にして笑っていたのではっきりと覚えている。

いざ入荷してみると、各店で人気に火がついたので、津田はどう思っているかと気にはなっていた。いくら人気沸騰といっても、いまさら追加注文は不可能だ。どの店舗も客からの問い合わせが殺到したので、店同士の商品のやりくりも難しい。しかし、まさか津田がこんな汚い手を使い、内緒で納入先を改竄《かいざん》していたとは、考えもしなかった。

帰りの電車はひどく混んでいた。窓から外を見ていると、虚《むな》しさがこみ上げてきて、涙があふれそうになる。どうしてこんな目にばかり遭うのだろう。それでも耐えなければいけないのか。

泣くな真昼。泣いたら負けだ。唇を嚙《か》み、真昼は必死で上を向いて、涙を堪《こら》えた。

店に着いてすぐに、かじかんだ手でノート・パソコンを開き、真昼はひとつ大きく深呼吸をした。

こんな手は使いたくないが、いまはこれしか方法がない。そう心に決めて、メール画面を呼び出した。

「助けて《ヘルプ・ミー》、アンドレア」

たった一行そう打つと、真昼は目を閉じて、祈るような思いで送信ボタンを押した。

アンドレアに宛てたメールの返事は、いつまで待っても届かなかった。午後七時の閉店時刻を過ぎると、後片づけを終えた仲間たちは次々に帰宅していった。

思いがけない横浜行きで、半日が完全に潰《つぶ》れてしまった。氷雨のなか倉庫街を歩き回った身体はぐったりと疲れはてて、もう目を開けているのも億劫《おっくう》なほどだ。

とはいえ、ミラノに出発する前に仕上げておかなければならない仕事は、半分以上も残っている。なんとか早くやってしまわないと、準備不足で買い付けに臨めば、困るのはこの自分なのだ。膨大な数の商品を見るだけで精一杯で、パニックになるのは目に見えている。

そう肝に銘じて、まずは入力作業に取り組もうとパソコンに向かっても、店舗ごとに集計されたサイザー・ソーティングの数字を見るたびに、画面に津田の顔が浮かんできた。

こうまでひどい仕打ちをされたあの津田と、またも一緒に買い付けに行かなければならないのだ。振り払おうとしても、そんな思いがすぐに浮かんできて、真昼はまったく集中力を欠いていた。

横取りされてしまったあのパンツ・スーツ二十五着分について、イタリアの工場に追加注文を出すことは可能なのだろうか。それが無理なら、神戸店で待っているお客へ、なんと答えればいいのだろう。明日の午前中には、店長の中井《なかい》に結果報告をしなければならない。いったいこの経緯をどのように説明すれば納得してもらえるのか。

それ以前に、まずは津田に事態の説明を求めるべきではないか。そして、一部だけでも回してもらえるように頼んでみる手もある。だが、いま下手に話をこじらせてしまうと、このあとミラノで困るのもこの自分だ。腹立たしさは際限なくこみ上げてくるが、かといって堂々めぐりを繰り返すばかりで、なにひとつ解決策を見出《みいだ》せないでいた。

溜まりに溜まった疲れは、思考能力を低下させ、身体の反応も鈍らせる。ビルの暖房が切られたせいか、それとも昼間雨に濡《ぬ》れたせいか、身体の芯《しん》から冷え冷えとしてきた。ロッカー・ルームにひざ掛け代わりのパシュミナを取りにいったついでに、温かい飲み物を探すことにした。

大振りのマグカップにインスタントのスープを入れ、給湯器から湯を注ぐと、湯気と一緒に溶けたバターの香りがあがる。それだけでも少しは救われる気がして、カップを両手で包むように持ち、またパソコンのところに戻ってきた。椅子を引き寄せ、パシュミナにくるまって、パソコンを前に熱いスープをすっていると、ようやく身体が温まってくる。

途端に、どうしようもないほど眠気が襲ってきた。ここ数日の睡眠不足がたたっているのだ。そろそろ帰宅したほうがいいのだろう。あまり疲労を溜めすぎて、ミラノに発《た》つ前に倒れてもいけない。

だがその前に、あと少しだけメールを打ってから……。

そんなことを思いながら、真昼はいつしかデスクのうえに突っ伏していた——。

★★★

ハッとして顔をあげると、パソコンの向こう側で電話が鳴っていた。

「アレッサンドロ・レオーニ、丸ノ内店でございます」

頭は朦朧《もうろう》としていたが、無意識に口が動いていた。

「ハロー、マヒル？　遅くなってごめんね。いまロンドンから帰ってきたばかりなんだ。昨日から仕事で行ってたんだけど、オフィスに着いていまメールを見てね、びっくりしたよ。どうしたのマヒル？」

「アンドレア……」

これまでの経緯をなんとか説明しようと思うのだが、涙があふれて止まらない。耐えに耐え、ずっと抑えていたものが、堰《せき》を切ったように流れ出してくる。声が詰まりそうになるのをなんとか堪え、たどたどしくはあったが、それでもなんとか事情を説明する。英語での電話はやっかいだ。正確に伝わったかどうかも不安だった。

ところどころ相槌《あいづち》を打ちながら、ひととおり話を聞いていたアンドレアは、やがていつも以上にゆっくりと、わかりやすい英語で話しかけてきた。

「経緯はよくわかったよ。それで、マヒルは僕になにをしてほしいの？　なんでもしてあげるから言ってごらん」

真昼は救われたような思いだった。これまで一人で抱えてきたどうしようもないほど重苦しいものが、アンドレアに聞いてもらっただけで、これだけ軽くなるとは。

「いまから、工場のほうに追加注文を出したいとメールをするつもりだったの。だけど、どんなふうに言えばわかってもらえるか自信がなくて、アンドレアからも事情をうまく説明して、商品を回してくれるように伝えてもらえると助かるんだけど」

「ダメだねマヒル。答えはノーだ。生産ラインは、もうすっかりほかのものに移っている。その時点でどこの工場も在庫は一掃するからね。それにこんな程度の端数じゃ、追加注文なんか絶対に受け付けてくれない。無理なんだよ、マヒル」

差し伸べられた手に、かろうじて届いたかと思ったが、突然ぴしゃりとはねのけられた気分だった。

「少しぐらいなら在庫が残っていると思ったんだけど、そうなの、やっぱりダメなのね。困ったわ。だったらどうしよう……」

最後の望みも断たれてしまった。真昼は途方に暮れて、溜《た》め息を吐くしかなかった。

「神戸店に、パンツ・スーツが二十五着なんだよね？　商品コードとサイズは？」

アンドレアはたたみかけるように訊《き》いた。だが、いくら彼でも工場が生産できなければ手立てがない。

「ええ、商品コードはK－322865。サイズは38から44まで。カラーはホワイトと、ライト・グレーと、ブラックの三《スリー》マークスよ」

問われるままに答えてはみたものの、真昼はすっかり気落ちしていた。

「僕のほうから、ほかの店にあたってあげるよ、マヒル」

アンドレアは、なおも言った。

「ありがとう。でも、それもダメなの。ほかの店にはすでにあたっているの。あの商品は日本の有名な歌手が着ているのを女性誌で取り上げられてね。日本中どこのお店でも奪い合っている状態ですもの」

「大丈夫だから僕に任せて、マヒル。日本以外の店にあたってあげるから」

「日本以外のお店に」

そうか、ほかの国にまであたるという手があったのだ。真昼は目が覚めた思いだった。

「ただ、そのサイズだとアメリカ人には小さすぎるからな。ニューヨークのお店にはあんまりはいってなさそうだよね。だったら、たぶんバンコックか、シンガポールか、それとも香港《ホンコン》あたりだと、あるかもしれない。そのどれかだったら、東京にはたぶん一週間ほどで着くだろう」

すぐにキーボードを打つ音が聞こえてきた。アンドレアは電話をしながらも、手許《てもと》のパソコンで各店舗の在庫状況をたしかめてくれているのだ。

「オーケイ。たぶんこれで大丈夫だ。いいかい、マヒル。すぐに僕宛てにメールを送ってくれないか。確認のために、具体的な注文数を書いたメールが必要なんだ。神戸店で希望しているパンツ・スーツの商品コードと、サイズやカラーごとの数量、それに神戸店の住所と担当者の名前と電話番号も必要だな。発送可能の確認が取れたら、到着予定も書いた返事のメールを送っておくから」

みごとな手際のよさである。

「助かったわ。ありがとう、アンドレア」

真昼は心から礼を告げ、その場で急いで言われたとおりのメールを送った。

「よし、いま届いた。これで必要な手続きに移るから、あとは僕に任せていいよ」

受話器を肩と顎《あご》にはさんで、インターネットでメールのやりとりをしていると、不思議な連帯感が生まれてくる。ミラノと東京で、同じパソコン画面を見ているような一体感を覚え、お互いが身近に感じられる。眠気も疲れもいつの間にか消え、真昼は温かいものに包まれているような思いがしていた。

「ありがとう。本当に感謝しているわ」

「いいんだ。君の役に立てて僕も嬉《うれ》しいよ。じゃあね、マヒル。チャオ」

回線は切れてしまったが、真昼はしばらくは受話器を置く気にはなれなかった。

身体から一気に力が抜けていくような感覚だったが、いまは少なくともさっきまでの孤独な思いからは解放されている。受話器を持っているあいだは、アンドレアの温《ぬく》もりがずっと伝わってくるような気がした。

やはりアンドレアに助けを求めてよかった。神戸への返事は、彼からの確認を待って、明日の朝一番でメールすることにしよう。椅子から立ち上がり、真昼は満ち足りた思いで帰り仕度を始めた。

★★★

翌日、店に着いて真っ先に会社のメールを確認すると、頼んでおいたパンツ・スーツは二十着が確保されていた。香港店とシンガポール店から送られてくるらしく、神戸店に到着するのは、通関その他を含めて一週間後になるとのこと。真昼はさっそく神戸店にもメールを転送し、電話でもその旨を伝えた。

電話を終えたあと、真昼は考えあぐねた末、思いきって津田に電話をいれることに決めた。あのパンツ・スーツは、真昼の買い付け計画に沿って、計算した数を買い付け各店に配分したのだ。いくら津田でも、勝手に変更されては真昼自身が困るだけでなく、各店の業務に支障をきたす。

「まあ、柏木さん。今度のミラノ行きは、プレも一緒なんですってね」

久しぶりに話す津田は、まるで屈託がなかった。

「あの、そのこともなんですけど、実は今日はお話がありまして」

遠慮がちに、決して責める口調にはならないように十分注意をしながら、真昼は昨日からの顚末《てんまつ》を話し始めた。

「あら、それがどうかしたの？　香港とシンガポールから商品を回してもらえたのなら、それでよかったじゃない」

一部始終を聞き終えても、津田はまったく意に介さないという口振りである。

「でも、あのパンツ・スーツを買い付けたのは私が……」

津田の卑劣な行為でどれだけ大変な思いをしたか、少しは釘《くぎ》を刺しておくべきだ。今後また同じことをされてはたまらない。意を決してそう伝えようとするのを、津田がすかさず遮った。

「あなた誤解してはだめよ。われわれにとって一番大切なのはアレッサンドロ・レオーニのお客さまなの。バイヤーが自分の成績だけにこだわっていてどうするのよ。人気商品にお客さまが集中して、どこかのお店が極端に品薄になったら、配送のバランスを取るのもバイヤーの大事な仕事なの。青山店のお客さまだけ、あのパンツ・スーツがはいっていないから売れませんなんて、お断りできないでしょう」

「ですが、それは……」

青山のお客さまは、あんなパンツ・スーツは好まないと豪語していたのは津田自身ではないか。それに、それならそれで、なにもこそこそと黙って数字を書き換えることはないだろう。せめて一言連絡があれば、神戸店がパニックになることもなかったし、真昼が半日を無駄にすることもしないで済んだ。だが真昼の思いをよそに、津田はまたもたたみかけてくる。

「いいこと、柏木さん。お客さまあってのレオーニだし、お客さまあってのバイヤーなの。それを忘れてはだめよ。誰が買い付けたかなんていうことは、二の次、三の次なのよ。バイヤーが自分の成績ばかりを優先させて、お客さまをないがしろにするなんて、考えられないことよ。一番大事なことを忘れてはなんにもならないの、いいわね」

そんなこともわからないのかと言わんばかりに、津田はどこまでも自分勝手な論理を押しつけてくる。こちらは成績のことなどなにも言っていないのに、あたかも真昼がそれにこだわっているような言い方だ。だが、つまりはそれだけ津田が今回の真昼の買い付けを認めているということなのかもしれない。

「それより、プレに向けての準備はもうできているの？　またこの前みたいに、向こうでモタモタされたらこっちがたまらないから、十分にやっておきなさいよ。それじゃ」

言いたいことだけ早口で言い終えると、津田はさっさと電話を切ってしまった。

やはり電話をしたのは無駄だった。数字変更をするなら、せめて事前の連絡をしてほしいと、それだけは言っておきたかったが、それもできなかった。だが、真昼はなんだか愉快な気分になってきた。

「わかったわ、津田さん。そっちがそのつもりなら、こっちだってもう遠慮はしない」

真昼は、目の前に迫っているミラノ行きに向けて、かえって意欲が湧いてくるのだった。

★★★

一月下旬のミラノの寒さは、潔いほどだ。

空気までが、凛《りん》と凍りつくようで、頬が自然に引き締まってくる。道を歩いていても、石造りの街は芯《しん》から底冷えがする。氷点下七度だとテレビで言っていた寒気は、日本から持ってきた厚手のウールのコートなど容赦なくとおして、真昼を震え上がらせるし、ミラノに着いてから慌てて買ったカシミアの裏地がついた革の手袋をしていても、指先が冷えきって痛いほどだ。

だが、頬に刺さる冷気も、凍《い》てついた冬枯れの街並みも、今回はなぜか愛《いと》おしい。

あんなに大変だった買い付けの準備も、寝不足の極致だった前夜までの日々も、ミラノに着いた途端に、きれいさっぱりと吹き飛んでしまったかのようだ。

この感覚はなんなのだろう。

それをたしかめるように、真昼は両足を踏みしめ、石畳の舗道をゆっくりと歩いた。自分は自分なのだ。津田がどんな嫌がらせをしても、自分はただ買い付けの仕事に集中すればいい。せっかく与えられたチャンスなのだから、担当の店のことだけを考え、レオーニが繰り広げる今季の新しい作品展開を純粋に楽しめばいいではないか。

とにかく思いどおりの仕事をするだけだ。自分を信頼してくれている四店舗のために、その客たちのために、なにより自分自身のために悔いのない買い付けをして帰りたい。真昼は、そんな気持ちでいっぱいだった。

買い付けはミラノ到着の翌朝からすぐに始まった。通い慣れたショウ・ルームへの道を、真昼は黙々と歩き続けた。

今回は、毎日早朝から夜遅くまで続く仕事にも、以前ほど戸惑うことなく没頭することができそうだった。手渡された絵型のファイルは前季よりさらに厚みを増していて、サンプル・ブックも量が倍近くになっていた。モデルが次々と着てみせる商品を、ひたすらチェックしていく手順などは変わらないが、この分だと前回より倍のスピードでこなさなければならない。

商品の説明をしてくれるセールス・レディのマダム・サルトーリも、以前と変わらずにこやかにやって来て、それぞれに挨拶《あいさつ》を交わした。ただ、アンドレアの姿だけはどこを探しても見当たらない。

「アンドレアを探しているのね？」

小さな声でそう言うと、マダム・サルトーリは意味ありげにウィンクをしてみせる。

「今年から配属が変わってね。最近はあちこちずいぶん忙しそうに飛び回っているわ。今日もパリに行っているみたい。たぶん、今回は二、三日は帰ってこられないんじゃないかしら」

「そうだったんですか」

突然の異動だったのだろう。とはいえアンドレアは、真昼が昨夜ミラノに着いたことを知っているはずだ。できればすぐにホテルから電話を入れて、先日のお礼も言いたかったのだが、今朝ショウ・ルームに来れば会えると思っていただけに、昨夜もあえて電話はしなかった。

どちらにせよアンドレアは、真昼が前回と同じホテルに滞在しているのも知っている。いずれミラノに帰ってきたら、彼のほうから必ず連絡をくれるだろう。真昼はそう思い直して、それまでは仕事に集中するよう、自分に言い聞かせた。

ショウ・ルームには、すでに秋冬物の作品がずらりと並べられていた。今年の作品はとくに柔らかな曲線に特徴があるようで、フリルのように大きく波打つデザインの襟や、計算された細めのウエスト・ラインのバランスが絶妙だった。

そうした作品に目を奪われていると、背後から真昼を呼ぶ声がする。振り向くと、隣のテーブルに陣取ったアジア地区から来ているバイヤーたちが笑って手を振っていた。その顔触れにも、半分ぐらいは見覚えがある。シンガポールから来ているダニエルとグレイスが、真昼の顔を見つけて声をかけてきたのだ。真昼が笑顔で近づいていくと、二人ともすぐに椅子から立ち上がって、互いに肩を抱き合い、交互に頰を寄せて、挨拶を交わした。

香港店とシンガポール店の人たちに会ったら、忘れずに先日のお礼を言いたい。真昼はずっとそう思っていたのだったが、あろうことか、先にそのことを口にしたのは、津田のほうだった。

「そうそう、グレイス。このあいだは、商品を回していただいてありがとう。きっと迷惑をかけたと思うけど、ごめんなさいね。でも、おかげで彼女はとても助かったわ」

なんということだ。これではまるで真昼の失敗を、津田が代わりに謝っている言い方だ。

「あら、そんなことといいのよ。困ったときはお互いさまですもの。それに、アンドレアに頼まれたら嫌とは言えないしね。マヒルはまだ経験が浅いんだから、失敗はつきものよ。気にしないことね」

グレイスに悪気はないのはわかる。詳しい事情など知らないのだ。ただ、このままではあまりに情けない。真昼はせめて一言だけでも釈明をしたいと思った。

「でも、グレイス。私はあのパンツ・スーツは売れるという自信があったので……」

思いきって発した言葉だったが、津田が割り込んできて巧みに話題を逸《そ》らしてしまったので、結局真昼はそれっきり本当の経緯を説明することができなかった。

そんなこともあって、ショウ・ルームで津田と言葉を交わすことはほとんどなかった。津田はもともと親切に教えてくれるといったタイプでもないし、真昼がなにか質問をしないかぎり「勝手にすれば」という顔をしている。むしろよけいな手間がかからずに清々するとでも思っているようでもある。

真昼のほうも、実際のところ無用な気遣いをしないで済むなら、そのほうがどれだけ楽か。決していがみ合うというのではなかったが、津田と真昼は、自然にそれぞれの作業に没頭するかたちになっていたのである。

真昼は、日本からたくさん用意してきたカラフルなポストイットを駆使して、絵型のファイルに自分なりの色分けをし、詳細にメモを書き込んでいく。これはというものには二重丸をつけたり、とくに売れそうだと思うものには花丸を書いたりして、そのつど受けた印象なども、細かく書き込んでいった。

半日分の作業が終わると、買い付けた商品のデータをパソコンにインプットしていくのだが、それも前回に較《くら》べると、ずいぶん手早くなった。全体をとおして、一番違ってきたことは、売ることをもっと意識するようになってきたことだろうか。

前回はそんな余裕もなく、夢中で選んでいたものだが、二度目からは価格帯についても考慮するようになった。秋冬物ということもあり、革製品なども何点か買い付けたいものがあるのだが、どうしても高価になってしまう。となると、購買層もかぎられるので、そのあたりを、こまやかに配慮して品選びをするのだ。

ショウ・ルームでサンプル・ブックに表示されているのは、ユーロ建ての工場渡《エックス・ファクトリー》しの価格になる。だから、円貨に換算するためそれに為替《かわせ》レートを掛け、さらに上代に引き直すときの独自の「乗数」とを掛け算して、販売時点の価格の目安を求めることができる。

アレッサンドロ・レオーニの商品にかぎらず、輸入品の適切な販売価格設定は簡単ではない。輸送費だけをとっても、イタリア国内から空港までの輸送費、イタリアの空港から日本までの空輸費、それから日本国内での輸送費のすべてを見込まなければならず、その見通しも重要になるからだ。さらにはその間の保険や、税関での諸費用、日本の倉庫での管理費、そのうえ真昼のような各店舗で働くスタッフの人件費、それ以外にも各店舗の家賃や光熱費といった、もろもろの経費を残らず加える必要がある。

バイヤーになる前は、ひとつの商品の販売価格に、そうした流通ルートの違いや、そこにかかる経費がどのように影響するかなど、まるで考えることはなかった。だが、思いがけずバイヤーになり、こうしたすべてのリスクを考慮して商品の販売価格が決まっていく過程に直接関わることになって、真昼にはそれがとても新鮮に思えたものだ。

買い付けの際に、上代価格がいくらぐらいになるかを知っておくことは不可欠だ。その計算を簡単にするために、アレッサンドロ・レオーニ・ジャパンの場合のこの「乗数」は、三・七五に設定されている。これは、あくまで買い付けのときの販売価格の目安を計算するためのもので、工場渡しの価格を単純に三・七五倍すれば販売価格になるというわけだ。

実際には、この数字を叩《たた》き台にして、上代会議でそれぞれの商品ごとに、仕入れの数量や販売予測などによって、微調整を行なう。上代をいくらに設定するかで、売れ行きも左右されるので、この会議でのさじ加減が重要な鍵《かぎ》になる。

その会議の席でもバイヤー全員が発言するのだが、商品そのものだけでなく、客の購買傾向や、販売目標など、自分なりにどう予測して買い付けてきたかといった「センス」が求められる。

価格設定にまで深くかかわり、買い付けてきたものを、いかにうまく売りきるか。逆に言えば、いかにうまく売りきることができるかを考えて買い付けることが大切なのだ。こうした面でもバイヤーとしての真価が問われることなど、真昼もこの数カ月をとおして、さまざまな角度から買い付けについて学んできた。

★★★

滞在予定の半分は、夢中で過ぎた。

最初からスピード・アップを心がけたこともあって、予定していた買い付けは、いまのところなんとかうまく進んでいる。

毎朝、八時すぎには部屋を出て、夜は十時近くまでびっしり働いた。昼食はショウ・ルームに用意されているサンドイッチなどで済ませ、一日の仕事を終えてホテルの部屋に帰ってくると、十一時近くになっているときもあった。

その夜、いつものようにへとへとに疲れてホテルに帰ってくると、一階のフロントで若いホテルのスタッフに呼び止められ一通の封書を手渡された。すぐに開封すると、ホテルの便箋《びんせん》にきれいな日本語の文字で手紙がしたためられていた。差出人は花井正《まさ》子《こ》とある。前回ミラノに来たとき、コレクション会場で津田から紹介されたセレクト・ショップ「リベルテ」のチーフ・バイヤーだと、すぐに思い出した。

花井もこのプレの時期にミラノに来ているのだ。おそらく真昼の留守中にわざわざこのホテルにやって来て、伝言を残しておいてくれたのだろう。女らしい文字で書かれた文面は簡単なものでミラノ滞在中にぜひ一緒に食事でもどうか、という内容だった。末尾に電話番号が付記してあり、夜遅くてもかまわないので、必ず連絡をほしいとも書いてある。真昼はすぐにベッドサイドの電話に直行した。

「もしもし……」

まるで受話器のそばで待っていたかのように、呼び出し音も鳴らない前に、花井は電話に出た。

「あの、花井さんですか？　夜分遅くにすみません。ホテルにご伝言をいただいた、アレッサンドロ・レオーニの柏木です」

「真昼さんね。突然でごめんなさいね。でも、お電話ありがとう。いま帰ってこられたのね？　ずいぶん遅くまで頑張っていらっしゃるのね」

花井の口調はどこまでも柔らかい。真昼がミラノに来ていると聞いて、一度ぐらいは一緒に食事でもとのことだったが、どことなくそれだけではない雰囲気が感じられる。

「昼間は出られないみたいだし、その分ならのんびり夕食というのも難しそうね。ねえ、もしよかったら、いまからこっちにいらっしゃらない？　きっとお食事もまだなんでしょう？」

「いまから、ですか……」

時計を見ると、すでに十時を過ぎていた。とはいえお腹は空《す》いている。

「そちらから歩いて五分もかからないところなの。折り入ってお話もあるのね。ぜひいらっしゃいよ」

それではと答え、そのままバッグをつかんで、真昼は思いきって部屋を出た。教えてもらった場所はたしかにすぐ近くで、花井はすでに料理とワインを注文し、くつろいだ恰好《かっこう》で待っていてくれた。

「遅くに呼び出してごめんなさいね。でも、来てくださって嬉《うれ》しいわ」

料理はどれもおいしくて、久々に満ち足りた気分だった。まもなく開かれる今季のミラノ・コレクションの話や、真昼自身の仕事の様子など、あれこれ話題は尽きなかった。

「バイヤーって、見かけは華やかだけど、実際の仕事は結構体力勝負で大変でしょう?」

「はい。想像以上でした。でも私、お洋服が大好きですから、楽しくて」

それは真昼の本心だ。花井は目を細めて聞いていたが、やがてまっすぐにこちらを見て切り出した。

「あなたのことはいろんな人から聞いたわ。ねえ、真昼さん。うちに来る気ないかしら？　もちろん、正規のバイヤーとしてだけど、私の下で働いてみない？」

「え、私がリベルテのバイヤーに？」

真昼は、思わず大きな声で問い返した。

「真剣に考えてみてほしいの。実は、リベルテが今度いくつか新しい店舗を出すことになっていてね」

花井はそう言って、優雅な仕草で脚を組み直した。

「それはおめでとうございます。そういえば表参道《おもてさんどう》にも、新しいお店を出されるとか」

丸ノ内店の同僚たちが、そんなことを話していたのを思い出したのだ。

「ええ、オープンは来月だから、いまごろ東京ではみんな目を回しているかもね。今年は表参道のほかにも、夏までに全国でもう一店舗、年末までにさらに二店舗で、合計四店舗も開店が決まってるのよ」

花井の顔に、いたずらっぽい笑みが浮かんでいる。さぞかし激務のはずなのに、この花井にかかるとすべてが楽しげに見えてしまうのはなぜなのだろう。

「大変だけど、前向きな忙しさですからね。それもあって、いまリベルテではスタッフの戦力強化に力を入れているの。販売面の大幅な増員はもちろんだけど、私としては若手のバイヤーを育てたくて」

もの静かで、おっとりとした口調だが、秘めたる迫力が伝わってくる。

「それで、私にお声を？」

「そうなの。あなたのような若いパワーがどうしてもほしいと思って」

真昼をじっと見つめる目の奥に、一瞬、鋭い光が走った。

「あなたには将来があるわ。その将来を、私に預けてくれないかしら？」

花井は、みじろぎもせずさらに言った。

「決して後悔はさせないわ」

気圧《けお》され、答えあぐねている真昼を見て、花井はもとの穏やかな笑顔に戻ってうなずいてみせる。

「私ももうこの歳よ、楽がしたい。そのためにもいまのうちに優秀なバイヤーを育てておかないとね」

そこまで言ってから、花井はいたずらの共犯者に対してするかのように、肩をすくめた。不思議な女性だ。表面に表れている穏やかさだけを見ていたのでは決してわからないような、人一倍激しいなにかが、間違いなく存在する。相手に有無を言わせぬ迫力がある。

「ね、真昼さん。真面目に考えてみてほしいの。バイヤーって肉体労働でしょ。そのくせ、たくさんのことを要求される。基本的なファッション・センスはもちろんだし、顧客の動向や、地域性による需要の動向。マーケティングの知識も要る。それだけじゃなくて、世界的なトレンドや、時代の大きなうねり、セレブリティの行動様式についても、敏感にアンテナを張り巡らせておく必要がある」

花井の柔和な面差しに、凛《りん》としたビジネス・ウーマンの顔が重なってみえる。

「はい。知れば知るほど難しい仕事だと思います。仕事はきついし、ファッションは単独で世の中から孤立して存在するものではありませんし、ともすると迷路のような世界に迷い込んでしまいそうです」

それも真昼の本音だった。

「そのとおりよ、真昼さん。厳しい言い方だけど、たしかにあなたは、いまのままではバイヤーとして半人前。コレクションはミラノだけではないし、デザイナーはパリにもニューヨークにも、いいえ素晴らしいメゾンが世界中に数多《あまた》ある。まだ埋もれているデザイナーや、生まれたばかりのデザイナーの卵を発掘して、一流のメゾンに育てることも私たちバイヤーの大切な仕事のひとつなの」

「発掘して、育てるのですか？　それがバイイングの本質だと？」

「そうよ。アレッサンドロ・レオーニのように、名のある固定ブランドの買い付けだけではいつか満足できなくなる。それだけでは本当のバイヤーの怖さも、おもしろさもわからないで終わるわ」

本当の怖さとおもしろさ。花井の言葉には強烈に惹《ひ》かれるものがあった。

「リベルテに来てくれたら、少なくとも年に四回、パリとミラノのプレとすべてのメゾンのコレクションに行ってもらうわ。ほかにもスペインとかロンドンとか、いいと思えばどんどん訪ねていけばいい。さっきあなた自身が言ったように、バイヤーというのは本当に奥の深い仕事なの。それだけに将来が大きく約束される仕事だとも言える。本物の実力を備えて、世界に通用するバイヤーになるのよ。いまの日本には、残念ながらそういう女性バイヤーがまだほとんどいないのが現実ですもの」

身を乗り出すようにしている真昼に、花井はまた笑みを投げかけてくる。

「バイヤーというのは、厳しいけれど、女が一生を賭《か》けてやれる仕事よ」

誇らしげな顔だ。何事にも動じない、自信に満ちたその顔が、真昼には眩《まぶ》しく思える。

「ね、真昼さん。私についていらっしゃい。あなたを一人前のバイヤーに育ててあげる。待遇については、本社のほうと面接をして決めることになるけど、いまの給与の少なくとも二割アップは約束させる」

その条件をどうとらえていいのかも、すぐには判断がつかない。

「私に任せてくれたら、できるかぎりあなたに有利なように本社を説得してあげるから」

きっぱりとそこまで言いきって、花井は腕時計に目をやりながら、もう一度真昼をまっすぐに見た。時刻はまもなく十二時になろうとしている。

「さ、今夜はもう遅いわ。明日の朝も早いでしょうし、ここはいいから、もうホテルにお帰りなさい。夜道は気をつけてね。今夜はお会いできて嬉しかったわ」

「ありがとうございます。それから、ご馳走《ちそう》さまでした」

「私は明日の午後からパリに飛ぶけど、続きはまた東京でお話ししましょう。本社の人事課にも会っていただくわ。帰ったら、一度ここにお電話をちょうだい。もちろんメールでもいいんだけど」

言いながら、花井は小さな蛇革《パイソン》のバッグから名刺を一枚取り出した。

「わかりました。あらためて、ご連絡をさせていただきます」

「安心して残りのお仕事も、頑張ってね。私としては、レオーニを円満に退社してもらうことが最大の条件ですから。前の会社の仕事は最後まできちんとすること。それも転職の大切なマナーよ」

花井は、まるで真昼がリベルテに行くのはもう決定しているかのような口振りをした。

「はい」

真昼は、またも花井のペースに引き込まれるように、うなずいていた。

★★★

ホテルを出ると、頬に痛いほどに寒気が襲ってきた。

それでも真昼の心は弾んでいた。これは引き抜きだ。この自分が人から望まれ、将来を買われている。それも、女性バイヤーの第一人者と言われるあの花井が自分をほしいと言ってくれたのだ。あまりに唐突な申し出に、どう対処していいかはわからないし、心配がないわけではない。だが、あの花井が自分の仕事振りを評価してくれている。そのことがなにより真昼の心を浮かれさせていた。

自分の部屋に着いたあとも、真昼の心はほとんど上の空だった。すぐに勢いよくベッドに倒れ込んで、天井を見た。そのまま両腕をあげて、思いきり伸びをする。いまが夜中でなかったら、バンザイでも叫びたいほどの気分だ。

もしもリベルテに転職したら、どうなるのだろう。そうするのが自分にとっていいのかどうか、あの花井の下で鍛えてもらえばどんな未来が待っているのか、いまは想像すらつかない。

答えは、東京に帰ってから出せばいい。いまは落ち着いて目の前の仕事に集中すること。そう思ったとき、ベッド・サイド・テーブルにあるメッセージ・ランプが点灯しているのが目にはいった。

時計は十二時十五分を指している。真昼はヴォイス・メールの伝言を聞くため受話器を取った。

「伝言は二件あります」

あらかじめ録音されたオペレーションの事務的な英語が聞こえてくる。説明に従って、スタート・ボタンを押しながら、真昼は自然に微笑みを浮かべていた。

アンドレアが、ミラノに帰ってきたのではないか。もしもアンドレアだったら、いまからでも電話を折り返そう。真昼は無性にアンドレアに会いたかった。だが、そんな期待はみごとに裏切られた。

「もしもし真昼？　僕だよ。村尾。真昼、いまミラノなんだってね。きっと前のホテルだろうと思って電話してみました。今夜は遅いけど、よかったら電話ください。番号は前に教えたとおりです。僕のほうは遅くてもいいからね。待ってます。じゃ」

一本目の伝言に続き、二本目が聞こえてくる。

「ええっと、村尾です。ずっと真昼の電話を待っているんだけど、まだ帰っていないみたいだね。君の仕事も、結構遅くまで大変だね。では、引き続きこのまま待ってますから、遅くなっても電話ください。君にぜひ聞いてほしい話があるんだ。ビッグ・ニュースなんだよ。君の将来に関わるいい知らせだから、ぜったいに電話くださいね。よろしく。念のためにこちらの番号を言っておきます。02・29・00・12・4……」

村尾は上機嫌な声で、一方的にまくし立てていた。なんなのよ、いまごろ。どうしてまた電話なんかかけてきたの。真昼は、うんざりするような思いでつぶやいた。電話をかけるつもりなど毛頭ない。もうあの男に関わるつもりはないし、二度と会うこともない。前回はっきりとそう心に決めたのだ。

真昼はヴォイス・メールをすぐに消去して、気を取り直すようにバスルームに向かった。手早く服を脱いで、バスタブにたっぷりのバス・ソルトを入れ、ゆったりと身体を沈めて目を閉じた。村尾のことなど、思い出したくもなかった。

リベルテへの転職話もしばらくはおあずけだ。いまは明日の買い付けのことに集中していたい。そう思っていたら、バスルームの壁に備えつけられた電話が鳴った。また村尾からだ。いったい何時だと思っているの。このまま居留守を決め込んでいたら夜通し繰り返しかかってきそうな気配だ。ならばいっそ電話に出て、きっぱりと断るしかない。真昼は意を決して受話器に手を伸ばした。

「もしもし……」

不機嫌な声になっていた。もちろん村尾からだと思い込んでいたからである。

「マヒル？」

その声だけですぐにわかった。鼓動がにわかに大きくなった。

「アンドレアなのね？」

「ハニー、もう寝ていたの？　今夜ミラノに帰ってきて、さっきやっと仕事から解放された。いま君のホテルのすぐそばだ。これからそっちに行ってもいいだろう？　ルーム・ナンバーを教えてくれる？」

「ちょ、ちょっと待って、アンドレア」

真昼は慌ててバスタオルに手を伸ばした。

ドアを遠慮がちにノックする音が聞こえるまで、それから五分も経っていない。逸《はや》る気持ちを抑え、真昼がそっとドアを開けると、はにかんだ様子でアンドレアが立っている。笑みは湛《たた》えているものの、よほど忙しい一日だったのか、ひどく憔悴《しょうすい》した顔だ。

「お帰りなさい」

そう声をかけると、アンドレアはパッと顔を輝かせ、弾《はじ》けるように部屋のなかに飛び込んできた。そしてそのまますぐに真昼を抱き締め、湿った髪に顔を埋めながら囁《ささや》いた。

「いい香りだ……」

「さっきまでお風呂《ふろ》にはいっていたから」

すました顔で言ったものの、こめかみに汗が噴き出している。身体をタオルで拭《ふ》くのもそこそこに、大急ぎで服を着ながら顔に化粧水を叩《たた》きつけ、眉《まゆ》と口紅を引いただけのほとんど素顔である。

「なんだ、そうなの。だったら慌てて、服なんか着なくてもよかったのに」

「あのねえ」

なんという会話なのだろう。顔を見たらなにから話せばいいかと、あれこれ考えていたのに。

「だってさ、どうせすぐに脱ぐことになるんだもの」

そんなふうに言って、彼はいたずらっぽく片目をつぶってみせる。

「もう、アンドレアったら……」

真昼は、ちょっと睨《にら》みつけて、その胸を叩く真似をしてみせた。他愛もない言葉のやりとりが、いまは無性に嬉《うれ》しかった。二人のあいだにあるものは、いったいなんなのだろう。

「ビジネス・トリップ続きでさ、もうへとへと。早く顔を見たかったんだけど、ずっと忙しかったんだ」

「私もよ」

「一人にしておいて、ゴメンネ。でも、君のことがずっと気になっていた」

「私もそう」

「なんだよ、マヒル。私も《ミー・トゥー》、としか言わないんだね」

「だって、ほんとにそうなんですもの」

先日のトラブル処理のお礼も言いたかったし、今季のレオーニの秋冬物コレクションについても語り合いたい。あのあとの仕事のことや、津田との経緯も聞いてほしい。話しておきたいことは際限なくありそうな気がしたが、いざ顔を見たら、もう言葉などどうでもいいようにも思えてくる。

「ねえ、アンドレア……」

呼びかけた唇は、すぐに塞《ふさ》がれた。柔らかな舌が、遠慮がちにはいってくる。途端に、後頭部に痺《しび》れるような感覚が走り、真昼は思わず目を閉じた。アンドレアの舌は雄弁だった。最初は真昼の反応を探るような動きだったのが、やがて誘うように大胆になっていく。

途端に身体の力が抜け、真昼は立っているのが精一杯だった。

「ベッドに行かない……？」

耳元でかすれた声がして、心臓が激しく音を立て、それがかえって真昼を掻《か》き立てる。

「いいわ」

そのあとは、無我夢中だった。アンドレアの両腕に抱き上げられたところまでは覚えている。だが、気がついたら二人は並んでベッドに横たわっていた。ジャケットを脱ぎ、シャツも脱いで、もはや、二人のあいだを阻むものはなにもなかった。

ぴたりと密着したアンドレアの厚い胸板から、鼓動と体温が驚くほど鮮やかに伝わってくる。

「僕はどうかしちゃってるよね。君にいかれちゃってる……」

愛《いと》おしむように真昼を見つめ、その指がゆっくりと髪を撫《な》でる。

「よく帰ってきたね、僕のマヒル。こんなふうにして、君と二人になりたかった……」

鼻と鼻を触れ合いじゃれ合うようにしながら、優しい言葉を次々と口にしたかと思うと、アンドレアは何度も真昼を強く抱き締めた。

「私もよ……」

真昼は、またも同じ言葉を繰り返している自分が少し可笑《おか》しく思えた。

頬を撫でていた愛しい指が、躊躇《ためら》いがちに胸をさまよっている。やがて真昼の首に回され、また上半身を包み込んだ。かすかなムスクの香りがする。真昼も全身の力を抜き、すべてをその熱い身体に委《ゆだ》ねて、目を閉じた。

それからどのぐらいの時間が経ったのだろう。

そのあとに起きることを考え、緊張も期待もしながら、身構えて待っていたのに、指の動きは止まったままで、いつまでたってもアンドレアはぴくりともしない。

「アンドレア？」

なんということだ。彼は目を閉じ、寝息を立てている。

疲れていたのだろう。無理もない。真昼の何倍も飛び回って長い一日だったのだろうから。あんなに慌ててこの部屋までやって来たというのに、真昼の顔を見た途端、安心したのか、疲れが一気に噴き出したのに違いない。

寝かせてあげよう。

と、真昼は思った。なにもいらない。こうしているだけで、満ち足りている。せめて束の間安らぎの空間を与えてあげているのなら、それはそれでいいではないか。

真昼はシーツのあいだから手を伸ばし、そのままベッドサイドのライトをそっと消した。

疲れていたのは真昼も同じだ。いつの間にか眠りに落ちて、途中で一度だけ目を開いた。アンドレアは、横向きになった真昼の身体を、後ろから背中ごと包み、寝息を立てていた。

なんとも不思議ななりゆきである。それもいいのかもしれない。起こさないように、首だけそっと動かしてみると、カーテンの隙間から覗《のぞ》く仄《ほの》暗い空は、もう朝が近いことを告げていた。ベッドサイドの時計は午前五時四十分を指している。

　このまま眠らせておいていいものだろうか。そんなことが頭を過《よぎ》ったが、やがて真昼もまた寝入ってしまったらしい。

★★★

「素敵だよ、マヒル」

　アンドレアの指が、真昼の額にかかった前髪を愛おしむように掻き上げ、今度こそ真昼ははっきりと目を覚ました。

「おはよう……」

「ごめんね。僕、昨夜は眠っちゃったんだね。本当はずっと起きているつもりだった。一晩中、君を見ていたかったからね」

　先に眠ったのは彼のほうだが、その言葉だけで十分だ。

「大丈夫。気にしないで」

　いまの気持ちをうまく英語で伝えられないことが、もどかしくてならなかった。だが、自分がどれほど安らいで眠りに落ちていたかに、あらためて気づかされた。だから、言い表わせない言葉の分だけ、ありったけの思いをこめて、アンドレアの胸にしがみついたのである。

アンドレアの肌は熱く、まだ少し汗ばんでいて、かすかにムスク系のコロンの匂いがした。わずかな隙間ができるのも嫌だと言わんばかりに、真昼はぴたりと身体を押しつけた。重ね合った肌をとおして、この気持ちが伝わればいい。

その途端、思い出したように全身にカッと熱いものが蘇《よみがえ》ってくる。身体の中心が、そこだけ熱を帯びていて、強く相手を求めている。それはアンドレアも同じなのだろうか。問いかけてみたくてその顔を見つめると、またもほとばしるほどの思いがあふれてきて、二人はどちらからともなく唇を求め合った。

「綺麗《きれい》だよ、マヒル」

まっすぐにこちらを見る目に、いたずらっぽい光が宿る。

「恥ずかしいわ……」

「ごめんね。残念だけどもう起きなくちゃ。マヒルはあと少しだけでも眠るといい。シャワーを借りるけど、まだ起きてこなくていいからね」

ベッドを抜け出して、バスルームに向かう裸の背中を見送りながら、またいつしかまどろんでいたらしい。少ししてアラームの音で目を覚ましたとき、アンドレアはもう服を着て、ソファに座っていた。

「さあ、急いで仕度をするんだ。これから朝食を食べに行こう」

「二人で？」

「僕と一緒じゃ嫌かい？」

「違うわ。そうじゃなくて、そんなことして大丈夫なの、っていう意味よ」

　二人で一緒に朝食を取っているところなど、誰かに見られても問題ないのかと訊《き》きたかったのだ。厳密には最後まで行き着かなかったとはいえ、同じ部屋で一夜を明かしたことに違いはない。

「気にしない。気にしない」

「オーケイ、わかった。すぐに用意するわ」

　平然としているアンドレアに促され、真昼は大急ぎでバスルームに向かった。

　そのあとの二人の関係を、どう理解すればいいのだろう。恋人というには、あまりに中途半端で、いまだに行くべきところまではいたっていない。とはいえ、ただの友人や仕事仲間というには、あまりに特別な間柄だ。

　急ぐことはない。いまの関係もそれはそれで気に入っている。なにより彼の存在がいまはとても大事に思えた。お互い忙しさは半端ではないのだから、やるべき仕事を尊重し合い、理解し合っていれば、それはそれでいいのかもしれない。真昼はそう思っていたのである。

★★★

買い付けの仕事は、いつもとまったく同じ手順で始まった。

その日買い付ける商品は、とくに今季のコレクションのテーマである「ゴージャス」の言葉どおり、上質の革や毛皮をふんだんにあしらった洗練されて豪華なデザインが目についた。

さらにアクセント・カラーとして、あちこちに配されているパープルは、ドレスの一部やニットのインナーなどだけでなく、小振りのパーティ・バッグや華奢《きゃしゃ》な靴、そして細いベルトやアクセサリーなどにまで、小気味よく生かされている。

どれもが真昼自身が着てみたくなるような、惹《ひ》かれるものばかりだ。睡眠不足のわりには、昨日と変わらない手際のよさと、これまで以上の熱心さで、真昼は次々と商品のチェックをこなしていった。

「マヒル、なにかいいことあった？　今日のあなたはなんだかずっとニコニコしているわね」

午前中の仕事が終了したとき、すれ違いざまにマダム・サルトーリに耳打ちされた。

花井から自分に対する評価を知らされたり、アンドレアと寛《くつろ》いだ一夜を過ごしたことで、自分のなかのなにもかもが違ってきたのは事実だ。心にゆとりができたとでもいうか、誰に対しても優しくなれる気がするのだ。それはあの津田に対しても同じで、ランチのとき隣に座っても、真昼は終始笑みを絶やさないでいられた。

気持ちの持ち方ひとつで、人はこんなにも変われるものなのか。

「ねえ、柏木さん。あなた知ってる？」

話を切り出したのは、津田のほうからだった。

「花井さんのところで、いま大々的に人探しをしているらしいのよ」

どきりとして、思わずコーヒーにむせそうになり、真昼は慌てて目をしばたたかせた。

「あなたは覚えていないかもしれないけど、一度ミラノで紹介してあげたことがあるわ。花井さんというのは、リベルテのチーフ・バイヤーでね、最近彼女、あそこの役員に昇格したのよ」

まさか、その花井に引き抜かれようとしているなどと、この津田に打ち明けるわけにはいかないではないか。曖昧《あいまい》に言葉を濁す真昼を見て、津田は諭すように続けた。

「リベルテは、そもそも企業母体が大手の化粧品メーカーだから、経営が安定しているしね。あそこの役員になれるなんて、本当に凄《すご》い昇進なのよね。その花井さんが中心になって、リベルテは今年中にあと四軒もお店を増やすプロジェクトが進行しているのよ」

「表参道に新しいお店ができる話は聞きましたけど」

「それ以外にも全国であと三店舗増やすらしいわよ。それで人材を集めているっていうのね」

すべて直接花井から聞いた話である。黙っていることに息苦しさを覚えたが、知らない顔でとおすことにした。まだ転職すると決めたわけではない。

「私ね、前々から考えていたの。いつかは花井さんのようにセレクト・ショップの仕事がしたいなってね。本当のバイヤーは、ああいうところで腕を磨くものよ。それに較《くら》べると、うちは温室だから」

「生温《ぬる》いとおっしゃるのですか？」

津田の口から出たとは思えない言葉だった。

「そうよ。うちの仕事なんか、まるでお遊びですもの」

「お遊びだなんて、そんな……」

「あなたにはまだわからないでしょうけど、同じブランド内での買い付けなんて、所詮《しょせん》は限界があるわ。その点、セレクト・ショップは気合いが違うもの。そのシーズンのコレクションだけでなく、デザイナーそのものを選ぶ目も問われるし、新しいデザイナーを発掘したり、メゾンそのものを育てるおもしろさもあるしね。上代設定にしても、為替《かわせ》の変動を考えておかないと純利益が大きく変わってくるわ。買い付けのタイミングとか相手との交渉とか、経験と高度なテクニックがなにより必要になる」

花井が言っていたことと同じだった。それこそが一人前のバイヤーの仕事だとも。

「ねえ、柏木さん。もしも私がレオーニからいなくなったら、あなた私の仕事を全部引き継いでやってくれる？」

「津田さん、リベルテから引き抜かれるんですか？　そんなことダメですよ。もしも津田さんがいらっしゃらなくなったら、アレッサンドロ・レオーニ・ジャパンは目茶苦茶になりますよ」

口をついて、自然に言葉が飛び出していた。津田を持ち上げようとか、おだてようなどと思っていたわけではない。

「嬉《うれ》しいこと言ってくれるわね。でも、大丈夫よ。私がいなくなったって、会社なんてなんとでもやっていくわ」

「そのお話はもう決まったことなんですか？」

花井からはなにも聞かされていない。もしかしたら花井は、誰にでも声をかけているのではないか。

「ううん。まだよ。花井さんはいまパリだから、東京に帰られたら私のほうから志願してみるつもりなの。でも、このことは柏木さんにしか話していないから、絶対に誰にも言っちゃダメよ」

「花井さんにお会いになったら、その話は決まるわけですね」

「まあ、そうでしょう。だって、あそこはいまものすごく人がほしいときですもの、私のキャリアだったら即決だわ」

自信たっぷりなのは当然だ。そんなことを知ったら、営業部長はどんな顔をするのだろう。ましてや、リベルテからの引き抜きの声は、真昼にまでかかっている。

「こんなことを打ち明けたのは、あなたにレオーニのあとを頼みたいからだわ。いいわね、柏木さん」

津田は、これまで見たこともないほど信頼に満ちた目を、真昼にまっすぐに向けてきた。

予定されていた仕事は、思っていた以上に問題なく片づいた。

ただ、プレの時期に、買い付けを進める商品の種類は想像以上に多く、実際にそのなかのどれとどれがコレクションに出されるかはまだ確定していない。

すべての商品を順にチェックし、そのなかのどれがコレクションに選ばれるかを想像しながら買い付けていく作業は、それはそれで賭《か》けの要素もあり、難しさも増すのだが、これまでにないおもしろさも味わえる。

日数を重ねるごとに手際もよくなり、ミラノのスタッフとのコミュニケーションもうまくとれて、能率よく、作業スピードが高まっていく。前回の買い付けのときに較べると驚くほどの進歩だと、自分でも思う。

これといったトラブルもなく、結果的にその日の午前中に作業を終えた商品の数は、予定をはるかに上回っていた。コレクションで公開される前のアレッサンドロ・レオーニの作品を、世界に先駆けてこの目で見られるという喜びは、なにものにも代え難い。真昼は嬉々《きき》として仕事をこなしていった。

★★★

買い付けは、そのあとも順調に進んだ。

その日はめずらしく仕事が早く終わったので、アンドレアと食事にでも行きたい気分だったのに、電話の向こうで、アンドレアはすまなそうな声を出した。

「ごめん。今夜はちょっと仕事が立て込んでしまって……」

いつになくはっきりしない言い方だったが、そういう日があってもおかしくはない。いつもは仕事の終わるのが遅い真昼に、アンドレアのほうが我慢して合わせてくれていたのだ。せっかく真昼が早く帰れるというこういう日にかぎって、今度はアンドレアのほうが都合が悪くなる。皮肉な話ではあるが、それも仕事なら仕方がない。

アンドレアはいつもと変わらない優しい声で言い、「じゃあ、また明日ね」と電話を切ったのである。

買い付けの作業にもすっかり馴染《なじ》んで、手際よくこなせるようになった。慣れてきたこともあるにはあるが、仕事の能率があがってきた一番の要素は、商品をチェックしながら、買うか、買わないかの判断をするとき、迷いがなくなってきたからだろう。

この先、どんな道を行くことになるにしろ、思いがけなく訪れた花井からの引き抜き話や、村尾からの連絡を受けて、自分のなかにこれまでとは違った自信のようなものが生まれてきたのを感じる。

通い慣れた道を、ホテルに向かいながら、真昼は満ち足りた気持ちだった。

夕食は、日本から持ってきたカップラーメンで済ますことに決め、部屋に戻ると電話が鳴った。アンドレアの仕事が、予想外に早く終わったのだ。真昼は受話器に飛びついた。

「ハロー。仕事、もう終わったの？」

真昼が英語で電話に出たので、電話の主も英語で返してきた。

「ハーイ、これから一緒にディナーに《レッツ・ゴー・アウト・フォー・ディナー》行こう」

「なんだ、博之なの？」

「おいおい、なんだはないだろうよ。僕で悪かったな。だけど、今日はずいぶん早いんだね。留守だろうと思って、メッセージを吹き込むつもりでいたんだけど、いきなり英語できたからびっくりしたよ」

熱心な誘いではあったが、強引というのではない。むしろ言葉の端々に、こまやかな心遣いが感じられ、だからさすがに邪険には断れなかった。

村尾が案内してくれたのは、モンテナポレオーネ通りにほど近い、ムーン・フィッシュという店だった。本日のスペシャルだという魚介類を何皿も選んだあと、物慣れた様子で、メニューとワインリストに交互に目をやっていた村尾は、トスカーナ地方の白ワインを注文する。

「なあ、真昼。留守電、聞かなかったのかい？　君からの電話、ずっと待っていたんだぞ」

「ごめんなさい。でも、すっごく毎日忙しくて、精神的な余裕がなくて」

本当は村尾のことなどすっかり忘れていたのだが、そう言いきってしまうのも酷だろう。

「それはわかっているよ。だけど、どうしても聞いてほしいことがあるんだ。君にとっても大事なことなんだよ。真昼の将来にもかかわることだ」

そんな言い方をされると、ますます気が滅入《めい》る。

「ごめん、博之。なんのことか知らないけど、あなたとあんまりそういう話をする気はないの」

なんの話にせよ、いまさら村尾とかかわる気持ちは毛頭ない。

「仕事の話なんだよ。買い付けのことだ。新しいバイヤーの仕事だよ。君をどうしても引き抜いてほしいと言われているんだ」

切羽詰まった声だった。

「なんですって？」

やっと関心を示したからか、村尾は顔をほころばせ、うなずいている。

「今度、白金《しろかね》に新しくセレクト・ショップを開くことになった。僕が経営もすべて、一切を取り仕切ることになったんだ。だからいま、その店を任せられる日本人女性を探している」

「嘘でしょう、博之が自分でセレクト・ショップを？」

自然に大きな声になっていた。

「前々から声をかけてくれる人がいてね。出資者は外資系の金融機関の出身だ。凄《すご》いぞ、そんじょそこらのセレクト・ショップとは、規模もかける金も桁外《けたはず》れだもの。僕は店の経営とマーケティングなどのアドヴァイザリーをする。それで、店を取り仕切ってくれる女性がどうしても必要になって……」

思いもかけない展開だった。そんなことを伝えようとしていたとは、想像もしていなかった。

「真昼には唐突に聞こえるかもしれないけれど、僕なりにじっくりと計画してきたことなんだ……」

説明を始めた村尾の声は、気持ちいいほど弾んでいた。

「ミラノに来たお蔭《かげ》でいろんなネットワークができた。東京にいたら絶対に会えないような人にも会ってきたよ。この人脈を活《い》かさないなんて、逆にもったいないと思わないか？」

「だからって、そう簡単に独立なんて……」

「まあ、聞けよ。僕を見込んでくれたスポンサーが、日本でビジネスを始めるために、僕に投資すると言ってくれたんだ。だから思いきって飛び出してみることに決めた」

「それで、白金にセレクト・ショップを？」

「まず手始めに、ってとこかな。それで、その店を、真昼と一緒にやりたいんだ」

「やめてよ、冗談でしょ」

「違うよ。大真面目だ。君ならセンスもいいし、買い付けの要領もよくわかっている。それに、経営やビジネスの大枠は僕がきちんと相談に乗るから、それ以外は真昼が自分の思いどおりの店にしてくれていい。約束するよ」

あまりに唐突ななりゆきに、真昼は声も出せなかった。

「レオーニでの君の評価も知っている。経営者としてリサーチをしたからね。君はリベルテの花井さんからも、なにか言われているんじゃないかい？」

「そんなことまで？」

「悪いことは言わない。リベルテになんか行くな。こき使われるだけだ。自分を安売りしちゃいけない。もう古いし、焦りが見えている。僕らのセレクト・ショップに較《くら》べたら、全然目じゃないからね」

村尾は、僕らの、という言い方を強調した。

「悪いけど、いきなりセレクト・ショップなんて言われても無理よ。それに、どうせならもっとキャリアのあるバイヤーを雇ったほうがいいんじゃない？　そのほうがよっぽどあなたの助けになると思う」

「津田女史みたいなバイヤーのこと？　彼女ならこっちが願い下げだ。遠慮しなくていいんだよ、真昼」

遠慮や謙遜《けんそん》で言っているわけではない。だが、村尾は強引だった。

「今度の仕事にはね、プロフィット・シェアリングの仕組みを取り入れるつもりなんだ。要するに収益分配のシステムだよ。社長もバイヤーも現場のセールス・スタッフにいたるまで、みんながショップ経営に直接携わっているような熱意と自覚を持ってもらう。頑張ったスタッフには、その実力に見合う分だけ、いずれその会社の株が持てるような権利を与えるんだ」

「そして、いつか株を上場したら、社員たちも億万長者になるわけ？　なにかで読んだことがあるわ」

「な、いいシステムだと思うだろう？　会社が儲《もう》かっただけ社員に収益を還元するんだよ。そのほうがフェアだし、みんなもやる気が湧いてくる。頑張っても頑張らなくても、みんな収入が同じじゃつまらない。優秀なスタッフを集めて、一人ひとりの熱意を活かす企業を作るんだ」

村尾は一気にまくし立てる。コモ湖で会ったときとは、まるで別人だ。

「力を合わせれば、いままで日本になかったような凄いセレクト・ショップを作れる。なあ、真昼。一緒にやってくれるよな？　すぐに返事をくれとは言わない。でも、君には絶対後悔させないから」

真昼が答えようと口を開くと、村尾は手をあげ、慌てて遮ってきた。

「いいんだ。時間はまだあるから、とにかく考えてみてくれ。返事はゆっくりでかまわない」

まるで即答されるのを避けたがっているような口振りにも聞こえる。

「ごめん、博之。私には無理。それに私、いまアンドレアとつきあっているから」

言わずにはいられなかった。だから転職の意志もないし、村尾と以前のような関係に戻ることもあり得ない。そんな意味もこめたつもりだった。

「え、アンドレアって、まさかあのアレッサンドロ・レオーニの？　ダメだよ真昼、あいつは」

村尾は即座に言い、激しく首を振る。

「たしかにいい男だし、優しいし、仕事もできる。だけど、あいつだけはやめたほうがいい」

「どうして？　なんでダメなの？」

いったいなにが言いたいのだ。いつも理詰めの村尾らしくない口振りもひっかかる。

「いや、悪いことは言わない。君が傷つくのが嫌なんだ。真昼は知らないほうがいいこともある」

村尾は曖昧《あいまい》に言葉を濁した。

★★★

そのとき、男が一人、テーブルの向こうを笑いながら歩いてきたのが目にはいった。

とても背が高く、がっしりとした肩幅で、連日ジム通いでもして鍛えているのか、引き締まった体格だ。そのくせ端整な顔つきに、吸い込まれそうなほど濃いブルー・

アイ。さりげなくウェーブがかった柔らかそうな金髪に、左耳のダイヤのピアスが嫌味なく似合っている。

つい見とれて、なにげなく目で追っていると、男はにこやかな笑顔のまま後ろを振り返って、やおら芝居がかった仕草で手を伸ばした。男にしては華奢《きゃしゃ》すぎるほどの、白くて細長い指先に誘《いざな》われるようにして、そのとき彼の背後から手をからめてきたもう一人の男がいた。

前の男があまりに印象的だったのと、その陰になっていたのとで、最初のうちは見えなかった後ろの男が、ふとした動きで灯りの下に顔を現したとき、真昼はアッと声をあげた。

「アンドレア……」

すぐに中腰になり、その名前を呼ぼうとして、真昼はその場に凍りついた。

その瞬間、二人の男たちは笑いながら親しげに顔を寄せ合い、唇を重ねたからだ。

嘘だ。こんなことがあるはずがない。真昼は自分の目を疑った。だが、真正面で起きた光景を見間違うわけがない。

男たちは、周囲のことなどまるで無頓着《むとんちゃく》な様子で、そのまま濃厚な視線をからませ、手を繋《つな》ぎ合い、真昼たちのいるテーブルになど気づく気配もなく、とおりすぎていった。

息が止まるかと思った。

激しいショックに、いや、どうしようもない嫌悪感と拒絶反応に、身体が小刻みに震えている。あのアンドレアが男性と……。いったい、そのことをどう受け止めればいいのだろう。

「どうかしたの？　顔色が悪いみたいだけど」

村尾はまったく気づかなかったようだ。

真昼は即座に首を振った。さりげなさを保とうとしても、声すら出ない。そのかわり、目の奥がじんと熱くなってきて、こみ上げてくるものがあった。慌てたのは、村尾のほうだ。だが、首を横に振るだけで、説明どころか真昼には一言も発することができないのだ。

「気持ち悪いんだな？　お腹が痛いのか？　さっきの貝が悪かったんだな。ずっと忙しかったから、きっと疲れが溜《た》まっているんだよ。そこへ急にワインを飲んだからきっと胃がおかしくなったんだ」

村尾は、どこまでも優しかった。だから、真昼は思いきって口を開いたのである。

「違うの。驚いたのよ。いま、男の人同士でキスをしていたの見ちゃったから」

ようやく、そこまでは言ったものの、あとをどう続けていいかわからない。

「もしかして、そのうちの一人がアンドレアだった。そうなんだな？」

村尾の顔つきが変わっている。

「博之、あなたそのことを知っていたのね？　ごまかさなくていいの。だからさっきあんなふうに」

「知らないよ。だけど、真昼はあいつが好きなんだろう？　だったら、彼を信じてやればいい」

「だけど、キスしていたのよ。お店のなかで、堂々とね。男の人となのよ、しかも昼に！」

なにもかもに腹が立った。だが、自分はいったいなにに対して腹を立てているのだろう。アンドレアが恨めしかった。ベッドで一夜をともにしながら、そこまでで終わり。今夜は仕事だと言っておきながら、あの男と楽しげに会っている。

村尾は信じろというが、なにを信じて、なにを疑えばいいというのだ。

「お、今夜のロブスターはとびきり新鮮だ」

運ばれてきた皿を見て、村尾はことさら楽しげな声をあげた。

「なあ、真昼。とにかく食べよう。人間、空腹のときは、ろくなことを考えないものさ。まず胃袋を満たすんだよ。そうしたら、いい考えが浮かぶかもしれないから」

フォークを差し出されて、真昼は渋々口に運んだ。少なくとも今夜は村尾が一緒にいてくれたことで、救われているのはたしかだった。

「こんばんは、マヒル《ボナセーラ》……」

　そのとき、誰かが肩に手を置くのを感じて、真昼は弾《はじ》かれたように顔をあげた。頬と、首筋に生温かい唇が触れるのがわかる。真昼は思いきり身を捩《よじ》り、反射的に彼の唇を避けた。

「どうしたの、マヒル。ほら、僕だよ……」

　耳元で囁《ささや》く声がして、アンドレアは執拗《しつよう》なまでに肩を抱いてくる。

「やあ、アンドレア。ボナセーラ」

　村尾は顔色ひとつ変えず、挨拶《あいさつ》をした。

「そうか、君だったんだね、ヒロユキ。マヒルがあんまり楽しそうな顔で笑っているのが見えたから、いったい誰と一緒に食事しているのかと思ったよ」

　にこやかではあるが、その言葉には棘《とげ》がある。「ちょっと失礼するね」と断って、アンドレアは真昼の手を引き、店の隅に連れていった。

「ヒロユキと一緒だと、ずいぶん早くから食事に出られるんだね？」

「今日はめずらしく早く終わったのよ。それに、今夜はあなたのほうから都合が悪いって」

「そのはずだったけど、仕事がうまく片づいたから、あのあと君に何度も電話したんだよ。だけど、何回電話しても留守電だった。そうしたら、君はちゃっかりここにいた。僕の都合が悪いとわかったら、途端にほかのボーイフレンドを呼び出すわけなんだね」

アンドレアがこんな言い方をするのは初めてのことだ。

「誤解しないでよ。博之はそんなんじゃないわ。それより、あなたのほうが変よ」

「誤解だって？　便利な言葉だよな。おかしいのは、君のほうじゃないか」

アンドレアの目のなかに、他人を見るような冷たさがある。

「私、見たのよ」

真昼は静かに首を振った。すでに答える気力など消え失《う》せている。

「でももういいわ。もういいの」

「いいって、なんだよ。なにを見たって言うんだ。ヘイ、待てよマヒル」

アンドレアが後ろから呼んでいる。だが、振り向くことはしなかった。その手を振りきって、真昼はまっすぐに村尾のテーブルに向かった。

今夜村尾が一緒でよかった。真昼はまたもそう思った。

「ごめんなさいね……」

真昼がテーブルに戻ると、村尾は黙ってグラスにワインを注いでくれた。

「でも、全然大丈夫だから、安心して」

訊《き》かれもしないのに、真昼はわざとはしゃいだ声でそう言って、グラスに手を伸ばす。

「無理すんなよ、真昼。僕の前では泣いたっていいんだから」

事情を尋ねることもせず、村尾はぼそりとまた告げた。

「ありがとう。でも、本当に平気」

「そうか。だったらいいけど。こういうときは、我慢するとよけい辛《つら》くなったりするもんだ。僕もいろいろ抱えているからね。あれこれ迷ったり、落ち込んだりすることがある。でもな、だからこそなんだよ、真昼」

村尾はどこまでも淡々と言う。

「だからこそって？」

「つまり、仕事を大事にしろって、そう言いたいんだ。こういうときは自分に自信を無くしたら総崩れになる。僕のときは、結局最後は仕事に救われたから。なあ、真昼。人は裏切るけど、仕事は裏切らない。健康な身体と、これが自分の仕事ですと言って胸を張れるものがあれば、あとはなんとでもなる」

ドキリとするほど実感がこもっていた。

「だからさ、済んだこととか、行き違いとか、この際全部切り捨てて、新しい仕事に没頭してみるのさ」

「セレクト・ショップのオープンに？」

「忙しくなるぞ。大変だし、そりゃあ苦労もするさ。そのかわり、ほかのことは全部忘れられる。前にも言ったけど、仕事というやつは、大変であれば大変であるほどおもしろいものだから」

村尾もきっと苦労したのだ。家族も会社も、大変な修羅場を経て、新しいスタートに臨む気なのだ。

「そうね。考えてみてもいいかもね。東京に帰ってから、しっかりと」

真昼は、大きくうなずいていた。

「そうさ。そうこなくっちゃ。な、真昼。一緒に頑張ろうな」

村尾はこれ以上ないほど嬉《うれ》しそうな顔をして、ワイングラスを高々と掲げてみせるのだった。

★★★

プレ・コレクションの買い付けは、すべて予定どおりに終了した。

東京に帰ると、真昼の帰国を待ちかねていたように、花井から電話がかかってきた。連れていかれたのは、真昼も前々から名前だけは知っていた伝統的な高級フレンチ・レストランである。

「私の大好きな場所なの。でも、こういうレストランは、女二人で来るものじゃないでしょう。だから、声をかけておいたの……」

花井がいたずらっぽくウィンクをすると、すぐにバー・ラウンジで待っていたらしい若い男性が近づいてきた。三十代なかばぐらいだろうか。見るからに日本人離れした顔立ちである。

「はじめまして、ジャン＝クロード佐久間《さくま》です」

「こちらが噂の真昼さんよ。ミラノから帰国されたばかりだから、優しくしてあげてね」

真昼は曖昧《あいまい》な笑みを浮かべ、目で問いかけるように花井を見た。

「こちらはね、私の若いボーイフレンドよ」

思わせぶりに耳打ちしてくる。どう返したらいいのかと、真昼が戸惑っていると、ジャン＝クロードは軽く笑い声をあげた。

「本気にしてはダメですよ。花井さんはジョークがお好きですからね。本当は、花井さんのテニスのダブルスのパートナー」

「花井さん、テニスをなさるんですか？」

「ミラノでは、どこのコレクションに行っても、花井さんはフットワーク抜群だったでしょう？　でもそれはみんな僕のお蔭《かげ》です」

ジャン＝クロードは、額にかかる柔らかそうな髪を手で掻《か》き上げながら、流暢《りゅうちょう》な日本語で言った。

花井たちとの食事は、真昼にとっては緊張の連続だったが、すべてが豪華で、華やいだ雰囲気のうちに進んだ。機知に富んで軽やかなジャン＝クロードの会話。若者らしくふざけて冗談を言ってはいても、花井へのかぎりない敬意と、決して真昼の気を逸《そ》らせないこまやかな配慮とが感じられる。

まるで別世界だ、と真昼は思った。そして、そんな世界の存在を、花井は自分に教えてくれようとしている。

それも、すべては真昼を一人前のバイヤーに育てるための助走なのだろうか。

ときおり目が合うたびに、穏やかな微笑みを浮かべた花井の目が、真昼を見つめてそう訴えているようにも思える。そのつど真昼は、かぎりなく温かいものに包まれたように、満たされていくのを感じていた。

★★★

長い食事がようやく終わり、交互に芝居がかった抱擁を交わして、花井はジャン＝クロードと一緒に帰っていった。二人を見送ったあと、真昼は一人になってゆっくりと歩き出した。ミラノに較《くら》べると東京の夜は格段に暖かく、むしろ火照《ほて》った頰にひんやりとした外気が心地よい。

今夜は、花井の強引さに押しきられるようにして食事に同席してしまったが、このままずるずると答えを引き延ばしているわけにはいかないだろう。決してイエスと返事をしたつもりではなかったし、花井もそれはわかっているはずだが、どこかではっきりと答えを出さないと、なしくずしに既成事実としてリベルテへの転職が現実のものとなってしまう。

だが正直なところ、自分の気持ちが本当はどちらに向いているのかもわからないのだ。

「あなたを育てたいのよ……」

花井が告げた言葉が、はっきりと耳に残っている。だが、いつだったか村尾が花井を評して口にした言葉も、消えてはいない。

「リベルテなんかに行ったら、こき使われて消耗するだけだよ」

村尾はいったいなにを懸念して忠告したのだろう。だが、村尾自身もまた、妻や家族との不和を忘れるため、仕事に没頭しようとしている寂しい男ではないのか。そして、アンドレアについても、あれっきりで別れてしまいお互いのわだかまりを解くすべもない。

真昼は、大きな声で叫び出したい衝動にかられた。なにもかもが、泣きたいほどに中途半端だ。

ふとした弾みで思いがけなくバイヤーという職業に出会い、そのお蔭でそれまでまったく知らなかった別世界に迷い込んでしまった。

アンドレアと出会い、花井に誘われ、村尾からまで独立の申し出を受けた。まるで今夜の食事のテーブルで、次々と目の前に出された豪華な一皿のように、ミラノで出会った好運なハプニングに、自分は有頂天になっていた。

いったいどの道を選ぶべきか。そもそも、自分はなにが望みなのか。

あらためて厳しく自問を繰り返しても、真昼の前に並べられた選択肢は、どれもが唐突で、信じられないほど魅力的で、そのくせ切ないほどに実感がない。考えれば考えるほど、心の揺れははてしなく振幅を増す一方だ。

真昼は、長い長い溜《た》め息を吐いた。

★★★

いきなり背後から腕をつかまれ、真昼はどきりとして振り向いた。

「あ、びっくりした。なんだ津田さんだったんですか、こんばんは……」

細い路地の陰から、こちらを睨《にら》みつけるようにして津田が立っている。

「さっきあなたがレストランから一緒に出てきたの、リベルテの花井さんでしょう？」

津田は挨拶《あいさつ》もせず、噛《か》みつかんばかりの形相で訊《き》いてきた。

「は？」

真昼は間の抜けた声を出した。

「とぼけないでよ。私、この目でちゃんと見たんだから。花井さんとあなたがどうして一緒に食事なんかするのよ」

「どうしてもなにも、花井さんからぜひとお声をかけてくださったものですから」

真昼は適当にお茶を濁した。いまさら嘘を言いたくはない。だが、詳しいことまで伝えるつもりもなかった。会社のためにも、花井のためにも、いまは微妙な時期だ。妙な誤解を招いてはいけない。

「あのね、いいこと柏木さん。花井さんを紹介してあげたのは、この私なのよ。それを忘れてもらっちゃ困るのよね。なのに、私を飛び越えて彼女に売り込むなんて、そんなのルール違反でしょう。抜け駆けは許さないわ」

津田はじっとこちらを見据えて言った。

「待ってください。抜け駆けだなんて。それに、私はなにも売り込みなんか……」

「違うの？　リベルテに転職したくて、花井さんに頼んでいるわけじゃないのね？」

とんでもない濡《ぬ》れ衣《ぎぬ》である。真昼は強く首を振った。

「もちろんです」

咄嗟《とっさ》にはっきりと断言したが、その先は続けられなかった。たしかに自分から花井に売り込んでいるわけではない。今回の転職の話にしても、花井のほうから持ちかけられた話である。しかもそれを聞いたのは、津田がリベルテに移りたがっていることを知る前のことだ。津田にはなによりその点の釈明をしておきたかった。だが、いまとなってはそれすらもできない。

「本当なのね？　花井さんのところに転職しようとして、アプローチをかけているわけじゃないのね？」

急に嬉《うれ》しそうな顔になってそこまで言うと、津田は、今度はやおら顔の前で両手を合わせ、突然頭を下げる振りをしてみせたのである。

「だったら、お願い。ねえ、柏木さん。あなたからも花井さんに推薦してくれない？」

「でも、私からなんてそんなこと……」

「簡単じゃないの。だって、事実でしょ？　これまでにもあなたにはいろいろ教えてあげたのだから。私、ちょっと前に履歴書を送ったんだけど、リベルテからはまだなにも言ってこないの。今回のことでは、全国から応募者が殺到しているらしくて、かなりの激戦だなんていう噂もあるわ」

津田の必死な様子は、その顔つきからも伝わってくる。

「まあ、私ぐらいのキャリアがある人材なんてそうはいないから、大丈夫だとは思うけど、なにせリベルテのようなセレクト・ショップで働くのは、私の長年の夢だったの。いまチャンスを逃したら、今度いつこんなことがあるかわからないもの、絶対に逃したくはないのよ」

答えようがなくて、黙ってしまった真昼に、津田はたたみかけるように告げてくる。

「ね、協力してくれるでしょう？　あなたにとっても損のない話だし」

そこまで言ってから、津田は急に思わせぶりな目つきになった。

「だって、もしもそうなれば、レオーニでのあなたのポジションも当然あがるわけじゃない。そうよ、私がレオーニを出るときは、部長にあなたのことうまく売り込んであげる」

なんだかとびきりの妙案を思いついたような口振りである。

「そんな、私なんかまだまだ……」

「やめて、いまさら謙遜《けんそん》してもあなたには似合わない。知らないと思うけどね、以前、新宿店でショップ・セールスをしていたときダントツに優秀な子がいたの。でも、バイヤーに抜擢《ばってき》されてミラノに行った途端、潰《つぶ》れちゃったわ」

ずっと前、真昼がバイヤーになると決まったとき、同僚から忠告めかして聞かされたことがある。

「津田史子のパワハラのせいで病気になったたって噂、あなたも聞いているんじゃない?」

「いえ、そんなことは誰も……」

「いいのよ、隠さなくっても。でも、本当のことは誰にも言えないしね。一人ですっかり思いつめて、神経をやられちゃったのね。ファッション・センスは抜群だったけど、肝心のところで妙に繊細というか、あなたと違って芯《しん》の弱いところがあったのね」

「私も、あんまり芯の強いタイプではありませんけど」

「それは違うわ。彼女は表面的には今風の子で、言いたいことを言ってるみたいだけど、内面はその真逆。その点柏木さんは、一見おっとりしていてひかえめだけど、頑固だし、決断が早くて、ブレがない」

そんなことを言われたのは初めてだ。真昼は驚きの目で、あらためて津田の顔を見た。

「本当ですか? 自分ではいつも反省ばかりです。優柔不断で、いつも迷ってばかりですもの」

それは真昼の本心だ。だが、津田はすぐに大きな声で笑い出した。

「よく言うわよ。ショウ・ルームで、商品を選ぶときなんか、さっさと決めているじゃない。最初は私もビックリしたわ。買わない決断の早いこと、早いこと。新米バイヤーとは思えなかった」

津田は思いがけないことを言い出した。

「だって、ショウ・ルームでは時間がないし、要らないものは要らないわけですから」

「そうなの。それがポイントなのよね。この仕事は、要らないと思ったらさっさと切り捨てられる人間じゃないとダメ。残酷なぐらい自分の決断を大事にできて、自信を持ってさっさと前に進める人間じゃないと、バイヤーの仕事なんか続けられないわ。買うものを決めることは簡単だけど、買わない決断は案外難しいことなのよ。これを買わないと、もしかしたら自分はとんでもないチャンスを逃してしまうことになるかもしれない、なんて、そんなことをウジウジ考えていたら、もうドツボにはまる」

「たしかに、そうかもしれませんね」

真昼は、津田の観察の鋭さにあらためて感心していた。それにしても、津田はこんな言葉で自分を評価してくれているのだ。そう思うと、無性に嬉しくなってくる。

「アンドレアも、あなたみたいな残酷な人が好きなのよね」

「え、私って、残酷な人間ですか?」

「自分でもそう思っているでしょ? 表面は優しい顔して、誰にでもいい顔を見せて従順な振りをしているけど、ほしいと思ったものには貪欲《どんよく》だわ。そして、いったん要らないと思ったら、なんでもポイッて簡単に捨てられる。その点からいって、バイヤーは生物学的に見ても、本当に女に向いた職業なんだってよく思うけどね。男は未練がましく過去を引きずるけど、女は一度捨てたものには目もくれない。あなたもその典型よ」

「いくらなんでも、私はそこまでは……」

「いいえ。そのとおりよ。私にはわかるの。なぜなら、あなたは私にとても似ているから」

「私が津田さんに?」

そんな馬鹿なと、言いたかった。

「そうよ。私にとっていま大切なのはリベルテだけ。悪いけど、アレッサンドロ・レオーニのことなんかどうでもいいわ。私はこのチャンスに賭《か》ける。そのためなら誰だって裏切るし、なんだってする。夢ってそういうものでしょう? だからあなたも協力してね。これは取引よ。ギヴ・アンド・テイク」

津田は真顔で言った。捨てるものには目もくれない。夢のためには誰だって裏切る。

真昼は、津田の言葉を繰り返し心のなかでつぶやいていた。

★★★

津田の言葉はショックだった。真昼が花井に津田を推薦したら、アレッサンドロ・レオーニの営業部長に真昼を売り込んでやる。ギヴ・アンド・テイクの交換条件だとまで津田は言った。だからというわけではなかったが、翌週になって、リベルテの花井に電話をしたのは、真昼のほうからだ。

だが、せっかく勇気を出して電話をかけたのに、花井はあいにく不在だった。そのかわり小倉《おぐら》ゆかりと名乗る秘書が電話に出てきて、すぐに面談の日取りを告げてきた。早口で歯切れのいい話し方の端々に、相手を威圧するような押しの強さが感じられる。ハスキーな声の調子からすると、おそらくは四十代のなかばといったところだろう。こちらの都合を聞くわけでもなく、有無を言わさず日時を指定してくるのに気圧《けお》され、真昼はすぐには返答できないでいた。

「花井のスケジュールは非常にタイトですので、お約束の時間に遅れたりなさると、それだけお目にかかる時間が短くなってしまいます。その点はよろしくご注意くださ い」

丁寧な物言いではあるのだが、相手の甘えを許さない厳しさと、几帳面《きちょうめん》さが伝わってくる。いや、取りようによっては、まるで真昼に喧嘩《けんか》を売っているようにすら思えなくもない。

「もちろん、それはよくわかっております。それでは、明日の午後四時二十分に、柏木真昼が間違いなくおうかがいしますと、花井さんにはそうお伝えください」

挑みかかってくるようなゆかりの口振りに煽《あお》られ、真昼はついムキになって答えた。

それにしても、あんな秘書がそばにいるのでは大変だ。津田がもしもリベルテに行くことになれば、きっと苦労するのだろう。ほんの短い会話だけだったが、直感的に真昼は思った。

★★★

アレッサンドロ・レオーニ丸ノ内店から、銀座のリベルテ・ビルまでは、タクシーでも千円以内の距離である。大通りに面した十二階建てのビルは、リベルテの歴史を感じさせるもので、その一階にリベルテ銀座店の店舗があるのだが、そばにいた店員に花井を訪ねてきたことを告げると、最上階にある役員フロアに行くようにと案内された。

だが、いざフロアの受付で、もう一度用件を伝えると、どういうわけか花井は不在だという。わざわざ半日の休暇を取り、指定された時刻の五分前に出向いてきたのである。おかしいなと思って、受付とやりとりしているところに、小倉ゆかりがやって来た。

「花井は急な所用で朝から出かけておりまして、本日はこちらには戻らないことになっています」

まったく悪びれる様子もなく告げてくるゆかりは、シックな黒のタイト・スーツを上品に着こなしていた。低い威圧的なその声から大柄な女性を想像していたが、意外なほど華奢《きゃしゃ》な身体つきだ。

白髪交じりのボブヘアで、どうかすると五十代の花井よりも老けてみえる。

「そうでしたか。花井さんがお忙しい方なのは承知しております。では、出直してまいりますので」

丁寧に言って、真昼は軽く頭を下げた。

「そういうことですと、また調整しませんと。ただ、次のお約束をとなると……」

ゆかりは手にしていた黒い革のスケジュール帳をおもむろに開き、大儀そうに言った。

「なるべく早めにお願いしたいのですが……」

連絡もなく約束をすっぽかしたのだ。すぐに代案を出すべきだろう。真昼は暗にそう言ったつもりだ。

「困りましたね。今週はもう日程がびっしり一杯でして。その次となると、一番早くて来週の水曜日です。午後二時からの二十分間ということでお取りしておきます」

「来週の水曜日ですか。私のほうは、それでも結構なんですが……」

真昼の答えを早くほしいのは、むしろ花井のほうではないか。彼女自身から乞《こ》われていることを知らされてないのだろう。それともわかっていて、まさか花井と会わせないようにしているのか。考えれば考えるほど、妙な疑心暗鬼に囚《とら》われてくる。

限りなく萎《な》えていく気持ちをなんとか奮い立たせ、もう一度頼み込んで店のシフトを代わってもらい、またもリベルテ・ビルに向かったのは、翌週の水曜日のことだ。

「花井は、やはり朝から出かけておりまして……」

ゆかりは、またも顔色ひとつ変えないで言う。いったいどういうことなのだ。どう考えても不自然だ。これは嫌がらせではないか。真昼はゆかりを正面から見据え、毅《き》然《ぜん》とした態度で切り出した。

「そうですか。だったら、こちらで待たせていただきます」

「なんですって？」

ゆかりは面食らった顔をしている。

「花井さんは、予定外にお出かけになったのですから、予定外の時間にお帰りになることもあるかと思います。あらためて出直してきても、またお会いできないかもしれませんので、だったらお戻りになるまで、こちらでお待ちしたほうが確率が高そうです」

「あなた、なんてことを……」

二人のやりとりは、自然に大きな声になっていたのだろう。背後でドアが開く音がした。

「あら、真昼さんじゃないの。聞いたことがあるような声だと思ったのよね。いらしてくださってたの」

「花井さんのほうこそ、お出かけじゃなかったんですか」

「さあ、なにをしているの。早くこちらにおはいんなさい」

バツの悪そうな顔で黙り込んでしまったゆかりをよそに、花井は屈託のない笑顔を見せて手招きする。真昼は、ゆかりに一礼をして廊下を行き、花井の部屋にはいっていった。

★★★

「この世界に嫉妬《しっと》はつきものなの」

ソファに向き合い、ここまでの経緯を話す真昼に向かって、花井は愉快そうに笑い声をあげた。

「あなた、喜びなさい。嫉妬されるということは、将来敵になると思われているからよ。つまりは、それだけあなたに能力があると見ている証拠ですもの」

ゆかりの上司であるはずの花井が、そんなことを言っていてもいいのだろうか。

「ですけど、私はなにもそんなことをされるような……」

「深刻になることはないわ。むしろ、私は喜んでいるの。さっきのあなたの対処法は正しかった。安心したわ。これから先、買い付け《バイイング》の現場では、こんな程度のことはしょっちゅうよ。もっと強烈なものにも出くわすでしょう。セクシャル・ハラスメントもパワー・ハラスメントも、そんなの日常茶飯事よ。ファッションの世界は表向きは華やかだけど、舞台裏は決して綺麗《きれい》事ばかりじゃない。そのとき、目の前のトラブルをどれだけチャンスに変えられるかで、勝負は大きく違ってくるの」

口にしていることの凄《すご》さとは裏腹に、花井はどこまでもにこやかだった。だから、真昼はよけいに言わずにはいられなかった。

「セクハラとかパワハラまで、チャンスに変えるなんて、私にはとてもそんなしたたかさはありません。それに、今日こちらにうかがいましたのは、実はレオーニの津田がこちらに応募を……」

津田とのことを話すと、花井は明らかに不快感を表わした。

「やめなさい。そんな他人《ひと》のことは二度と口にしないことね。彼女に対しても失礼だし、バイヤーとして死を意味することを平気で言えるようじゃ、先はないわ」

そのあと、思いきって村尾のことを告白できたのは、そこまで言われてなかば開き直りがあったからかもしれない。もちろん村尾の名前や、事業計画に関する詳しい背景については触れなかったが、新しく起《た》ち上げるセレクト・ショップに誘われていることだけは伝え、花井の反応をたしかめたかった。

「あら、おもしろそうな話じゃない」

花井から予想外の答えが返ってきたので、真昼は一瞬、拍子抜けした気分だった。

「そう思われますか？　古い友人ですので、気心は知れていますし……」

「その人と一緒にやりたいのなら、かまわないわ。やってみなさい。半年で失業してもいいのならね」

「どういうことですか？　その友人が、たった半年で失敗するとでもおっしゃるのですか？　彼はバリバリの商社マンで、ビジネスに関してはとても優秀ですけど」

村尾の顔が浮かんできて、真昼は反論しないではいられなかった。花井はさらに高笑いをする。

「そう思うのならやればいいじゃない。世の中はそんなに甘くないってことを、若いうちに身をもって知るのも悪くない。あなたにはいい経験になるでしょう。ただし、それを知った半年後には、いま私が用意しているバイヤーのポストには、ほかの若くて優秀な誰かが座っているでしょうけどね」

堂々とそこまで言われると、二の句がつげない。

「真昼さん。しっかり現実を見なさい。バイヤーとして、ビジネスの世界をシビアに見つめて判断するのよ。ミラノで買い付けをするとき、あなたはどんなことに気をつけている？　最低限これだけは条件にしているというポイントはなに？」

真顔になって質問する花井の顔を、真昼はまっすぐに見つめて答えた。

「基本的にはお客さまの顔を思い浮かべて判断します。それから売り場の担当者の顔もです。なぜこの商品を買い付けたかを、きちんと説明できるものだけを買うよう心がけています。それと、買わなかったものについてもなぜ買わなかったか、その理由をはっきりと説明できるよう意識して選択をしています」

これだけは迷うことなく答えられる。いつも自分に言い聞かせてきた言葉である。

「私はあなたに、半期で三億円の予算枠《バジェット》をあげる」

花井はいきなりそう言った。

「三億円？　私一人の判断で、年間で六億円の買い付けですか」

いまの倍以上の予算枠である。それを真昼に与えて、自由に買い付けをさせてくれるというのか。

「それで、あなたの思うとおりのものを買い付けなさい。どこから買い付けるかも、あなたの判断次第よ。その商品が、結果としてどこまでの売り上げに繋《つな》がるか、考えるとゾクッとしてこない？」

花井のいたずらっぽい目が、試すようにこちらを見ている。真昼は思わずごくりと喉《のど》を鳴らした。

年間六億円のバジェット。心臓のあたりがキュンと音を立て、全身の皮膚という皮膚が縮み上がるような感覚があった。両掌に汗が滲《にじ》み、それでいて無性に心が躍る。

突然、「ライズ」という言葉が浮かんできた。跳ぶのよ、真昼。そうよ、あのコモ湖の水面に跳ねる魚のように。誰かが囁《ささや》く声がする。どこかで水音も聞こえたような気がした。静かな湖面から、魚が飛び跳ねる音。そう、跳ねるのだ、真昼。

「私に、やらせてください！」

思わず声をあげてから、真昼はハッとして唇に手をやった。

「それでいいの。あなたの本心が言わせているのですもの。仕事というのはね、真昼さん。自分で動かすことのできる金額が、大きければ大きいほどおもしろいに決まっているわ。それと、自分に対しても他人に対しても、誇りが持てることが絶対に必要なの。お金は仕事の勢いになる。ただし、リスクもプレッシャーも金額に比例して大きくなるけどね」

「頑張ります！」

　引き込まれるようにうなずき、真昼は深々と頭を下げた。

「ダメよ、真昼さん。そんな優等生じゃ、全然ダメだわ」

「は？」

「その程度のバイヤーならうちには要らない。欲を恥じてはダメなの。私からも、リベルテからも、人脈とか情報とか、経営手腕もね、なにもかもを盗み取ってやるというぐらいの野心とガッツがなくちゃ。強くなりなさい。もっともっと強い女にね。自分の夢は自分で勝ち取るものよ。自分が幸せにならなければ、誰かを幸せになんかできないの。私が、あなたを世界中どこに行っても恥ずかしくないバイヤーにしてあげる。いいわね？」

　真昼は椅子から立ち上がり、大きくうなずいていた。

　もう迷わない。真昼は素直に手を伸ばし、花井の白い手を強く握り返した。村尾も津田も、アレッサンドロ・レオーニも、いまは考えることをやめよう。自分自身がまず満たされなければ、誰かを幸せにすることなんかできないのだ。新しい世界が始まる。今度こそ自分が選び取った道だ。真昼は誇らしげに顎《あご》を上げ、まっすぐに前を見つめていた。

第二章　パリの出逢い

いつまで待たせる気なの……。

柏木真昼《かしわぎまひる》は耐えきれないようにつぶやいて、腕時計に目をやった。

地下鉄《メトロ》のシャンゼリゼ・クレマンソー駅からほど近い、グラン・パレ。一九〇〇年にパリで開かれた万国博覧会のため建てられたという荘厳な建物は、大屋根から四頭立て馬車の彫像が前足を大きくあげて、道行く人々を誇らしげに見下ろしている。高さ四十三メートルもあるという鉄筋構造の円屋根は、十月初旬のパリの朝日を浴びて、鈍い銀色に輝いて見える。

ショウ会場の入口付近は、集まった人たちの異様なほどの熱気で、むせ返るほどだった。十月一日から開始された今回のプレタポルテ春夏物パリ・コレクションは、早くも六日目の朝を迎え、真昼の今回のパリ滞在も残すところ、あと四日を切ってしまった。

ショウ開始の予定時刻は午前十時半。初めて目にするパコ・ファビアンのコレクションに、期待と緊張とで身震いするほどだ。すでに大幅に遅れているのに、入口の通路は白い鎖で閉ざされたまま、まだ開場にもなっていない。この場の雰囲気を堪能《たんのう》するように、真昼はゆっくりと周囲を見回してみる。

入口付近に集まってくる人の数は目に見えて増え、人の輪は幾重にも拡がっていく。それはまるで、PとFをかたどったパコ・ファビアンの印象的なロゴ・マークに引き寄せられ、蜜《みつ》をもとめて群がってくる蟻の集団のようだ。決して明確に列を作って並んでいるわけではない。そのくせなにかひそかな特別の決め事でもあるかのように、人の群れは、だが整然として、不思議な秩序が保たれていた。

真昼は、群衆から少し離れた一角に目をやった。いかにもパリの富裕層といったマダムたちが、十人ばかり集まって楽しげに談笑している姿がある。そこだけ明らかに空気が違っていて、まるで細やかな光の粒子をまき散らしているかのようにあたりを圧倒している。

ほんの一瞥《いちべつ》するだけで、真昼には彼女たちが身にまとっているもののすべてが逐一頭に浮かび上がってきた。あのパンツ・スーツは今年の秋冬物の目玉だった。あのミニ・スカートのスーツは、世界でも何着かしか出回っていない。マダムたちの好みはそれぞれだが、そのどの一着をとっても、日本で買おうとしたら上下で百万円はくだらない。

まさにセレブリティ。これぞパコ・ファビアンの誇る上流社会の常連客たち。やっぱり、これがパリなのだわ。フランスが世界に先んじて作り上げたファッション産業のステイタスと夢とがここにある。

彼女たちが、その全身から発散しているのは、誇りなのではないか。それは、今朝この地に集まっている人たちが、無意識のうちに抱いているものと共通している。自分たちは、パリのファッション界に君臨するパコ・ファビアンに招かれた、選ばれた人間だという思い。そんな自尊心が、これだけの人々をして、整然とショウを待つゆとりに繋《つな》がっているのに違いない。

三千人を超えるといわれる招待客の席は、他のメゾンのショウとは違ってすべて指定席になっていた。今シーズンもその一席を得たことを、開場を待つ全員がみな一様に誇りに思い、この会場にはいれる選ばれた人間であることに興奮を覚えている。ショウに招かれたことへのプライドに頬を紅潮させている。

そしてこの自分も、今年からはついにその輪の一員に仲間入りした。真昼はそのことを、もう一度噛《か》みしめる思いで、ショウの招待状を持つ手に力をこめた。

★★★

一大決心をしてリベルテに転職を決意したのが今年の二月。三月末までをアレッサンドロ・レオーニで残務整理に費やして、実際にリベルテに通い出したのは四月からだ。そのあいだ、花井《はない》に同行して一度パリには来たのだが、今回、ようやく買い付けチームの見習いとして、初めて先輩のバイヤーたちに混じってのパリ出張となった。

ミラノでアレッサンドロ・レオーニだけの買い付けをしていたころを思うと、いまの忙しさは比較にはならない。パリ・コレクションは規模も大きく、会場も街のあちこちに分散していて、ミラノ・コレクションとは違った華やかさにあふれている。

今季の春夏物パリ・コレクションは十月一日から八日まで開かれているのだが、毎朝だいたい九時半ごろから夜の八時半開始ぐらいまで、びっしり一日をとおしてさまざまな会場でショウが開かれている。

花井のところに届く各メゾンからの招待状の多さときたら驚くほどだ。今回は真昼にとって初めてということもあって、できるかぎりショウを見て歩いた。リベルテの買い付けの日程は、凄《すさ》まじいまでにタイトなスケジュールで、先輩バイヤーたちの集中力とフットワークのよさには目を瞠《みは》るものがあった。

ショウの合間を縫って小物の展示場めぐりもこなし、真昼も一緒になって、息を吐《つ》く暇もなくあちこちのショウ・ルームを見て回ったが、買い付けについては、今回はあくまでまだ研修の立場である。

ただ、先輩たちから買い付け《バイイング》の極意を盗もうと、取引先との交渉や買い付け現場などを観察しているうちに、パリに着いてからの一週間は瞬く間に過ぎていった。

そして今日、花井にもらったチケットでファビアンのショウにやって来たのだ。

「やあ、真昼。お待ちどおさま」

そのとき背後から肩を叩《たた》かれ、ハッとして振り向くと、ジャン＝クロード佐久間《さくま》が立っていた。

「あら、あなたいつからパリに？　それに、どうしてこんなところに来ているのよ」

真昼は驚きのあまり、つい大きな声になっていた。お待ちどおなどと言われても、彼とここで会う約束などした覚えはない。

「あのな、どうしてっていう言い草はないだろうが。花井さんから突然電話があって、君が一人で困っているはずだ、通訳とガイドを頼まれてあげてって言われたから、わざわざ来てあげたのに」

憤慨した口振りだったが、その言葉ほどには思っていないらしく、ジャン＝クロードのヘイゼルの瞳《ひとみ》は愉快そうに笑っている。どんな仕事をしているのか、何度訊《き》いても、「僕は自由なんだよ」と答えるだけで、うまくはぐらかされて要領を得ない。だが、彼はたとえ海外にでも、気ままにひょいと出かけられる立場であるらしい。

「あら、そうだったの。でも、あなたチケットは？　ファビアンのショウは特にセキュリティが厳しいから、チケットがなければ絶対に入場できないのよ」

「うちの母が熱狂的なファビアン贔屓《びいき》でさ。いつもならコレクションには母が来るところなんだけど、今年は父の仕事の関係で東京を離れられないんだって。だから、僕がチケットをゲットしたってわけ」

花井に紹介されて以来、リベルテの花井の部屋《オフィス》で何度か見かけたことがあるぐらいで、ジャン＝クロードについてはさほど詳しく知っているわけではない。祖母がフランス人だということと、花井のテニスのパートナーという程度のことは聞かされているし、顔を合わせれば親しく口をきくようにはなったが、家族のことに触れるのはこれが初めてだった。パコ・ファビアンのコレクションのチケットが手にはいるほどだから、よほど恵まれた家庭なのだろう。

「でも、どうせあなたはいつも暇なんでしょ？　せっかくだから、このあとパリのガイド、よろしくね」

真昼はおどけた口調で礼を言った。どちらにせよ、フランス語のできる彼が半日つきあってくれるとなると心強いことはたしかだ。あらためて花井の心遣いに感謝の気持ちでいっぱいになった。

ジャン＝クロードを見ていると、嫌でもアンドレアのことが思い出されてくる。アレッサンドロ・レオーニを辞めるときもメールで伝えただけだった。すぐに電話がかかってきたが、タイミングが悪くて出られず、そのあと何度かかけ直してみたが、ついに言葉を交わすことはできなかった。

転職後の混乱に紛れ、きっかけを逸してそれっきり音信不通になってしまったが、おそらくいまごろアンドレアはまだミラノにいるはずだ。東京からはあれほど遠く感じられたが、ここからなら飛行機ですぐのところだ。無理をすれば、日帰りだって不可能ではないのかもしれない。

だが、いまさらそんなことをしてどうなるというのだ。それは、津田《つだ》とのことも同じだった。

★★★

「あなた、よくもやってくれたわね。こんなひどいやり方で、私を裏切るなんて」

あの日、血走った目をして丸ノ内店に駆け込んできた津田は、ロッカー・ルームに真昼を引きずり込むようにして、そう叫んだ。

あのときのことを思い出すと、いまでも喉《のど》の奥に、どうしようもないほど苦いものが突き上げてくる。真昼のリベルテへの転職が決まったことは、皮肉にも津田がリベルテから不採用の通知を受け取った日に、レオーニの営業部長から聞いたらしい。

「違います。そうじゃないんです……」

必死になって答えても、津田の耳にははいらない。カッと目を見開き、彼女はさらに詰め寄ってきた。

「どこが違うのよ。あなたは私の夢を横取りした。私のキャリアを土足で踏みつけたのよ。そんなおとなしい顔をして、ニコニコ笑いながら、こんなに汚いことをする卑《ひ》怯者《きょうもの》だとは思っていなかったわ」

恨みから発するエネルギーは、かくも激しいものなのだろうか。真昼は返す言葉も失っていた。

「誤解です。横取りだなんて、私は決して……」

「どこが誤解よ。あなたは知っていたはずでしょう。私がどれほどリベルテに行きたかったか。セレクト・ショップの買い付けを目標にして、これまで私がどれだけ長いあいだ頑張ってきたか」

津田の目には涙が浮かんでいた。悔しさが、あふれる怒りになってほとばしる。

「私の採用はほぼ決まっていたんだわ。それなのに、あと一歩のところで、あなたがそれをダメにした。どんな汚い手を使ったのか知らないけど、花井さんにうまく取り入って、私のチャンスを奪ったのよ」

「違います。そんなこと断じてありません」

花井には、津田を採用する気など最初からなかった。本人の口からそれは聞いていた。だが、津田を目の前にして、そんなことを言えるわけがない。

「この恩知らず！　あなたを教えたのはこの私よ。それに、あなたはリベルテになんて行きたかったわけじゃないし、バイヤーにだって最初からなりたかったわけじゃない。だけど、私の転職希望を聞いて、急に嫉《ねた》ましくなったのね。どうして他人の夢を奪うのよ。なんで私の将来を目茶目茶にするの」

「聞いてください、津田さん。これには訳があるんです」

必死で訴えようとしたが、津田の耳にはもはやなにを言っても届かない。

「弁解なんか要らないわ。なによこの泥棒！」

テーブルのうえにあったものを両手でわしづかみにすると、いきなり真昼をめがけて投げつけてきた。

「この大嘘つき！」

雑誌が肩にぶつかり、ティッシュペーパーの箱が額をかすめていく。はてはコーヒー・マグに、インスタントコーヒーの瓶。次々と飛んでくるそれらの物を、真昼は目を閉じ、あえて避《よ》けずに受け止めた。それで津田の心の傷が少しでも和らぐなら耐えるしかない。

だが、そんな真昼の姿は、津田をかえって逆上させた。

「なんてふてぶてしいの。偽善者！」

マグが砕け散る大きな音に、スタッフたちが何事かという顔で集まってきた。

そのときだった。津田が、熱湯のはいった湯沸かしポットに手をかけるのが目にはいった。

「やめろ！　逃げるんだ！　柏木さん」

真昼は一瞬息を呑《の》んだ。津田の昂《たか》ぶりは、もはや極限に達している。まともな判断力などとうに消えうせている。それはわかっていても、この怒りを受け止めるしかない。逃げるわけにはいかないのだ。

一歩、さらに一歩とにじり寄ってくるその顔。大きく見開いた目は血走って、崩れたアイ・メイクが、下瞼《まぶた》に黒い輪ジミを作っている。渇ききってひび割れた唇からは、あえぐような息が漏れている。まるで別人のような形相に、真昼はごくりと生唾《なまつば》を呑み込んだ。

津田が、手にした湯沸かしポットを強く引いた。繋《つな》がっていたコードが、音を立ててはずれた。注ぎ口からは、いまも非情なまでに湯気が立ち上っている。

その白い気体を凝視しながら、真昼の心は不思議に醒《さ》めていた。

「だめだ、津田さん！」

大きな声がして、背後から津田の手首をつかむ者がいた。その瞬間、ジュンという不気味な音がして、誰かが悲鳴をあげた。と思う暇もなく、真昼の左手の甲に突き刺すような痛みが走る。

無意識に顔を背け、手でかばっていたらしい。そこに熱湯が降りかかったのではないか。

ハッとして顔をあげると、店長が右手にポットを持ったまま、ゆっくりと床に崩れ落ちるのが見えた。その右腕から湯気があがり、真っ赤に爛《ただ》れた皮膚が見る間に膨れ上がるのがわかった。それまで呆然《ぼうぜん》と立ち尽くしていた津田が、すぐ横で膝《ひざ》から崩れるように倒れ込んだ。

「救急車よ！　早く、誰か、一一九番に電話して！」

背後から声が飛んだ。反射的に振り向くと、津田は両腕をだらりと下ろし、全身を小刻みに震わせながら、放心したように床に座り込んでいた。

左手が激しく疼《うず》く。誰かに物凄《すご》い勢いで肩をつかまれ、抱き起こされた。そして、引きずられるようにして、だが真昼の左手をかばいながら、小走りに洗面所に連れていかれた。

「だめだ。救急車だけは呼ぶな。それよりこっちだ、柏木さん。とにかく、なんでもいいから冷やすんだ」

叫んだ店長の顔が、引き攣《つ》れている。おそらく声を出すだけで、激痛が走るのだろう。

されるがままに、ほとばしる蛇口の水に左手を差し出した。店長の機転によって、熱湯がかかったのは左手のごく一部で済んだ。真昼の火傷《やけど》は、その痛みの激しさほどにはひどくはなさそうに見える。真っ赤に腫《は》れ上がって、小指と薬指あたりから突き刺すような痛みがあり、左の肩から脳まで達するように思えるぐらいだが、それより重症なのは店長のほうだ。

人さし指と親指から手首の内側にかけて、ずるりと皮膚が剝《む》け、蟬の抜け殻のように白濁したものが垂れ下がっている。そのあまりのむごたらしさに、真昼は思わず目を逸《そ》らした。

「店長、大丈夫ですか。やっぱり救急車を呼んだほうが……」

「バカヤロー。そんなことしたら、店の名前に傷がつくだろうが。それに……」

痛みを堪《こら》え、かろうじて声を出しているのだろう。そこまで言ってから、声を落とした。

「そんなことをしたら、津田さんが犯罪者になってしまう」

「でも、そのままでは手が……」

「心配するな。僕のことは大丈夫だ。津田さんのこと、頼む。僕は柏木さんと病院に行ってくるから」

社員通用口からそっと外に出て、二人はタクシーに乗り込んだ。

★★★

真昼の火傷は、二週間ほどの通院で完治した。

熱湯がかかった部分だけ驚くほど大きな水疱《すいほう》ができていたが、火傷痕も、左手の薬指のつけ根あたりに数センチ程度のものは残ったものの、時間とともに薄く目立たなくなっていくようだ。

ただ店長のほうは、すぐに手術室に運び込まれて処置を受け、そのまま入院することになった。三日目からは首から腕を吊《つ》って、仕事に出てきていたが、そのあとも通院を続け、完治まで結局一ヵ月以上はかかった。とくに右手首の内側に大きな傷痕《きずあと》が残り、いずれ時期をみて、皮膚の移植手術をするそうだ。

ことの一部始終は、当然ながら青山本社にも報告され、すぐに営業部長が飛んできた。真昼のリベルテへの転職が、こんなかたちで社員全員に知れ渡ることになるとは思ってもいなかったし、津田との経緯も、さまざまな憶測を呼ぶ結果となった。

「大変だったね。無理をしないで、君は、早く傷を治すことに専念しなさい」

「私のせいで、こんな騒ぎになってしまって、本当に申し訳ありません」

言いたいことは山ほどあるが、真昼はただ頭を下げるしかなかった。

「君なりの言い分もあるのだろうが、津田君のことは、ひとまず全部僕に任せてくれないかな」

退職願いを提出したからには、もはや身内ではない。部長の言葉にはそんな思いが滲《にじ》んでいる。津田の逆上ぶりを見て、思わぬ誤解を受けてしまったのが気になったが、自分はレオーニを去る身なのだ。あとに残る津田のためにも、すべてに口を閉ざすしかないと思った。

「有給休暇が残っているだろう。三月末までのんびりするといい」

優しげな口振りだが、これ以上のトラブルを避けたいというのが本音だろう。人ならいくらでもいる。辞めると決まったからには、真昼には早く消えてほしい。部長はそう言いたいのだ。

「いいえ。三月末までは、きちんと仕事をさせていただきます。中途半端なことをしたくないですから」

真昼はムキになってそう答えた。津田とは、その後とうとう一度も顔を合わせることがなかった。病院に行ったあと、気がついたら津田はいつの間にか姿を消していたそうだ。郷里に帰っただの、精神を病んで病院にはいっただのと、噂はいろいろと耳にしたが、結局のところ津田の消息については誰も知らない。

★★★

ミラノから、村尾《むらお》が追いかけるように帰国してきたのは、真昼の左手にまだ火傷の痛みが強く残っていたころのことだ。

「どうしてなんだ？　どうして、リベルテなんかを選ぶんだよ。誰になにを吹き込まれたのか知らないけど、あんな古い体質のリベルテにはいったら、新しいことなんかなにひとつ試させてもらえないさ」

「私はそうは思わないわ。博之《ひろゆき》がリベルテのなにを知っているっていうの？」

「真昼のほうこそなんにもわかっちゃいない」

「やめてよ。あなたに理解しろというのは難しいのかもしれないけど、あそこに行けば、いろんなものが得られると思う。私は一からきちんと勉強したいの。買い付けの基礎から、なにもかもみっちりとね」

売り言葉に買い言葉、とでも言うのだろうか。不本意で、不毛な言葉がすれ違うばかりだ。

「真昼は、世間知らずのお嬢ちゃんだ。昔からそうだったよ。そのうち、向こうの化けの皮が剝《は》がれて、泣きを見るに決まっている。君が後悔するのが、目に見えるようだよ」

唇を歪《ゆが》め、村尾は憎々しげに言葉を吐いた。話せば話すほど、二人の気持ちが離れていくのがわかる。もう、どうしようもないところまできてしまった。結局は一度別れた仲なのだ。気持ちが通うと思ったのが誤りだった。真昼は、醒めた思いで村尾の顔をじっと見た。

「そんな言い方しないでよ。わかってもらえるとは思っていないし、自分でも苦労するのはわかっている。でも私、もう決めたの」

もう傷つけ合うことはしたくない。村尾が落胆するのは当然だろう。なにを言われても仕方がないが、もうこれ以上耐えられない。村尾を憎むこともしたくはない。

「ごめんなさい」

謝らなければならないことをした覚えはない。ただ、もう終わりにしたかった。村尾は、しばらく黙って俯《うつむ》いていたが、やがて静かに顔をあげた。

「おい、それだけかよ。ごめんなさいの一言で、なにもかも済まそうっていうんだ。真昼は、やっぱり昔とちっとも変わってないな。あれだけ気をもたせておいて、さんざん引っ張っておいて、あっけないほど簡単に心変わりしてしまうんだ」

握りしめた村尾の両手の拳《こぶし》がかすかに震えている。

「心変わり？　ちょっと待ってよ。どういう意味？」

最初から約束したつもりなどなかった。村尾の仕事を手伝うなどとは、一度だって答えていない。たしかに、心が揺れたのは事実だが、だからといって承諾するとは言っていない。

「僕は、今度の仕事になにもかもを賭《か》けてきた。女房のところも、バッグひとつで出てきたんだ」

「え、出てきたって、奥さんと別れたの？」

想像もしていなかった事態だ。

「そうさ。正式な届けはまだだけど、子供は彼女のところに置いてきた」

「だけど、私は……」

「そんなこと君には関係ないって、そう言うんだろう？　やっぱりそうなるんじゃないかと思ってた」

なんと答えればいいのだろう。たしかに優柔不断で、曖昧《あいまい》な態度を見せたことがあったかもしれない。だが、一方的な思い込みですべてを都合よく解釈されても、それは勝手というものだ。

「いいよ。真昼の残酷さには慣れっこだ。これが初めてじゃないからな」

「待ってよ。残酷なんてそんな言い方……」

「怖い女だよ、君は。もういいよ。真昼にはもうなにも頼まない。これからはライバルだからな」

「ライバル？」

「そうだよ。僕はビジネスでは容赦しない。どんな手を使っても君には必ず勝ってみせる。忘れるなよ」

挑むような目で、村尾はこちらを見返してきた。その目のなかに、真昼はあの日の津田と同じものを見た気がして、背中にぞくりと寒気を覚えた。

左手の火傷《やけど》の痛みとともに、包帯も長いあいだ取れなかった。

津田の消息はあれ以来知るすべもなかったが、村尾のその後の動きは嫌でも耳にはいってきた。

さらにリベルテの経営企画部調査課に行けば、村尾がミラノから帰国して、セレクト・ショップのオープンに向けて本格的に行動を開始した様子や、彼らが予定している店の規模、開店の予定日などが、同業者の情報のひとつとして、逐一伝わってきた。

それによると、村尾は銀座の帝国デパートで買い付けをしてきたベテランのバイヤーを高給で引き抜き、周辺のスタッフも揃えて、着々と開店準備を進めているという。

空き店舗探しや、見つかった店舗の改築などでは思わぬ時間がかかったようだが、ほぼ半年の準備期間を経たのち、間もなく銀座に一号店を、続けて白金《しろかね》に二号店を開店する予定らしい。

★★★

「さあ、真昼。早く行かないとショウが始まっちゃうよ」

ジャン＝クロードに声をかけられ、真昼は現実に引き戻された。グラン・パレに設営されたパコ・ファビアンのコレクション会場では、いつの間にか招待客たちの入場が始まっている。それまで雑然と集まっていた人々が、三列に並んで、それぞれ順にセキュリティ・チェックを受け始めたのだ。屈強な体格の制服姿の男たちから何重にもチェックを受け、真昼はようやく広大なショウ会場に足を踏み入れた。

はるか頭上から、大きく曲線を描く鉄筋構造の円屋根をとおして、柔らかな光が会場を包んでいる。

「この会場は指定席だからね。ショウのあいだは別々だけど、終わったら出口で落ち合おう」

ジャン＝クロードは真昼の席まで案内してくれたあと、何列か前の自分の席に向かって歩き出した。ふと、前方に誰か知り合いを見つけたらしく、親しげに手を振っている。

なんの気なしに、その視線の先に目をやって、真昼はアッと声をあげた。

「あの人、あの夜の……」

真昼は、思わず声を漏らしていた。

精悍《せいかん》な体つきと、端整な顔立ち、吸い込まれそうなほど深いブルーの目と、周囲の視線を惹《ひ》きつけて離さないような、並はずれた華やかさ。あの耳のダイヤのピアスまでも、はっきりとこの目に焼きついている。村尾と行ったミラノのレストランで、アンドレアとの関係を匂わせるような妖《あや》しげなキスを交わしていたあの男だ。まさかこんなところであの男に会うとは思わなかった。ましてや、ジャン＝クロードとも知り合いだとは。

真昼は、動揺を抑えきれなかったが、とにかくいまはショウに集中しようと、大きく深呼吸をした。

正面の広々としたステージには、中央に大きな部屋が設《しつら》えてある。白い壁で囲まれたその部屋は、ところどころに日本の民家の大きな障子を思わせるデザインの扉が作られていた。黒い格子戸に純白の紙を貼ったような扉だが、その大きな部屋の周りにぐるりとランウェイがめぐらされ、日本人である真昼の目には、まるで白くて巨大な縁側のような造りに見えなくもない。

一瞬、ステージを照らすライトが光度を増したかと思うと、リズミカルな音楽が流れ始めた。そして、その軽快なメロディーとともに、会場に二十人ほどのモデルたちが入場してきた。

だが、彼女たちはそれぞれ一様に白いミニ丈の白衣のようなものを着込んでいて、無表情に前だけを見つめ、次々と部屋にはいって行く。

いったんなかに消えたモデルたちは、ほどなくして、艶《あで》やかなリゾート・ウェアに着替えて現れた。今季春夏のパコ・ファビアンの作品を誇らしげに身にまとい、次々とランウェイを歩き始めたのだ。

その瞬間、夥《おびただ》しい照明を浴びたランウェイは、真夏のヨーロッパのヴァカンス地に一転する。

真昼は思わず小さな溜《た》め息を漏らした。モデルたちが、焼けた素足にサンダルで歩く細いランウェイは、まさに太陽を浴びて輝く砂浜のように見えてくる。

透きとおった夏空に、光の粒子が降り注ぎ、地中海の風までも感じられそうなほどだ。計算され尽くしたカッティングの水着と、超ミニ丈の繊細なサンドレス。大きな丸いサングラスも、パコ・ファビアンから発信する最新トレンドだ。

真昼は、ひとときこの世のすべての煩《わずら》わしさを忘れ、ショウに目を奪われていた。

ひととおりランウェイをめぐったモデルたちが、全員一列に並んで階段をあがっていく。人々の目を奪ったファビアンのショウの終了だ。その短い時間を惜しむように、観客たちからの鳴り止まぬ拍手のなか、突然目の前の障子が全部同時にパッと開くのが見えた。

一瞬、会場内に小さなざわめきが走る。誰もが虚を衝《つ》かれて目をやると、扉が開いたステージのうえには、純白で統一された装いのスタッフたちが、たったいままでモデルたちが着ていた作品をかいがいしくハンガーにかけているところが見えた。

なんと意表を突く演出なのだろう。作品の素晴らしさはもちろんだが、パコ・ファビアンのメゾンをあげて、会場に集まった観客たちをどうやって楽しませようかという遊び心なのだ。拍手は一層大きくなり、ショウの余韻を反芻《はんすう》するように、いつまでも続いていた。

これがパコ・ファビアンの心意気。伝統を誇るパリ・コレクションの魅力なのだ。

真昼は打ちのめされるようなエネルギーに、しばらく席を立つことすら忘れていた。

★★★

「華麗なるイリュージョンだな。あのインパクトは、ある種の集団催眠に近いものがある」

頭のうえから声がして、真昼はようやくわれに返った。座ったままで見上げると、いつの間に来たのか、すぐ隣にジャン＝クロードが頰を紅潮させて立っている。

言いながら、誰かを探すように周囲を見回している。

「どうかしたの？」

「うん。さっき会場で珍しい人に会ってさ。君に紹介してあげようと思っていたんだけど」

「誰なの？」

もしや、さっきの男のことではないか。真昼は無関心を装いながらも、内心身構えていた。

「ちょっと変わったヤツでさ。何年か前に、家族と一緒にヴァカンスで行ったニースで知り合ったんだけど、おもしろいヤツなんだよ。もともとモデルだったらしいんだけど、すぐに嫌気がさしたんだそうだ。人の前に出て、見られるのが突然億劫《おっくう》になってきたんだって」

大急ぎで次の会場へ移動する人々で混雑する通路を、二人並んで出口に向かいながら、ジャン＝クロードは大きな声で話を続ける。日本語なので、周囲を気にすることもないと言いたげだ。

「致命的よね。人に見られるのが大好きな、超自己顕示欲人間でないと、モデルなんか務まらないもの」

「それに、パリ・コレのモデルになろうと思ったら、シビアな競争に勝ち抜かなければならない。ちょっとぐらいルックスがいいだけじゃ無理だしね。表現力というか、ガッと群衆をつかむ力というか、研ぎ澄まされた才能がものを言う。だからこその激しい足の引っ張り合いもある世界だ」

出口が近づき、ますますひどくなる混雑のなかで、真昼をエスコートしてくれながら言った。

「でもさ、せっかく手にしたトップ・モデルの座を、そいつは惜しげもなく捨てたんだと。で、今度はファッション・ジャーナリストをめざしたんだ。記事を書く仕事なら一人で静かにできるからってね」

あの男はモデル出身だったのか。だからアンドレアとは、仕事がらみで知り合ったのだろう。

「ところがヤツは、ファッション・ジャーナリストもすぐに飽きて、またも方向転換したんだ」

ジャン＝クロードの話は続いた。

「なにをやっても中途半端な人間っているのよね」

真昼は吐き捨てるように言った。これがもしもあの男の話だとしたら、アンドレアの相手はそんないい加減な人間だったということになる。話を聞いているうちに、訳もなく腹立たしくなってくる。

「ところがまったく違うのさ。ま、ここが普通の人間と違っておもしろいところなんだけど」

ジャン＝クロードの説明によると、モデルを辞め、今度は『グラマラス・アイコン』で記事を書き始めたという。世界中のファッション・ジャーナリストにとって生涯の夢とされる垂涎《すいぜん》の雑誌である。

「嘘みたい。凄《すご》いラッキーな人生ね」

「そうなんだよ。なのにそいつときたら、その『グラマラス・アイコン』もさっさと辞めちゃった」

ジャン＝クロードはそう言って、また可笑《おか》しそうに笑うのだった。

「どういうつもりなのか知らないけど、聞いているとずいぶん嫌味よね。たしかに才能のある人には違いないんでしょうけど、なんだか、世の中を馬鹿にしているようにも聞こえてくるわ。なんでもできてしまうのに、ひとつのことに熱中できない。そういう恵まれた人がいるのね、世の中には」

たっぷりの皮肉をこめて、真昼は言った。

「天才肌とでも言うべきなんだろうな。で、そこまでの経緯を経て、彼はついに定職を見つけたんだよ」

「ようやく満足できる仕事についたってわけ？」

「と、本人はそう言っている」

「どうせ、またすぐに辞めちゃうんじゃないの？」

「いや。それが今度は長続きしているのさ。彼自身も、こんなにおもしろい仕事をなぜもっと早く始めなかったのか、後悔しているぐらいだって言っていたよ。そいつ、いまなにをしていると思う？」

真昼は、気乗りのしないいまま、首を傾げた。

「セレクト・ショップだよ。パリに二軒も開いて、結構うまくいっているみたいだ。エッジィな若者向けの店とセレブリティ向けのファンシーな店と、自分のバランスをとるために両方やってるって」

「なによそれ？　自分自身のバランスのために二店舗やってるっていうの？」

「な、おもしろいだろう？　一度行ってみないか。君も見ておいて絶対に損はないと思うから」

「ありがとう。でも、私ほかにたくさん行くところがあるから……」

言われるまでもなく、パリのセレクト・ショップはできるだけ見て回るつもりだった。買い付けの参考にもなるが、それだけでなく、コーディネイトやディスプレイのヒントも得られる。東京を出る前にすでに住所や電話番号と一緒にリストも作成しておいた。だから、そこに追加すればいいだけなのだが、それがあのアンドレアの相手の店となると、話は別だ。

「いいじゃないか、行ってみようよ。花井のママンにも話して許可を得てあるんだ。イヴォンっていう店でね。単純に自分の名前から取ったみたいだけど、ずいぶん手抜きのネーミングだって笑ってたよ」

ジャン＝クロードは笑いながら言い、ポケットからネームカードを差し出してきた。

「いまなんて言った？　そのお店って、イヴォンのことなの？」

「なんだ、マヒルも知っていたのか」

「知っているもなにも、この業界の人でいまイヴォンを知らなかったらマヌケでしょう」

ショウが終わったら真っ先に行くつもりだった店である。このところ急激に人気が出てきて、少なくともパリでいま一番注目されているセレクト・ショップであることは間違いない。とくに最近は、イヴォンで取り扱っているというだけで、その商品のステイタスがあがり、売り上げが飛躍的に伸びるとまで言われるほどの店になっている。生活雑貨や文具、世界中の本や雑誌にまでテリトリーを広げており、次世代のセレクト・ショップの形態を模索するうえでも、注目されている。

「よし決まった。さっき携帯電話の番号を聞いておいたから、いまから電話してみるね」

そう言うなり、ジャン＝クロードはすぐに胸ポケットから携帯電話を取り出した。

「アロー、イヴォン？　僕だよ《セ・モア》、ジャン＝クロード。サ・ヴァ？」

ジャン＝クロードが電話機に向かって告げたとき、「ウイ、エ・トワ？」と、真昼のすぐ後ろから声が返ってきた。驚いて振り向くと、長身で金髪の男が満面に笑みを浮かべて立っていた。

驚くほど濃く透きとおったブルー・アイが、瞬《まばた》きもせずにこちらをじっと見つめている。間違いなくあの夜の男だ。それにしても、なんという綺麗《きれい》な色なのだ。真昼は、身動きができなくなっていた。

「僕たちどこかで、会ったことがあったっけ？」

イヴォンは、鼻先が触れそうなほど顔を近づけ、癖のある英語で訊《き》いてくる。驚いて、「いいえ」とかろうじて答えたが、真昼は身体を硬くしたまま激しく首を横に振った。

「もしかして、君たち知り合いだった？　彼女も少し前までよくミラノに行っていたから」

ジャン＝クロードが無邪気に言ったので、心臓が潰《つぶ》れるのではないかと思うほど緊張した。

「ノンノン。お会いするのはこれが初めてよ」

「じゃあ、あらためて紹介するよ。イヴォン、こちらはマヒル。東京から来ている才能あるバイヤーだ。マヒル、こちらは僕の生涯最悪の友人、イヴォン」

おどけた紹介に、真昼は気持ちを奮い立たせ、開き直ったように握手の手を差し出した。

「こんにちは、私はマヒルといいます」

「ボンジュール、マイル。ようこそパリへ」

言いながら、イヴォンは真昼の右手をその両手で受け止めた。そして、長い指でそっと包み込むようにしたかと思うと、いきなり唇を近づけ、手の甲にうやうやしくキスをしてきたのである。

心臓が大きな音を立て、真昼は声にならない小さな叫びをあげた。

そんなことをされたのは、生まれて初めてのことだ。ましてやアンドレアとキスをしたあの唇である。だが、真昼の心中など知るはずもなく、イヴォンはいつまでたってもその手を離さなかった。彼の熱く柔らかな唇が触れたところだけ、かすかに濡《ぬ》れているような感覚があった。

「せっかくだから、これから三人でどこかに行って、シャンパンでもいかが？」

イヴォンは英語で問いかけ、真昼にウィンクをしてみせた。

「申し訳ないけど。先にお店を見せてもらえると嬉《うれ》しいって、そう言ってくれる？」

真昼は、だからジャン＝クロードの耳元に日本語で囁《ささや》いた。イヴォンは、ジャン＝クロードがそれを伝えようと口を開く前に、その意味を理解したようだ。

「日本人はハード・ワーカーだからな。いいよ、マイル《ダコール》。シャンパンは次の機会に、二人だけのときにこっそり行こうね」

そんな真昼を、ジャン＝クロードが愉快そうに見つめてくる。

「大丈夫だよ、真昼。イヴォンはからかっているだけだ。彼の店は、ここからなら近いんだけど、彼が今日は車で来ているそうで、乗っけてってくれるってさ」

そうして三人は、近くに停めてあったイヴォンの車に乗り込んだ。

★★★

ひとしきり話をしているうちに、サントノレの一角にやって来たらしい。

車を降り、先に立って歩く長身のイヴォンについて行くと、ガラス張りのしゃれたウィンドウが見えてきた。すべてのガラスには、びっくりするほど大きな「イヴォン」のロゴ・マークが、それぞれカラフルに色を変えて貼りつけられている。

一歩店内に足を踏み入れ、真昼は圧倒されるような空気に足を止めた。

店内は客たちの熱気でむせ返るようで、壁ぎわに設置されたレジカウンターには、長蛇の列ができている。ステイショナリーや、遊びのある雑貨類、雑誌に書籍、CDやDVDなどといった一階の売り場は、商品の種類のせいか、いくらか雑然とした雰囲気が演出されている。だが、そんななかにも洗練された明るさや、若さがみなぎっていて、満員の客たちの顔触れも二十代前後といった感じだった。

イヴォンに案内されて二階にあがると、フロアの空気は一変する。

仕切りのない広いフロアの一角に、胴体《トルソ》の台が一定間隔で並んでいて、それぞれに帽子や服に靴、そして各種のアクセサリーまで、すべてを完璧《かんぺき》にコーディネイトしてディスプレイしてあるのだ。

「いいわね」

トルソのなかを一体ずつ見て回りながら、真昼は感嘆の声を漏らした。

「ねえ見て。組み合わせているのは、まったく別のデザイナーの商品なのよね。しかもどれもビッグ・ブランドばかり。それなのに、違和感がまるでない。マッチングの妙とでもいうべきかも」

「驚いたな。こんなのは禁じ手のコーディネイトだろう」

ジャン＝クロードもさすがに目を瞠《みは》っている。

「いいえ、これがイヴォンの天才的な感性なのよ。一見さりげないコーディネイトに見えるけど、こんなふうに別の個性をマッチングさせて、ここまで新鮮なテイストを生み出せるなんてまず不可能ね。一足す一が五にも十にも、いいえ、二十にも三十にもなり得るという手本みたいなディスプレイだわ」

これが真のセレクト・ショップなのだ。店の持つ独自のセンスと技とで、さまざまなメゾンのデザインを超えたアレンジを客に紹介する。これぞ、自分がめざすべき完成形といえるのではないか。真昼はそんな思いで店内の隅々にまで目を凝らしたのである。

あのままアレッサンドロ・レオーニにいたら絶対にあり得なかった可能性への挑戦でもある。異種のメゾン同士のコラボレイションが、こんな形に実を結ぶとは、真昼にとっても新鮮な衝撃だ。

三階に進むと、インテリア小物や生活雑貨のフロアだった。フロアの隅はオフィスになっているようで、みずから先に立ってドアを開け、イヴォンは二人を部屋に招き入れた。

「ようこそ、セレクト・ショップ、イヴォンへ」

おどけた口振りで勧められるままに、真昼はジャン＝クロードと一緒に白い革製のソファに腰を下ろした。部屋は狭く、小さなデスクとソファ・セットがあるだけだ。

「素敵なお店ですね。商品選《バイイング》びのコンセプトがしっかりしているし、とくにディスプレイが素晴らしい。買い付けの力をとても感じます」

「僕も感心したよ。君らしいテイストが活《い》きているね」

真昼とジャン＝クロードに、イヴォンが愉快でならないという顔をして、首を横に振った。

「みんなそう言うよ。でも、いいかいマイル。買い付けと経営とは分けて考えたほうがいい」

「分けるって、どういうことですか?」

「マスコミでもこの店のことはずいぶん評判にはなっている。そのお蔭《かげ》で、店は連日大混雑だ。だけど、実際に新聞や雑誌で注目されているほどには、売り上げはあがっていない」

「だけど、レジにはあんなにお客さまが並んで……」

「たしかに、客は毎日引きも切らない。だけど買っていくのは小物ばかり。ほとんど収益にはならないよ。本当に儲《もう》けになるようなトップ・ファッションの買い手はごくかぎられているのが現状でね。君みたいなプロが、客のような顔をして世界中から訪れては、イヴォンが扱う次の商品がなんなのか、トレンドやコーディネイションを盗みに来るのさ。だから、僕らはさらに彼らの先を行かないといけない。ますます厳しい目を持って、次のメゾンやメーカーを発掘し続けることを強いられている」

イヴォンの目はもう笑ってはいなかった。

「難しい《タフな》世界ですからね。だから、買い付けと真の収益確保は分けて考えることだと？」

「君は賢い女性だね。お客を引きつけてやまない要素としての店舗は、アンテナ・ショップとして貴重な存在にはなっている。一方で確固たる収益源を、別に作っておくことだ」

「甘い蜜《みつ》を見せびらかして思いっきり客を引き寄せ、その裏に大きな穴を掘っておくわけだ」

「おいおい、ジャン＝クロード、ずいぶんなことを言ってくれるね」

「違うのよ、ジャン＝クロード。お客を引き寄せ、好みや傾向を知ることは大切だけど、お客を育てることも必要だと、イヴォンはそう言いたいのよ。そうですよね？」

「さすがはマイル。君の言うとおりだ。経営というのは本当に難しい。ただ、店を開いているかぎり、きちんと儲けることは不可欠だ。だからこそ、おもしろいんだけどね」

その笑顔は、究極の模索を経て、苦労を重ねたあとの確たる自信に裏打ちされたものなのだろう。

「あれこれ遠回りをした君が、最後にたどり着いたのはビジネスの魅力だったか。もっとも、金儲けなんか、僕にはまったく興味ないけど」

「それはどうかな、ジャン＝クロード。君みたいに一生働かなくてもリッチに生きていける人間はパリにもいるけど、ビジネスの魅力はなにも金儲けだけじゃないと思うよ。ビジネスは最高のゲームだから」

「ゲーム？」

「そうさ、マイル。それも思いっきり知的なね。この先がどんな展開になるかは、僕にもわからないけど、僕は常にチャレンジングに生きたいから」

ふと、イヴォンの笑顔の奥に、なにか得体の知れない翳《かげ》りが走った。

「ねえイヴォン。あなたが言っていた、ショップとは別に確保してある収益源とは、なんなのですか？」

真昼は、なによりそれが知りたかった。

「ダメだよ、マイル。それは企業秘密だ。君にはもちろん、たとえジャン＝クロードにも教えるわけにはいかない。教えちゃったら、その瞬間から収益源じゃなくなっちゃうから」

そう言って笑いながら、イヴォンは肩をすくめてみせる。

「イヴォン、君は立派な経営者だ。日本に連れて帰りたいぐらいだよ」

「あれ、言ってなかった？　日本には行くよ。予定はすでに立てている。日本はとても魅力的だし、中国には強烈に掻《か》き立てられるね。どちらにせよ、アジアはいま世界中で一番おもしろいマーケットだもの。となると、東京《トウキョウ》では君と僕はライバルになるのかな？」

まっすぐにこちらを見つめるその青い目の奥に、挑戦的な光が感じられる。肉体的な美しさを備えただけではなく、繊細で鋭い感性を持つだけでもなく、イヴォンは底知れない野心を秘めた男でもあった。魅力的な容姿をフルに活《い》かし、世界中に強力な人脈を持ち、イヴォンはいずれ日本に乗り込んでくる。想像もしていなかった展開である。鷹揚《おうよう》な笑みを見せるイヴォンに、真昼はかぎりない寒気を覚えた。

その後のパリ滞在は、思いがけないイヴォンの出現で、焦りに満ちたものになった。真昼はなにかに突き動かされるように、帰国日のギリギリまで、精力的に動き回った。一日はあっという間に過ぎ、時間が惜しくて仕方ない。およそファッションに関わるものについては、目につくかぎりの情報を、身体中に浴びるように得て帰りたい。真昼はそう願っていた。集めた最新情報については、可能なものはすべて写真を撮り、そのとき受けた印象を忘れないようにと、自分なりの言葉で詳しくメモを取っておいた。

あまりに欲張って予定を入れ込んだので、実際にはかなりタイトな日程になったのだが、どんなに慌ただしくても苦にはならなかった。そうしたリサーチに時間を割けるようにと、花井が配慮をしてくれたからこそ可能だったのである。その気持ちにどういう形で応《こた》えたらいいか、なにができるのだろうかと、強いプレッシャーも覚える。夢中になってリサーチに駆けずり回り、考え得るかぎりの場所を調べれば調べるほど、かえって焦りが募ってくる。

そして、そんな焦りが、真昼をさらに入念な情報収集にと駆り立てるのだった。

リベルテの今季の買い付けに関しては、今回の真昼はまだアシスト役の域を超えていないので、真昼自身が独自の判断で買い付けたものはごくかぎられている。というより、むしろ数も種類も極力抑えて買い付けることにし、あくまで先輩バイヤーたちのサポートに徹したというべきだろう。

今回真昼が同行しているのは、リベルテのチーフ・バイヤー二宮容子《にのみやようこ》と、アシスタント・バイヤーの古田《ふるた》淑美《よしみ》のチームだが、先輩たちの買い付けをアシストする過程でも、真昼が得るものは多かった。買い付け先ごとに微妙な交渉術を使い分けることや、納品や資金決済の条件などを詳細に確認し合うこともわかってきた。

相手のメゾンとリベルテとのこれまでの取引の歴史や、相互の力関係次第で、こちらが提示する条件や態度をうまく変えていくのである。そのあたりを踏まえ、鋭く相手に切り込んでいくかと思えば、あえて退《ひ》いてみせたりして、巧みに条件交渉を進めていく先輩たちを見ていると、感心するばかりだ。

ただ、商品選びに関してだけは、一方で真昼自身にはしっくりこないものがあるのを隠せなかった。二宮や淑美が嬉々《きき》として手を出す品選びに、どうしても心が浮き立たない。目を奪われて自分もほしくなり、その商品の前にずっと佇《たたず》んでいたくなるような、そんな思いが湧き上がってこないのである。

イヴォンの店で感じたあの昂揚感《こうようかん》。ディスプレイされた商品を前に、時間を忘れて立ち尽くし、見とれてしまうほどのあの感覚を、二人が買い付けた商品から感じることはない。

この違いはなんなのか。言いようのない違和感はどこからくるものなのか、その答えは自分でも見極めることができず、もどかしさばかりが募ってくる。とはいえ二宮や淑美に向かって、こんな思いを伝えても、決して理解してはもらえないだろう。

予定をすべてこなし、予定以上の時間をリサーチに費やして、ついに帰国する日を迎えた。だが、空港に向かうときも、真昼はこの地になにか大きな忘れ物を残していくような思いがついに拭《ぬぐ》えなかった。

★★★

東京に帰ってきた真昼は、すぐにリベルテの各店舗を見て回った。

パリで見てきた各種のセレクト・ショップやブティックの緊張感のある空気、なかでもあのイヴォンの店で感じた他を圧するような吸引力がはたしてリベルテにもあったのかどうか、自分の目で見つめ直しておきたいと考えたのである。

実際に足を向けてみると、リベルテの店舗内の雰囲気はこれまで漠然と見ていたものとは違っていた。ならばそれは、パリで見たいくつもの店とはどこがどう違うのか。ディスプレイが与えている印象や、ターゲットにしている顧客の層、そしてセールス・スタッフの対応など、これまで気にも留めなかったことが、パリに行ってからというもの、気になって仕方なくなっている。

そんな思いが日増しに募っていったある日の午後、真昼のところに、小倉《おぐら》ゆかりがやって来た。

「柏木さん、花井さんがお呼びよ。すぐにお部屋まで来てちょうだい」

真昼に対してはいつも居丈高な口調で告げてくる。

「はい……」

それだけ言うと、ついて来いとばかりに、ゆかりは先に立って歩いていく。真昼はすぐに椅子から立ち上がって、遅れないようにとあとに続いた。そのうち急に振り向いて、苛立《いらだ》ったように声をあげた。

「あなた、いったいどういうつもりなの？」

我慢ならないという顔である。

「このところあれこれとずいぶんリベルテのことをけなしているそうじゃない」

「けなしている？　なにかの間違いではありませんか？　いったいどこからそんなことを……」

誰から聞いたのか知らないが、まったく身に覚えのないことである。

「みんな言ってるわよ。相当際どいことまで言っているらしいわね。泣いているスタッフもいたそうよ。ショップの担当はなっていないだの、リベルテの経営方針は間違っているだの、あげくは、このままだと潰《つぶ》れるのは時間の問題だとまで言ってるんですって？」

「ちょっと待ってください。どうして私がそんなことを。なにか、誤解されているんだと思いますが」

「まあ、いいわよ。弁解なら、私にではなく、花井さんに直接言うことね」

突き放すようなゆかりの言い方に、真昼は戸惑うばかりだった。

ゆかりに背中を押されるようにして部屋にはいると、いつになく硬い表情の花井と目が合った。普段から柔和な表情の花井にしては、めずらしいことだ。やはり小倉の言うように、花井からもなにか誤解を受け、深刻な事態になっているのだろうか。誰が言っているのか知らないが、身に覚えのない中傷なら、早いうちにきちんと釈明しておかなければならない。だから、真昼は咄嗟《とっさ》に告げていた。

「なにかの間違いだと思います。聞いてください。誤解なんです」

するとゆかりがすかさず横から口をはさんでくる。

「そんなことはありません。あなたね、とぼけたって、みんなわかっているんだから……」

そんな二人のやりとりを封じるように、花井がぴしゃりと声をあげた。

「のっけから二人とも大きな声でなんですか。いいから、柏木さんはそこにお座りなさい。小倉さんは、広報部主任を呼んできてくれる？」

花井の毅然《きぜん》とした口調に、ゆかりはまだ未練がましい顔をしていたが、仕方なく一礼をして部屋を出ていった。

「あの、花井さん。でもその前に、少し聞いていただきたいお話が……」

真昼がそう言いかけたとき、ドアをノックする音がした。すぐにドアが開き、ゆかりが主任を伴って部屋にはいってきたので、花井は真昼の隣に座らせた。ゆかりは花井のデスクの横に立って、こちらに睨《にら》みつけるような視線を送ってくる。

「柏木さんには、このあと、あちこちからの取材を受けてもらうことになりました」

「取材、ですか。でも、いったいなんの？」

花井は思ってもみなかったことを言い出した。ゆかりが言っていた話はどうなったのだろう。まったくの彼女の先走りということなのか。真昼が問いかけるように見ると、ゆかりはすぐに目を逸《そ》らせた。

「そうよ。まず最初は女性誌からね。とりあえず、三誌が予定されているんだったかしらね、木村《きむら》主任？」

木村は、人気の女性向け月刊誌の名前を並べあげた。どれも電車の中吊《なかづ》りや書店でよく見かける話題の女性誌だ。

「今回の担当はすべて木村主任にお願いしたので、柏木さんもなにかわからないことがあったら、そのつど彼と相談して手際よく運んでください」

にこやかな表情ではあったが、花井の口調には、有無を言わさぬ強さがあった。

「それから木村主任、雑誌とは別に、テレビがきているんだったわね？」

花井は、さらにそうもつけ加えた。

「そうなんです。NKHテレビからのご依頼でして、今度『NKHスペシャル』で、女性バイヤーの特集を組みたいと言ってきているんです。うちとしては、それを柏木さんにお願いしようと思っています」

木村はどこか誇らしげな顔だ。

「なんですって？」

真昼はつい大きな声になっていた。

「ＮＫＨスペシャル」といえば、日本公共放送網、つまり通称ＮＫＨテレビがここ数年好調な視聴率を誇っているゴールデン・タイムの人気番組だ。毎回独自のテーマを中心に、丁寧に取材をして、さまざまな日本の産業や芸術、文化の世界を広く紹介するもので、真昼もたまに早番のシフトのときに家で見たことがある。

「そういうことですから、柏木さんよろしくお願いします。業務中に時間が取られることもありますので、周囲のスタッフには、あらためて説明をして、了解を得ておきます。それから、なんといってもお客さまにご迷惑がかかることがないようにだけは、十分配慮してくれるよう、ＮＫＨの方にも重ねてお願いしてありますので」

木村は真昼に向き直って、嬉《うれ》しそうに頭を下げた。

「ちょっと待ってください。私がバイヤーとして、テレビの取材を受けるんですか？」

「もちろん、間接的にはリベルテの宣伝になりますから、広報部としても喜んでお引き受けしたのです。柏木さんにはせいぜい頑張ってもらって、素敵なバイヤー振りをアピールしていただきます。さりげなくわが社の魅力を売り込んでもらったり、いかに働きやすい職場かとか、高い品質の厳選した商品を、どんなに良心的な価格で提供しているかといった意味のニュアンスが伝わるようお願いします」

「でも、バイヤーなら、私なんかよりリベルテにはほかに何人もベテランがいらっしゃるのでは」

　真昼は必死で訴えた。

「NKHの側としては、若い女性が真摯《しんし》に仕事に打ち込んでいる姿を映像にしたいわけです。仕事振りや、実際の職場とか、服装もうちの商品を着ていただきます。撮影が始まると、しばらくはどこへ行くにもカメラがくっついて来ることになりますけど、協力してください」

「これは業務命令よ。柏木さんには、リベルテのイメージ・アップに貢献してもらうわ」

「なるほど。要するに、客寄せパンダってことなのね」

　ずっと黙って聞いていたゆかりが、そのとき皮肉たっぷりにつぶやくのが聞こえた。

　真昼の雑誌やテレビへの露出は、有無を言わさず始められることになった。広報部からはリベルテのイメージ・アップ戦略のひとつとして欠かせないものだと諭され、さらに花井から「業務命令」とまで言われては、真昼としても、それ以上頑《かたく》なに拒みとおすわけにいかない。

雑誌の場合はまだいいとしても、「ＮＫＨスペシャル」などといった高視聴率番組に出るとなれば、何千万人という視聴者が見ていることになるのだろう。あれこれ想像するだけで震えがくる。だが、木村はどうやら今回の企画の担当になったことで有頂天のようだった。

「柏木さん。もっと前向きに考えませんか？　やると決まったのですから精一杯頑張って、いかに最大限の結果を生むか。それ以外のことは考えないようにしましょうよ」

「そんなこと言われても……」

こちらの身にもなってほしい。まだ言い淀《よど》んでいる真昼の肩を、木村はポンと叩《たた》いてきた。

「やるしかないんです。いいから、みんなこの僕に任せてください」

そこまで言われたら仕方がない。すべてをいいほうに考えるなら、これも新しい経験になる。真昼は、どこまでも笑顔の木村を見据え、渋々うなずくしかなかった。

★★★

実際の番組収録は、一週間後に始まった。

まず最初は、早朝のリベルテ銀座店の正面を撮るシーンだ。普段より一時間も早く会社に着いた真昼は、まず応接室に呼ばれ、そこで撮影用のメイクをしてもらうことになった。着替えとメイクを済ませ、撮影場所であるエントランスに向かおうとすると、背後から小さな声が聞こえてきた。

「ねえ、見た？　なんなのよ、あれ……」

「ほんと、何様のつもりなのかしらねえ」

振り向こうかと思ったが、その機会を失った。

「『ＮＫＨスペシャル』の番組の撮影なんですってよ。リベルテをモデルにして、女性バイヤーの特集をやるんですって」

「だけど、リベルテの特集なら、どうしてあの子になるわけ？　うちに来てまだ半年しか経ってないんじゃなかったっけ。仕事らしいことなんて、まだなにもやってないのに、あんな子で大丈夫なの？」

声は次第に大きくなる。

「妬《や》かない、妬かない。だって、あの子は花井さんの秘蔵っ子じゃない。だからいつもやりたい放題。実力なんて関係ないのよ」

「あ、そっか。でなきゃ、あの子がバイヤーの話なんか、できるわけないものね」

聞こえよがしに言っているのは間違いなかった。耳を塞《ふさ》ぎたくなるような高笑いが続く。真昼の脳裏に、先日秘書の小倉ゆかりが憎々しげに言っていた噂のことが、蘇《よみがえ》ってきた。

番組収録は、そのあとも休む暇なくロケバスで移動し、場所を変えてさらに続いた。場所は青山、人気のフランス人デザイナー、パコ・ファビアンのショウ・ルームで買い付けをするシーンの撮影だ。ディレクターからは、いつものようにやってほしいと指示されたが、リベルテの買い付けで、実際にパコ・ファビアンを担当しているのは、真昼ではない。

パコ・ファビアンは老舗《しにせ》のブランドなので、経験豊富なベテランのチーフ・バイヤー、二宮容子が受け持っている。セールス・マネージャーに会うのもこれが初めてだし、それ以前に、真昼自身はまだリベルテで本格的な買い付け業務《バイイング》を開始してもいない。

「ねえ、木村さん。どうなっているんですか？　そんなことを言われても無理だわ」

当惑を隠せず、真昼がそっと木村に耳打ちすると、彼は小さく首を振った。

「大丈夫です。これまでレオーニでやってきたとおり、適当にしゃべって演じれば問題ありません。これはあくまでテレビ用なんですから。バイヤーとしてのエッセンスが伝わることが大事なんだし、ここは最大の見せ場なんです。柏木さん自身の存在を、全国に売り込む絶好のチャンスじゃないですか」

「そうは言うけど……」

だが、この場で妙な失敗をしでかして、花井の顔に泥を塗るわけにはいかないのだ。

そのとき、ディレクターの山中《やまなか》が大きな声で叫び、手にしていた台本をポンと叩いた。それを合図に周囲のざわめきが消え、いっせいにカメラが回り始める。二人のうち一人のカメラマンが素早く動いて、部屋の奥にカメラを向けた。

その先から、パコ・ファビアンのスタッフが流れるような優雅な動きで、買い付けの準備を始める様子が見えてきた。お揃いの黒のミニワンピースの胸に、PとFのマークが誇らしげに浮かんでいる。

真昼が立っている位置まで可動ラックが次々と運び込まれてきた。仲間うちではシルバースパンと呼んでいるものだが、今シーズンのスーツやワンピースの類《たぐ》いが、無造作にハンガーにかけられたまま、ずらりと並べられている。

間髪をいれず、別のスタッフが台車で運び込んできた。うず高く積み上げられた靴やバッグ類の箱だった。台車にまでファビアンのロゴがはいっている。彼らも絶好の宣伝機会と捉《とら》えているのだ。

洗練された漆黒《しっこく》の箱とは対照的に、なかからは華やかな色の靴、さらにライン・ストーンがちりばめられた豪華なミュールが次々と取り出される。そして、ラックにかかったそれぞれのドレスの下に、手際よく並べられていく。最後に、キャスターのついたテーブルがやってきて、純白のリネンのうえにはサングラスやアクセサリー類が、貝殻と一緒にディスプレイしてあった。

一分の隙もなく準備が整っていくのを、部屋の隅から厳しい目で見つめていた一人の女性が、真昼に向かって歩いてきた。にこやかに名刺を差し出し、優雅に一礼をする。もう一台のカメラが、素早く接近して、その全身を舐《な》めるように捕えていくのがわかった。

ファビアンには、流暢《りゅうちょう》なフランス語を操る名うてのセールス・マネージャーがいると聞いていたが、きっと彼女のことだろう。真昼より十歳ぐらいはうえに見えるが、明るい色のベリー・ショートの髪が、黒のタイト・スーツに映える。一七〇センチ近くある長身は、あたりを圧するほど堂々としている。柔和な笑みを浮かべてはいるが、その目はどこまでも冷静で、値踏みするように真昼を直視していた。

真昼も精一杯落ち着いた仕草で、できるだけゆっくりと自分の名刺を差し出す。

「リベルテの柏木真昼です。今日はよろしくお願いします」

極力自然に告げたのに、声が明らかにうわずっている。そのうえ、止めようとするとかえって指先が震えて、名刺が小刻みに上下しているのが、自分でも恥ずかしい。

「パコ・ファビアンの香西《こうさい》でございます。いつもありがとうございます」

まさに大人の女というほかない。謙虚ななかにも品格の感じられる声だ。にこやかなのに、圧倒されるような迫力がある。それでも真昼《ひる》は、なんとか怯まずに笑みを浮かべ、まっすぐにその目を見返した。香西美紀《みき》と真昼の二人の視線が無言でからみ合うのを、カメラがすかさず接写する。カメラが、頬のすぐそばまで迫ってくる。香西は平然としていたが、真昼の鼓動は極限に達していた。

★★★

「はい、ここまで。オッケーです」

ディレクターの声で、ショウ・ルームの空気がふっと緩む。

「では、乗っているところで、次のシーンにいきましょう。いよいよここから商品をはさんで、バイヤーとセールス・マネージャーが火花を散らす場面です。放送では、ナレーションで状況説明をしますから、なにも気にせず、実際の現場の空気を再現して、ぜひ遠慮のない買い付け交渉を展開させてください」

うなずく暇もなく、すぐにカメラが回り出すと、先に口を開いたのは香西だった。

「パリでのコレクションにはおいでいただきましたから、ご存じだと思いますが、こちらは、ファビアンの新商品のピックアップです」

香西が指差すラックを見て、真昼は思わず声をあげそうになった。なぜこんなものしか並べなかったのだろう。コレクションでは、もっと魅力的でファビアンならではの作品がたくさんあった。これでは、わざわざファビアンの魅力を半減させてみせているようなものではないか。品選びについてあまりのセンスの悪さに、真昼は思わず立ち上がった。

「日本にはパコ・ファビアンの熱烈なファンがいらっしゃいます。でも、ブランド力に安住していると買い付けは失敗します。私どもリベルテのお客さまは、おしゃれで洗練された方ばかりですので、たとえばこのジャケット、私だったら、ここにある白ではなく、今年らしく、ゴールドを選びますね……」

真昼は、ハンガーごと一着のジャケットを手に取り、カメラのほうに高々と掲げた。

「リベルテは、パリの新しい風をお届けするのも大切な仕事です。ここには白と黒しかありませんが、今年のカラーはなんといってもゴールドです。リベルテの大切なお客さまのお顔を一人ひとり思い浮かべ、誰よりも先に今年のトレンドをお召しいただきたくて、上品なゴールドのストライプ・ジャケットを買い付けることにしました」

黙って聞いていた香西の口許《くちもと》に、一瞬、なぜか勝ち誇ったような笑みが浮かんだ。

「すみません。カメラをちょっと止めてください。申し訳ありません」

なにが起きたのか、木村がそう叫びながら、慌てて駆け寄ってくるのが見える。

「柏木さん。ご存じなかったの？」

香西が意味あり気な視線を投げてきた。

「え、私がなにか？」

まずいことでも言ったのだろうか。

「こちらにあるのは、リベルテさんにお買い上げいただいた商品ばかりなんですの」

いつの間に来たのか、バイヤーの大先輩、二宮もひどく憤慨した顔で立っている。

「あなた、本当になにも知らないのね？　うちはゴールドは買ってないのよ。うちのお客さまは品格を重んじる、コンサバな方が中心ですからね。白と黒がお好みなの」

あたりを気まずい静寂が支配するなか、二宮の甲高い声が大きく響いた。

嫌悪感をあらわにした二宮の前に割ってはいり、真昼をかばうように言ったのは木村だった。

「二宮さんのお怒りはごもっともなんですけど、ちょっとした連絡ミスがあったみたいでして……。申し訳ありません、香西さん。柏木も決して悪気があって言ったわけではありませんので」

木村はまるで真昼の保護者のような顔をして、二宮と香西に交互に頭を下げた。

「だけど、私は、なにを言ってもいいと言われていたので……」

だから、つい言わずにはいられなかった。もちろん木村にだけ聞こえるように小声で言ったつもりだ。

「仮にもリベルテを代表してマスコミでものを言うわけでしょ。だったら、それなりの準備や予備知識はきちんと持っているのが基本じゃないかって、そう言っているのよ。それなのに、よくもまあそんな態度ができるわね。信じられないわ、まったく」

二宮は、怒りが収まらないような顔つきで、ただし視線は決して真昼に向けようとはせず、そのくせ聞こえよがしに告げてくる。おそらく、プライドを傷つけられたと感じているのかもしれない。彼女が買い付けてこなかったゴールドを、今年の色だと断言したことが許せないに違いない。

「いいえ、みんな僕の責任です。すみません、二宮さん。そうおっしゃらずによろしくお願いします。時間がなかったので、つい僕が柏木さんに無理をさせちゃって……」

「あのね、時間がないなんていう言い訳は、この世界では通用しないことぐらい知ってなくちゃ。そんなの常識以前でしょう。私が新人のころは、たとえ教えてもらわなくても、先輩の買い付けを見て学んだり、主なメゾンのシーズンごとの傾向ぐらいは頭に叩《たた》き込んでおいたものよ。基礎中の基礎もできてないのに口ばっかり達者で、いまの若い子って、どういう育ち方してるんだか」

二宮の辛辣《しんらつ》な言葉は終わる気配もなく、真昼はじっと俯《うつむ》いたまま、唇を噛《か》んだ。少なくとも、事前に十分な打ち合わせをしておけば、NKHテレビの関係者や、パコ・

ファビアンの大勢のスタッフの前で、こんな道化役を演じることもなかった。

「僕が甘かったんです。すみません、柏木さん」

木村は声を落として囁《ささや》いてくる。いまはひたすら自分が頭を下げ、一人悪者になることで、この場を収めるつもりらしい。言いたいことは山ほどあったが、そんな木村の心中も理解できるだけに、それ以上は従うしかない。真昼は大きく息を吸い込み、心を決めて深々と頭を下げた。

「大変失礼しました、二宮さん。今後は気をつけます。それから山中さん、すみませんけど、もう一度さっきの場面から、撮り直しをさせていただけませんか。みなさんも、よろしくお願いします」

心のなかに、言いようのない敗北感が募っていく。不本意だし、やりきれない思いだったが、これ以上木村を責めてもどうしようもない。少し距離を置いたところで、ずっと黙って三人のやりとりを見ていたディレクターの山中が、気を取り直したようにやって来た。

「承知しました。それでは、カメラの調整も必要ですので、ちょっとここで一度休憩を入れましょう。十分後にもう一度収録を再開ということで、みなさんよろしくお願いします。そのあいだに柏木さんは、ちょっとメイクの直しを……。メイクさん頼むよ」

真昼はひとつ深呼吸をして、ディレクターの指示に従った。

★★★

「ねえねえ、さっきの見ました？　あの子の態度、いったいなんなのでしょうね。二宮さんが買い付けた商品に向かって、ずいぶん偉そうに言っていましたけど」

「いい気なもんよ。自分の置かれた立場を知らないのね。どうせあの子は所詮《しょせん》ダミーなのに」

　メイクを終え、化粧室で用を足して真昼がドアを開けようとしたところで、誰かが数人なだれ込んでくる音がした。口々に発する言葉からすると、どうやら二宮の周辺のアシスタントたちらしい。

「ダミーって、どういうことなんですか？」

　聞き覚えのない若い声だが、リベルテの社員であるのは間違いなさそうだ。

「つまりね、あの子は花井さんが自分の娘の身代わりにどこかから連れてきた子なの。だから、花井二世のダミー人形なのよ」

　答えているのは、先輩格のようだ。

「なるほど、ダミー人形ねえ。たしかに言い得ていますね」

あの子というのが、真昼のことを指しているのは言うまでもない。アシスタントたちの乾いた笑い声が、化粧室に響き渡り、真昼はノブに手をかけたまま、ドアを開けて出ていくチャンスを失った。

「もともと化粧品のメーカーだった自由堂から、ファッション専門の子会社であるリベルテを起《た》ち上げたのも花井さんだし、ここまで大きく育て上げたのも花井さんの功績でしょう。そのことは、同じ業界の人なら万人が認めるところよね」

「え、そうだったんですか？　あの花井さんがリベルテを？」

若い声が、素朴に驚いてみせる。

「あなた、リベルテで一年近くも働いていて、そんなことも知らなかったの？」

先輩格の誰かが、すぐにそれをたしなめた。

「花井さんにしてみれば、そりゃあ人には言えない苦労もあったでしょうよ。だから、自分がこの世界で苦労して築き上げてきたものを、たとえ部下とはいえ、他人に継がせるのは悔しかったんじゃないの？」

「部下も信用できなかったんでしょうか？」

「そのあたりが花井さんの限界なのね。一人娘がいるのに、彼女のほうはまったくファッションに興味がないし、だからその身代わりというか、ダミーをほしがったのも、ある意味わかる気がしないでもないわね」

「まあね。自分が築き上げてきたものを、他の誰かに根こそぎ持っていかれるくらいなら、自分のクローン人形を作っておいて、後ろからしっかり糸を引いていたいと、あの花井さんなら思うわね」

「ちょっと待ってください。そんな魂胆だったんですか。だとしたら、あの真昼って子は、花井さんに利用されているだけっていうことになりますよね？」

若い声が、またも驚いた声で訊《き》く。

「そんなこと、あたり前でしょう？」

ドア一枚隔てた前で繰り広げられる会話に、真昼は思わず声をあげそうになる。

「腹心の部下なんていっても、この業界じゃあ所詮はライバルだしね。リベルテのなかで不動の地位を守るためには、どんなことだってやる人よ。あの人なら手段を選ばないわ」

「へえ、花井さんって、そんなにやり手なんですか？」

「いまさらなにを言ってるのよ。そうでもしなきゃ、女が役員になんかなれっこないでしょう。自由堂は昔からの老舗《しにせ》企業よ。新しい気風の会社みたいに見せているけど、内側は根っからの男社会だわ。だから、上昇志向の強い花井さんは考えたの。なにも知らないあの真昼って子なら、自分の自由に動かせるし、ということはこの先のリベルテも、花井女史の好きにできるわけだしね」

先輩格が、訳知り顔に解説する様が、真昼には目に見えるようだった。

「あ、そっか。だから、早いうちにあの真昼って子を業界のスターに仕立て上げたいと思って、それで今回のこのテレビの企画を？」

「花井さんらしいやり方というべきよ。どっちにせよ茶番よね。でも、それをみんな知ってて、あの真昼って子はちゃっかり乗っかっているわけ」

冗談じゃない。悔しさのあまり涙が出そうだった。どうしてこんなひどいことを言われなければならないのだ。だが、泣いたらメイクが崩れてしまう。真昼は必死で顎《あご》をあげ、瞼《まぶた》をしばたたかせた。

できるものならいまこのドアを開け、本当のことを釈明したい。少なくとも実際の経緯を知らしめたい。そのとき、彼女たちがどんな顔をするかも見てみたいが、そんなことをしてもきっと無駄だろう。この場はますます混乱し、うまく説明を尽くせないまま、あとの撮影がやりにくくなるだけだ。

いっそなにもかも放棄して、この場から逃げ出せたらどんなに気が楽か。しかし、そんな真昼の無念さも知らず、彼女たちのおしゃべりはさらに続く。

「それにしても、おとなしそうな顔してあの子も結構調子いいわよね」

「最初からそのつもりでリベルテに来たんじゃないの。逆に、花井さんをけしかけていたりして」

「そうそう、ついでに広報のあの木村っていうのをそそのかして、味方につけてんじゃない？　腰ぎんちゃくみたいにあっちにもこっちにもいい顔して、笑っちゃうわ。というより、哀れよね」

誰かが言い、またも見下すような下卑《げび》た笑い声があがる。ここまでひどいことを言われながら、それでも我慢しなければならないのだろうか。真昼はノブにかけた指に力を入れ、喉元《のどもと》まで出かかった言葉を呑《の》み込んだ。

「そうですよね。考えてみたら、マスコミを使って、会社を私物化していることにならないですか？　あの子の存在を業界に認知させて、いつまでもリベルテで君臨しようなんて、花井さんも汚すぎますよ。ちょっと許せない気がします」

まさか真昼がトイレのなかで聞いているとは、露ほども考えていないのだろう。彼女たちの言葉には遠慮がなく、ますますエスカレートしていくようだ。かといって真昼は、いまさら出るに出られず、じっと彼女たちが出ていくのを待つしかなかった。

それにしても、自分がここまで誤解されているとは思わなかった。自分のこともだが、花井までが批判の対象になっている。

「許せないって言えば、あの子のコメントもずいぶんひどかったですね。あれじゃあ、まるで二宮さんの買い付けにケチをつけているみたいじゃないですか」

「そうそう。ゴールドを買い付けていないことを馬鹿にしたみたいな口調だったわ」

「でも、あのジャケットって、本当はゴールドもあったんですね。知りませんでした。もしもうちにゴールドが入っていたら、かなり売れたのにって、私、ちょっと思いましたけど」

「しっ！　声が大きいわ。そんなこと、万が一にも二宮さんの耳にはいったら、大変よ」

先輩格が、若い声を厳しく叱責《しっせき》する。

「すみません。でも、あの子ったら大胆でしたね。二宮さんを前にして、よくあんなことが堂々と言えるものですよ。あれは間違いなく二宮さんへの挑戦ですね」

「たしかに、確信犯的な言い方だったわよね。だいたい、自分もちょっとパリ・コレに行かせてもらったからって、生意気なのよ。でも、いいこと？　二宮さんを怒らせたらどうなるか、あなたたちは知ってるわね」

「はい。それはもちろん」

「あの人の前では、買い付けてきた商品を批判することはタブーなの。気をつけてものを言いなさいよ」

「わかりました。気をつけます」

真昼は声を殺して溜《た》め息を吐いた。このままで、リベルテは本当に大丈夫なのだろうか。

★★★

パコ・ファビアンでの撮影は、そのあとも一時間近くかかった。広報の木村と香西、それにNKHが話し合って、それなりのダイアログを用意してくれたことや、真昼が努めて周囲を立てるようにしたことで、予定されていたシーンはひとまず順調に収録が済んだ。

ようやく一日の予定をこなし、オフィスに帰り着いたときは、さすがに真昼は口も利けないほどに疲れはてていた。そんな真昼を待ちかまえていたように、秘書の小倉ゆかりから電話がかかってきた。

「やっと帰ってきたのね。花井さんがお待ちかねよ。お部屋まで来てちょうだい」

一息吐く暇もなく、真昼は花井の部屋に向かった。

「ただいま帰りました」

「お疲れさま。撮影はどうだった？　なんだか、相当まいったっていう顔をしてるけど」

真昼の顔を見るなり、穏やかな笑みを浮かべ、花井は労《ねぎら》いの言葉を惜しまなかった。

「慣れないことばかりですし、事前の打ち合わせが十分にできていないので、戸惑ってばかりで……」

その笑顔を見ていると、強《こわ》ばっていたものが溶けてくる思いがする。

「そのことなんだけど、この前あなた、なにか私に話があるようなこと言っていたわよね」

花井は覚えていてくれたのだ。社内に妙な噂が立っていることは、ゆかりから聞かされていた。真昼自身が、ここ何週間かリベルテのあちこちの店舗を回り、気づいた点についての報告もあった。それを花井に伝えようとした矢先に今回の企画の話を聞かされたのだ。

パコ・ファビアンでの撮影中に起きたこともそうだが、それ以前に、社内の人間関係についても花井の耳に入れておくべきではないか。いや、それよりも、パリのメゾンで見たときはあんなに魅力的だった商品が、日本に帰ってからリベルテの店舗にディスプレイされているのを見ると、どうして色褪《あ》せて野暮ったく見えるのか。そんな点についても、正直に伝えておきたかった。

だが、話を切り出したのは花井のほうが先だった。

「うちの斜《はす》向かいに、例の店舗が開店するのは知っているわね？　ほら、あなたをスカウトしようとした、あのミラノの商社マンのショップよ。ついに来週オープンですって」

「え、そんなに早くですか？」

「そのショップのことも含めて、あなたには訊《き》きたいことが山ほどあるの。とにかく外に出ましょう。すぐに仕度をして、玄関で待っていなさい」

花井はそれだけ言うと、真昼を急《せ》かせて自分も部屋から出た。訊きたいことが山ほどあると言っていた割には、車のなかでの花井は無口だった。気詰まりな沈黙に堪えかねて、こちらから声をかけるべきかどうかと迷っているうちに、花井と真昼を乗せた黒塗りの社用車は瀟洒《しょうしゃ》な和風の店の前で止まった。ゆっくりと車を降りた花井は、白木の引き戸をくぐって、物慣れた様子でなかにはいって行く。真昼も遅れないよう、慌ててあとについて行った。二人が案内されたのは、L字型の白木の清潔そうなカウンター席だった。勧められるままに花井が一番奥の壁ぎわ、真昼がその隣に並んで座ることになった。

「さ、まずは乾杯ね。今日は番組撮影お疲れさまでした」

花井は、どこまでもにこやかだった。だが真昼のほうは戸惑いを隠せない。どうしても今日一日の出来事を思い出してしまうのと、オフィスでの花井の詰問口調が気になるからだ。

「NKHの撮影では、いろいろいじめられたんですって？」

おそらく木村あたりから、花井のところにも報告がいっているのだろう。

「正直なところ疲れました」

ひとまずそんな答え方をするしかない。

「きっと香西さんね？　でも気にすることはないわ。彼女の趣味みたいなものだから。そんなことより、柏木さん。あなたはもう知っているわよね？」

こちらの心中を探るような目である。

「なにをですか？」

「あのイヴォン・デファンスが、あなたの知り合いのその元商社マンと組むっていう話のことよ」

「え、博之とあのイヴォンが」

思わず大きな声を出してから、真昼は慌ててあたりを見回した。

「すみません、大きな声で。でも、それって、まさかリベルテの前のあのお店のことでは……」

「そうなんですって。だけど、その村尾って子、さすがはやり手の商社マンだっただけのことはあるわね。私も最初に聞いたときは驚きもしたけど、たしかにいいところに目をつけたと思ったわ」

花井は、感心したような笑みを浮かべた。

「本当なんですか、その話？」

真昼にしてみれば、信じられない思いである。まさか、あの村尾がイヴォンを味方につけるとは。

「業務提携、なんて言っていたそうよ。イヴォンは相当の野心家ですもの、いずれパリ以外にも手を拡げてくるとは思っていたけど、まさか東京に来るとはね。焚《た》きつけたのはその村尾でしょう」

真昼は、村尾と最後に会ったときのことを思い出さずにはいられなかった。

「たぶんそうかもしれません。彼が東京に新しいセレクト・ショップを起《た》ち上げる話を私に打ち明けてきたとき、たしかスポンサーはどこか外資系の金融機関だったような口振りでした。あの人、ミラノに駐在するようになって、ファッション業界のことを学んだんです。ヨーロッパで拡げた人脈から、資金を出してくれる人を見つけたようで、日本でのすべてを取り仕切るって言っていました」

真昼は、あのとき村尾が熱に浮かされたように語っていたことを思い出した。

「それでビジネス・パートナーとして、海外展開を目論《もくろ》んでいるイヴォンに提携話を持ち込んだのね。村尾というのは、商社的な考え方というか、欧米風のビジネスの発想をする男なのよ。東京でゼロからのスタートをするよりは、強力なイヴォンのネーム・ヴァリューを利用したほうが手っ取り早く認知度をあげられるし、宣伝費のことやなんかを考えても、採算の面でも効果的だと考えたのね、きっと」

ジャン＝クロードも言っていたのだが、いまやパリのイヴォンの店で扱われたら、途端にそのブランドが世界レベルで有名になるというほど影響力のあるショップなのだ。そのブランド力に目をつけたとしても、あの村尾なら不思議ではない。

「お互いの利害が一致したというところでしょう。だから、手を組んで一緒に東京に進出しようと？」

あの村尾ならそれぐらいの才覚はある。長年、熾烈《しれつ》なビジネスの世界でしのぎを削ってきた男だ。コツコツと地道に努力を積み重ねるというより、もっとも合理的な手段を選んで、効率的に収益を狙う。

「パリで会ったとき、イヴォンは、むしろ中国や日本以外のアジアに興味がある口振りでした。だから、自分はたぶんそっちに軸足を置いておいて、東京は村尾さんに任せようと考えたのでは」

「どうしてそんなふうに思うの？」

花井は、まっすぐにこちらを見たまま訊いてくる。

「どうしてって言われたら困るのですが、私の直感です。間違っているかもしれませんが」

真昼が正直にそう答えると、花井はにやりと笑みを浮かべた。

「たぶん正解よ。どっちにしても、彼らはリベルテに挑戦状を叩《たた》きつけてきたってわけね」

「あんなにすぐ目と鼻の先に開店するなんて、あまりにあからさますぎる気がしますけど」

「自信があるっていうところを見せつけているつもりなのか、それとも、うちの存在をうまく利用する気なのか。いずれにせよ、この世界はそんなに甘くはないわ。大丈夫。うちは堂々としていればいいの」

花井は、むしろ、彼らの挑戦を、おもしろがっているような余裕すら感じられる。

「でも、本当にそうでしょうか……」

真昼は言葉を途切れさせた。申し出を断ったとき、村尾は突然厳しい表情になって、これからは真昼がライバルだと宣言した。それはいまも耳にはっきりと残っている。ビジネスでは容赦しないとも。

そして、それと同じようなことを、あのイヴォンも言っていた。彼の場合は、もっと自信たっぷりに、ゆとりの笑みさえ浮かべて、冗談とも本気とも判断しかねるような言い方だった。

「なんなのよ。言いたいことがあるなら、遠慮しないで言えばいいわ」

花井は、こちらの思いを探るように、痛いほどの視線を真昼に向けている。

「私は、危ない気がします！」

言葉が、ふいに飛び出した。思いがけないぐらい大きな声だった。今日一日、真昼が耐えに耐えて、必死で抑え込んできた思いが、ほとばしるようにあふれてくる。

「どういうことなの？　いまのリベルテではこてんぱんにやられてしまうって言いたいわけ？」

「はい」

　真昼はきっぱりとうなずいていた。

「ずいぶんなことを言ってくれるわね。リベルテは日本でもっとも老舗《しにせ》のセレクト・ショップなのよ。ヨーロッパのファッションをいち早く日本に紹介してきた歴史があるし、私たちは誇りを持って、日本人女性にヨーロッパの香りを伝えてきたの。固定のお客さまだってどれだけ持っているか。そのどなたをとっても、日本の富裕層と呼ばれるにふさわしい、品格も財力も備えた常連のお客さまよ。そのリベルテがよ、あんなポッと出の若造たちの店に、なんで負けるって思うわけ？」

　案の定、花井の反論は手厳しかった。だが、まくし立てている言葉とは裏腹の、隠しようのない焦りが透けて見える。いや、むしろ逆で、真昼を焚きつけているのかもしれない。

「リベルテがどんなに素晴らしいお店だったかは、私にもよくわかっているつもりです。でも、いまのままではいずれダメになります。残念ですが、今夜ははっきり言わせていただきます」

語気を強めて語る真昼に、花井は心なしか頬を弛《ゆる》め、黙って聞き入っていた。

「私、パリから帰ってすぐリベルテの店舗を全部見て回りました。で、あらためてがっかりしました」

「どういうこと？」

「まず品選びが古臭い。はっきり言って遅れています。それに、ディスプレイも最悪です。せっかくの商品がまるで息をしていないんですもの、あれではお客さまも手が出ません」

「商品が死んじゃってるって言うの？」

花井は憤慨した顔で、睨《にら》み返してくる。

「でも、残念ながらそうとしか言いようがありません。洋服はデザイナーが命を賭《か》けて創り上げた作品です。パリのメゾンで見たときはあんなに生き生きとしていたその商品が、リベルテの店内では全然息をしていない。輝いていないんです」

もう止められなかった。真昼は、憑《つ》かれたようにしゃべり続けていた。

今日一日、さまざまな状況で耳にした同僚たちからの悪意の言葉や、根拠のない噂話。それらは自分に対する誤解だけでなく、花井に対しても浴びせられた聞くに堪えない誹謗《ひぼう》であり中傷だった。だが、無防備に浴びるだけで、一言も反論や釈明ができなかった。その無念さが形を変えて、いま堰《せき》を切ったように噴き出している。業界のパイオニアであり、バイヤーの大先輩であり、なにより自分を引き抜いてくれた上司でもある花井に対して、自分はいま真摯《しんし》に問題提起をしているのだ。

「私の感覚が古いとでも言いたいの？　だから、うちのバイヤーたちが選ぶ商品では、お客さまを満足させられない。せっかく買い付けてきた商品もうちでは売れないと。そこまで言うからには……」

すでに覚悟のうえだった。ここまで言い出したのだ、それなりに肚《はら》はくくっている。

「生意気なことを言っているのはよくわかっているつもりです。お気を悪くされたら、申し訳ありません。でも、やっぱりなにか違うと思えてならないんです。うちは、歴史も伝統もあるお店です」

「そのとおりよ。だから、あなたもそのことに誇りを持ちなさい」

花井はぴしゃりと言い放った。

「もちろんです。誇りを持つことは、とても大切なことだと私も思います。ただ、過去の栄光に満足して、大事ななにかを見すごしているのではないかとは、お感じになりませんか？」

「大事なものが欠落していると言いたいのね？」

「そうです。スタッフの全員が同じ誇りを共有し、同じレベルのモチベーションを持っているとお考えでしょうか？　競合するショップと本当に闘えるとお思いですか。スタッフにそんな覚悟があると？」

真昼の真摯な問いかけに、花井はいっとき言葉を途切れさせた。

「覚悟……」

「はい。情熱《パッション》と言い直してもいいかもしれません」

「たしかに最近、商品の消化率が七〇パーセントを割り込んでいる。そのことは気になっていたけど」

「うちの消化率のターゲットは、七三パーセントでしたよね？」

「いいときは七九パーセントをクリアするほど数字が伸びていたこともあったわ」

消化率というのは、買い付けた商品がどの程度販売できたかを示す割合だ。七〇パーセント強を目標として商品が売れると、そのあと残りの三〇パーセントのうちの二〇パーセント程度を割引価格にして、「ＳＯＬＤ《ソルド》」として期末に処分する。それでもさらに売れ残ったものは、売れ残り品《デッドストック》となるのだが、いかにしてそれを一〇パーセント以下に抑えるかがリベルテのバイヤーの社内目標である。業界では、消化率六八パーセント程度が平均だと聞いている。競争が激化する一方といわれる最近のファッション業界のなかで、リベルテだけは創業以来それほど際立って高い商品の消化率を誇ってきた。

「その盤石だったうちの消化率が、ここへきて、目に見えて低下してきたのは否定できないわ。あなたに指摘されるまでもなく、何度もそのことは役員会議にのぼっている」

花井は、そんなことにまで触れてきた。

「いい加減な思いつきや勝手な想像で言っているのではありません。でも、はっきり言って、社内にはあまりにフラストレーションが充満しています。いまはお客さまの満足度をあげて、関係を強固なものにしていかないといけない時期なのに、こんなことで大丈夫なのかと心配です」

ここまできたら中途半端に言葉を濁さず、思いきってストレートに伝えるしかない。ところが消化率の低下を口にした途端、花井はすっかり口を閉ざしてしまった。重苦しい沈黙が続いた。

その表情から、なにを読み取ればいいのだろう。もしや地雷を踏んでしまったのだろうか。訴えたいことがはたして花井に正しく伝わっているのかどうか、もどかしくてならなかった。

「うちは守りにはいっています。それが原因ではないでしょうか。伝統に囚《とら》われ、安全圏を出るのが怖くて、冒険をしないショップに、いいえ、冒険ができない空気になっているのでは？」

真昼はさらに言った。消化率を気にするあまり、どうしても無難な商品ばかり選んでしまう。その結果かえって目標達成が遠のくというジレンマも、真昼自身が経験してきたことだ。今日パコ・ファビアンで起きたことがその好例だ。今季の目玉商品にあれほどみごとなゴールドを出しているのに、二宮はあえてそれをはずして買い付けていた。その選択は、彼女の保身以外のなにものでもない。さらにはそんな彼女に対して、周囲の誰もが口をはさめない空気が、リベルテには存在する。

「私、いつも思うんです。服を選ぶときって、どうしてこんなに心が浮き立つのだろうって。どんなに辛《つら》いことがあっても、素敵な洋服を見ていると忘れます。買い付け《バイイング》のときも、仕事だと思って冷静に割りきっているつもりなんですけど、それでもメゾンでサンプルを見ると、毎回ドキドキして興奮します」

「女はね、たとえ洋服を百枚持っていても、百一枚目を手にするときは心がときめくものよ」

「そのとおりですね。でも、そんな心が浮き立つような楽しさを、いまうちの会社は忘れています」

どう言えば伝わるのだろう。だが、一語ずつ言葉を探しながら心を尽くして訴えるしかない。

「あなたは、自分ならできると思っているのね？　ここまで言うからには、あなたの手で会社を変えていくしかない。そうでしょう。そのためにわざわざ高いお金を払ってパリで遊ばせてあげたんですもの」

花井は食い入るように真昼を見た。唇には意味ありげな笑みが浮かんでいる。

「まさか花井さんは、最初からそれをわかっていて、それで私をパリに？」

「あたり前でしょう。パリ往復の航空運賃と滞在費がいくらかかるか知らないわけじゃないでしょう。買い付けもしないバイヤーを、ただで遊ばせてくれるほどうちは暢《のん》気《き》な企業だと思っていたの？」

「そんなことは決して。それに私も、遊んでいたわけではありません」

すべて今後の仕事のためにと、可能なかぎりリサーチに飛び回って記録を取ってきた。とはいえ、実際の買い付けには、ほとんどと言っていいほど参加していないのも事実だ。

「まあいいわよ。でも、仕事もしないで、あちこち自由に視察させてくれる会社なんて、あると思ったら大間違いよ。いくらなんでも世の中そうは甘くないわ。NKHテレビやら雑誌のなかだけで、うちのPRのために仕立て上げられた、恰好《かっこう》ばかりのカリスマ・バイヤーに満足していてはダメよ」

「満足だなんて、私はそんな……」

「本当は、そのことだけでもあなたはものすごくラッキーなのよ」

「もちろんそれは十分わかっています。ありがたいと思っています」

そのせいで、周囲からずいぶん嫌味を言われたりもしている。

「貪欲《どんよく》になりなさい。もっと、もっと欲張りにね。この花井正子《まさこ》の存在も、それからリベルテという老舗《しにせ》の看板も、なんでもできるものはみんな踏み台にして、のし上がっていけばいいの」

「のし上がるなんて、私にはそんな野心は……」

「ないとは言わせないわ。私の前ではいい子になる必要もない。野心でも、野望でも、欲でも、なんでもいいの。あなたが言っていた情熱《パッション》でもいい。このあたりを熱く掻《か》き立てるものよ。あなたはファッションが心底好きなの。それさえ無くさなかったら、どんなときでもやっていける」

励まされているのか、それともけしかけられているのだろうか。花井にこんなことを言われていることを知ったら、あのときトイレで陰口を叩《たた》いていた連中は、またなにを言い出すかわからない。

「そうよ。四面楚歌《しめんそか》も、孤軍奮闘も、柏木真昼は大歓迎でしょう？」

「ちょっと待ってください。だいいち、闘おうにも、私には武器がなにもありません」

一人前のバイヤーとしての経験や実績はもちろんのこと、協力してくれる仲間すらも、考えてみたらなにひとつ持ち合わせていないのだ。

「馬鹿ね。武器は自分で作るものよ。幸い、イヴォンも村尾とかっていう青年も、あなたには個人的な繫《つな》がりがあるわ。敵の懐に潜り込むには最高のポジションよね」

「私にスパイをしろっていう意味ですか？」

「そんなことは言ってないわ。ただ、すべてはあなたの戦術次第ね。敵は姿を現した。まもなくセレクト・ショップ戦争が始まるわ。どうやら、思いがけない伏兵もひかえているみたいですものね」

「でも、さっきも言いましたように私には……」

武器や兵士だけでなく闘うすべもない。油断していたら身内に背中から刺されることもあり得る。

「おやおや、さっきの鼻息はどうしたの？　パッションはどこへいったのよ。甘えはさっさと捨てるのね。正々堂々と闘える場を提供してあげたのよ、感謝してほしいぐらいだわ。あなたにはかなりの先行投資をしているの。だからそれを忘れないで、しっかりペイするような結果を出してもらわないとね」

賭《か》けた分のもとを取れ、と花井は言っているのである。

「やるしかないのよ、柏木さん。できるとかできないとか、そんなことを言っている時期はもう過ぎたわ。あなたを見ていると、私は自分が若かったころを思い出すの。あなたもいつか、私ぐらいの歳になったとき、これでよかったんだと満足できるような、そんな仕事をしなさい」

花井はそう言って、真昼の背中に手を置いた。

★★★

イヴォン東京店のオープニングは、予想していたものをはるかに超えて、華々しく執り行なわれた。

正式な開店の前日、プレ・オープンの夕方には、大々的なオープニング・セレモニーが開かれ、業界関係者やプレス関係者、それから日本を代表するようないわゆるセレブリティと称される顧客層が多く招かれた。

真昼がリベルテのビルの窓から外を見ると、大通りをはさんだ斜め向かいにある彼らの店の前には、すでに陽が落ちかけた銀座の街を背景に、入店の順を待つ人たちで驚くほど長蛇の列ができていた。一連のオープニング・イベントのため、もちろんパリからはイヴォン・デファンス自身も来日した。さらにはパリ・コレをはじめとする世界のコレクションで注目を浴びているモデルたちがイヴォンに同行してきたので、東京はときならぬコレクション・シーズンのような活気を見せたのである。

驚いたのはそればかりではない。オープニングにタイミングを合わせ、人気の女性誌各誌が先を争うように、こぞってイヴォン関連の特集を組み、このことを取り上げた。彼らの演出は巧妙だった。オープニング・セレモニーのスタートは、そのイヴォン自身の存在を前面に押し出し、彼らの新しいスタートを銀座中に、いや日本全国にアピールしたのである。

まず、開店直前の店のエントランスの真ん前、つまり大通りに面した路上にイヴォン・デファンス自身が立ち、集まった群衆を前にうやうやしく挨拶《あいさつ》をするという趣向だ。それに続くセレモニーは店内に設けられたバー・スペースで開かれる予定だったが、群れをなして集まった招待客たちは、新しいイヴォンの店に入るために、まだひたすら列に並んで待たなければならなかった。

しかも、そのことに誰一人として不平を口にする者もなく、目を輝かせて従順に待ち続けているので、列は延々と長くなるばかりだ。

「ねえ柏木さん、見ましたか？　デファンスの挨拶が、さっき各局の夕方のニュースでも取り上げられたんですよ」

「夕方のテレビニュースで、イヴォンの店が？」

真昼は驚いた声を出した。セレクト・ショップの開店が、通常のニュース扱いをされることなどこれまで聞いたこともない。さすがは村尾博之だと言うべきだろう。商社で鍛えられたビジネス・センスで、開店に際しての広報活動にも、リベルテのような悠長なやり方とは歴然とした力の差が感じられる。

「ねえ、木村さん。イヴォンへの対応策、うちももっと真剣に考えないといけないんじゃないかしら。彼らは最初からうちの存在を意識して店舗展開をしてきているようですし、ファッションをウンヌンする以前の、ビジネスに対する姿勢が違っている気がしますが」

「そうなんです。大手の広告代理店に任せて、大がかりに仕かけているんだと思いますが、まず開店のタイミングからして、どんぴしゃでしたしね。実に計画的というか、悔しいけど、さすがというほかないですね。だってこのところ、東京は再開発のブームで、いろんな新しいビルが建ってきていますでしょう？」

木村は、さらに悔しげな顔になる。

「ええ。新しい五つ星ホテルがオープンしたりして、これまで日本にきていなかった宝石商とか、毛皮専門店とか、相当セレブな店が続々と進出していますよね」

「イヴォンの開店も、間違いなくそのタイミングに合わせたプロジェクトでしょう。東京はいま進化しているんです。ここ数年、ヨーロッパの高級ブランドのビルが次々と建って、銀座界隈《かいわい》の注目度もかなりアップしていますからね」

イヴォンはそのあたりを計算して銀座を狙ってきたというのだ。木村の分析は冷静だった。そうだ。村尾は最初からそのつもりなのだ。イヴォンと組み、最強のライバルとなってリベルテを潰《つぶ》そうとしているのではないか。そのことがいまさらながらに実感されて、真昼の背中に冷たいものが走る。

「だけど恐れることはありませんよ、柏木さん。リベルテは日本のセレクト・ショップの草分けです。老舗中の老舗なんですから」

笑った木村の顔が引き攣《つ》っている。その油断こそが、リベルテの大きな落とし穴であることを、誰よりも感じている人間の顔だと、真昼は思った。

★★★

イヴォン東京店が、その華々しいオープニング・セレモニーを成功裏に終えた三日後には、リベルテでまたも新たな問題が持ち上がった。あろうことか、大手週刊誌がイヴォン東京店の開店模様を記事に取り上げたのである。リベルテの役員室は騒然となった。

「またしても覇者は外資。東京セレクト・ショップ戦争」というセンセーショナルな記事の見出しで、イヴォン・デファンスの輝かしい経歴と、一風変わって行動力のある野心に満ちた天才イヴォンの人生、それから彼らの標的になった銀座の街が紹介されていた。

なにより腹立たしかったのは、イヴォンの出現でその座を追われた老舗《しにせ》リベルテの凋落《ちょうらく》ぶりを、極端なまでに脚色し、おもしろおかしく取り上げていたことである。

社内の騒ぎが大きくなった原因のひとつは、記事に取り上げられていたリベルテに対する批判的なコメントが、「リベルテ販売員A」の発言となって書かれていたことだ。

販売員が長続きせず、若手が育っていない。昔は上客を大勢抱えて、なによりも大事にしてきたが、いまは販売員体制にも代替わりが起きていて、客への対応が非常に手薄になっている。販売員には代替わりが起きているのに、企業体質やファッション・センスは古いままで、客がないがしろにされている。などといったこの告発者のコメントが、それなりに的を射たものであっただけに、関係者の気持ちを逆撫《さかな》でしたことも事実だった。

掲載誌の発行元である大手出版社を相手取って告訴をする、と息巻いていた役員もいたが、結局は出版を差し止めるまでにはいたらなかった。そんなこんなで社員が浮き足立ち、つまらない噂話がまことしやかに流れたりして、真昼はまたも余分なエネルギーを消耗することになった。

へとへとに疲れきって帰宅すると、携帯の着信音がした。発信者の番号はあるのだが、見覚えはない。

「もしもし……」

不審に思いながら、真昼は恐るおそる電話に出た。

「柏木さん？　お疲れさま。私よ。夜分にごめんなさい。あなたに言っておきたいなと思って」

「ああ、花井さん。なんでしょうか？」

「今回の週刊誌のことで社内が動揺しているけど、あなたはこの騒ぎをチャンスにするのよ。あの記事のお蔭《かげ》で、思ったより早くそのときが来たわ。社内であれだけ騒いでいるということは、スタッフの心のなかに不安がある証拠よ。つまり、社内改革にはもってこいのタイミングだってことね。あなたには、さっそく次の買い付けに行ってもらうわ」

「買い付けって、またパリにですか？」

いったい、花井はなにがしたいのだろう。

「そうね。当面はパリとミラノかしら。今日の役員会では、イヴォンに対抗して店舗の大幅な改築をすべきだっていう案を出す人もいたの。だけど、いまうちが休むのは逆効果だって、私は猛反対したわ」

店舗の大幅な改築となれば、どんなに突貫工事をしても一ヵ月程度はかかる。いまの時期にリベルテを閉めるのは、かえってあのイヴォンにチャンスを与えるだけだ。

「それより、社内の販売スタッフの特訓ね。みんなの心を一新させて、お客さまとの繋《つな》がりを一気に強化すること。それと同時に、なにより商品の充実が先決よね。そのためにも、アッと言わせるような商品の買い付けと、ディスプレイが必要だわ。柏木さん。いよいよあなたの出番が来たのよ」

「はい……」

「あなたには期待しているわ。今夜は一言それを伝えておきたくて電話したの。明日から忙しくなるから、今夜はゆっくりおやすみなさい。じゃね、また」

花井は言いたいことだけ言い終えると、さっさと電話を切ってしまった。

真昼はしばらくは放心状態だった。一方的な花井の言葉が、耳から離れない。花井が勢い込んで語りかけるひとつひとつが、ずしりと肩にのしかかってくる。

そのとき、またも携帯電話の着信音がしたのである。

花井がなにか言い残したことでも思い出したのだろうか。そう思って着信画面を見たが、非通知の表示が出ている。今度はきっと自宅からでもかけているのだろう。真昼はすぐに回線を繋いだ。

「もしもし……」

呼びかけても、しばらく応答はなかった。

「もしもし、柏木ですが」

再度、真昼が声を発したとき、ようやく消え入りそうな声が聞こえた。

「ハロー」

不安げな様子で呼びかけてきたその一言だけで、真昼には相手が誰だかすぐにわかった。だから、姿勢を正して、真昼も慎重に応じた。

「マヒルだね？　おお神さま。よかった。やっぱり君はいまもまだこの携帯電話を使っていたんだ」

嬉《うれ》しそうに昂《たか》ぶらせた声に嘘はなさそうだ。

「元気だった？　アンドレア」

懐かしさのあまり、真昼は素直に応じていた。

「ずっとクレイジーなほど忙しくてね。あれからニューヨークを担当することになって、ほとんどミラノを留守にしていた。今度はアジアの担当になってさ。北京《ベイジン》とか上海《シャンハイ》とか、いまもあちこち飛び回っているんだ。久しぶりだね。マヒルのほうこそ、どうしてた？」

少しずつ、前のような口調が戻っている。

「いろいろあってね、アレッサンドロ・レオーニは辞めたのよ。もう半年以上になるわ」

「辞めたのはもちろん知っているよ。君からも短いメールが届いたからね。すごく気になっていたけど、全然連絡するチャンスもなくて。だけど、心配していたんだ。ねえマヒル。僕いまどこにいると思う？　東京《トキオ》なんだ。偶然なんだけど友達が店を開いてね。だから、そのお祝いに駆けつけた」

その友達というのがイヴォンのことを指しているのは疑いようもない。

「久しぶりに、逢《あ》いたいな。これからこっちに出てこられないかい？」

アンドレアが指定してきたのは丸の内のザ・ペニンシュラ東京で、言われるままにタクシーを飛ばしながら、真昼の耳には電話での声が渦巻いていた。

「アンドレア」

その名前を口にするだけで、胸が締めつけられるようだ。置き去りにしてきた懐かしい日々が、いまさらながらに浮かび上がってくる。時間という篩《ふる》いをとおして、いま浮かび上がってくるものは、不思議なまでに楽しかったことばかりだ。

今日一日、次々と押し寄せてくる出来事に翻弄《ほんろう》され、溜《た》まりに溜まったストレスで、身体はぼろきれのようにすり減っていた。そのうえに花井からの突然の電話でリベルテの将来をかけてパリに買い付けに行けとけしかけられて、動揺もしていた。

それだけでも、とても背負いきれないぐらいの状態だ。それなのに自分は、懐かしいアンドレアの声を聞いた途端、部屋を飛び出してきてしまった。堪《こら》えきれないように湧き上がってくる訳のわからないものに、みずから急《せ》き立てられるような思いで、タクシーに飛び乗った。

★★★

真昼が三杯目のアールグレイをカップに注ごうとしたとき、ようやく奥のほうからやってくるアンドレアが目にはいった。真昼は反射的に椅子から立ち上がった。

まだ少し距離はあるのに、彼は両手をいっぱいに拡げ、世の中で真昼以外の存在などなにも目にはいらない、とでも言いたげな顔をして、まっすぐにこちらに近づいてくる。しばらく会わないあいだにすっかり貫禄《かんろく》がついて、歩き方までがゆったりとして自信に満ちた雰囲気が感じられる。

「ヘイ、マヒル。元気だった？」

いったん真昼の前で立ち止まってから、アンドレアはその両腕にすっぽりと真昼を抱き締めた。

「逢いたかったよ、ハニー……」

懐かしい声が、耳元をくすぐり、両の頬に交互にキスの挨拶《あいさつ》をされるとき、真昼はなぜか無意識にほんの半歩分だけ、後ずさりをしてしまう自分に驚いていた。

「ごめんね。すっかり待たせてしまったんじゃないかな？　本社から立て続けに電話がはいって、つい時間がかかっちゃって」

温かい手は前と少しも変わらない。真昼は静かに首を振った。アンドレアはどこまでも優しかった。手を取ったまま真昼を椅子に座らせ、自分も隣の椅子を引いて、真昼と直接向かい合って腰を下ろした。

「私もいま着いたばかりだから。それよりアンドレア、とても落ち着いて、立派になったわ」

「マヒルは、一段と綺麗《きれい》になったよ。いま、マヒルはリベルテにいるんだって？」

「え？　ええ、そうなの。花井さんに誘われて、決心したんだけど」

「歴史のあるセレクト・ショップなんだってね」

「まあね。でも、まだトレーニング中なの。あとしばらくしたら、いよいよ買い付けにまたヨーロッパに行くことになりそうだけど」

「ミラノにも来る？　そのときは絶対に連絡してよ。また、向こうで食事でもしよう」

「ありがとう。必ず電話する」

なんというよそよそしい会話なのだ。逢えなかった半年間を埋めるのに、もっとなにか別の話題があるはずなのに。だが、二人ともあえて核心に触れないようにしている。真昼にはそんなふうに思えてならなかった。

「そうそう、フミコのことは覚えているだろう？　以前はミラノによく一緒に来ていた彼女のこと」

「もちろんよ」

津田史子《ふみこ》との経緯を忘れるわけはない。あんな事件を起こしたあと、レオーニを辞めて消息を絶ったと聞いていたが、それっきり、どうしているかはっきりとした情報はない。

「いつだったか、突然、ミラノにやって来たんだ。僕を訪ねてきてね。いろいろと相談を受けたよ。というか、泣きつかれてしまったって言ったほうが正確かもな」

「津田さんが、ミラノに……」

「でさ、仕方ないから、僕の友達のショップに紹介してあげたんだ。まあ、彼女はちょっと偉そうなところもあるけど、経験は豊富だしね。いまは、今度彼が出した東京の新しい店で、チーフ・バイヤーをやっている」

「イヴォンが、津田さんをチーフ・バイヤーに雇ったのね」

アンドレアの顔が明らかに強《こわ》ばった。

「私、イヴォンとは、パリで会ったことがあるの。リベルテの仕事でパリに行ったときよ」

真昼はすぐにそうつけ加えた。アンドレアから彼のことを訊《き》き出す絶好のチャンスかもしれない。だから、さりげない振りを装って、ここで一気に彼の店の話にまで持っていくのだ。津田までもがイヴォンの店で働くとなれば、リベルテにとって今後イヴォンの店はまさに強敵になる。そのことが間違いないとわかったかぎり、ここで少しでも内部事情を探っておけば、花井にも報告ができる。

だが、それは同時に、ずっと心の奥底に封じ込めてきた、真昼自身の苦い記憶を蘇《よみがえ》らせることにもなる。せっかく乾いていた傷口のかさぶたを、みずからの手で剝《は》がして、再び血を流すことになる。

「イヴォンはすごい男《ファービュラスな》だ。まさに天才だ。あんな男はほかにいない。彼と会わなかったら、僕は絶対にいまの仕事はしていなかっただろうな。それまでの僕は、伯父《おじ》たちがのめり込んでいるファッションの世界を、ずっと否定してきた人間だから」

初めて聞くアンドレアの過去の話である。

「人は、とんでもない才能を前にすると、誰もがかぎりなく謙虚になるものさ。これでも僕は、若いころは結構な自信家だった。世の中に怖いものなんかなにもないと、本気で思っていたからね。アレッサンドロ伯父さんのお蔭《かげ》で、子供のころからかなりスポイルされて育っていたからかもしれないけど」

どんな反応を示せばいいかわからなくて、真昼はまたも彼の目を見つめた。

「だけど、そんな僕がだよ、イヴォンに会って目を覚まされたんだ。会った直後から、いろんなことについて話をしたよ。初対面だったのに、いきなり議論を始めたんだ」

「議論を？」

「たぶん、僕のほうが挑戦的だったんだと思うよ。無意識にイヴォンを挑発していた。彼はどこまでも冷静でね。なにを話題にしても完璧《かんぺき》な答えが返ってきた。話は尽きなかった。ヨーロッパの文化はもちろんだけど、歴史とか、芸術とか、人生とか、政治とかもね。あらゆるテーマを、僕は次々に彼にぶつけて、議論をふっかけていったんだ。それまで挫折《ざせつ》と無縁だったから、ムキになっていたんだろうね」

「それで？」

「とんでもなく打ちのめされてしまったんだ。こいつには完敗だって認めざるを得なかった。たった四歳しか違わないけど、四年後にこんなふうになれるだろうかって、しばらく立ち直れなかった」

「負けを認めて、ひれ伏したわけ？」

「まあ、そういうことだろうな。どっちにしても、彼は普通の男じゃないからね。それに、彼のひそかな崇拝者《シークレット・アドマイヤラー》は世界中にゴマンといるしさ」

イヴォンへの感情は、純粋に才能に対する畏敬《いけい》の念だと言っているつもりなのか。

アンドレアにとっては永遠のライバルなのかもしれない。ならばこそ、あの夜レストランで見た二人のキスの意味もたしかめてみたかったが、真昼はどうしても口にすることができなかった。

「崇拝者が？　世界中に？　どういうことなの？」

「うまくは言えないな。すべてのことに対して完璧な男なんだ。どんなときも妥協しないし、甘えも許さない。自分に対しても周囲に対してもね。だから、うっかり近寄っていくと必ず火傷《やけど》をする」

真昼に対して、というより、まるで自分自身を諭すような口振りだった。

「フミコにも最高のチャンスになるんだろうな。もっとも、彼女が耐えられればの話だけど」

「津田さんが、途中で投げ出すかもしれないということ？」

「いや、それはないよ。彼女のほうからギヴアップするなんていうことだけは、絶対にない。だって、イヴォンを逃したらもうあとがないのを、一番知っているのは彼女自身のはずだもの。ただし、レオーニとは比較にならないぐらいシビアな職場だ。スタッフの一人ひとりが互《たが》いにしのぎを削っている場所だから、たとえフミコのほうが耐えられても、期待に応《こた》えられなければそこまでだ。イヴォンは自分についてこられない者に対しては容赦がない。彼が見ているものは『今日《トゥディ》』じゃないからね」

「今日、じゃない？　それって、つまり……」

常に一歩も二歩も、先を見ているると言いたいのだろう。

「そのとおり。それと、彼が見ているのは『東京』でもないしね。いいかい、マヒル。もう東京だけを見ていたのではダメなんだよ。僕は、君の新しい門出を心から祝福している。もしも僕にできることがあるなら、精一杯応援するよ。君はイヴォンの店をライバルだと思っているのだろうから」

「そうよ。強敵だと思うもの」

「だから、こっそり教えてあげるんだけど、東京だけをターゲットにしていたら生き残れないぞ」

アンドレアは、どこまでも真顔だった。

「どういうこと？　だったらイヴォンはなぜ銀座に新しいお店を出したの？」

「いまの東京のそこそこのセレクト・ショップだったら、たぶん消化率は五〇パーセント強っていうところじゃないかな？　つまり、仕入れた商品の半分ほどは売れ残る」

「リベルテは、そこまではひどくないけど」

「まあいいさ。リベルテは君が頑張っているんだから、きっともっといい成績をあげているんだろう。だけど、これは脅しでもジョークでも、なんでもない。いまにリベルテだってそうなるよ。物が売れなくなるんだ。早い話、あんなに消費優先のアメリカが、いま本当にひどくなっているからね」

このところ、金融機関の損失や、原油高と株安を中心に、景気低迷を懸念する話題ばかりだ。最近ニューヨークに出張が多いアンドレアは、その現場の閉塞感《へいそく》を肌で実感しているに違いない。

「どうやって食い止めたらいい？」

「そこが鍵《かぎ》だね。僕がイヴォンを素晴らしいと思うのは、彼の美のセンスだとか、芸術的な才能に対してだけでなく、世界の流れを見る目を持った最強のビジネスマンでもあるということなんだ。貧しい生まれのハングリーさが、彼を強くしたたかな男にさせたんだろうな。繊細で、優雅で、華やかな空気を漂わせている存在感の裏側に、シビアで、非情で、誰よりも飢えたハイエナの顔を持っている」

真昼は思わず眉《まゆ》をひそめた。男にしては綺麗《きれい》すぎるほどのイヴォンの風貌《ふうぼう》を思えば、ハイエナという比喩《ひゆ》はいかにも似つかわしくない。

「知っているかい、マヒル。ハイエナって、実際にはとっても可愛い顔をしているんだよ。それとね、いま彼のそばには、ほかにもハイエナがうじゃうじゃしている」

「そのことなら私も知っているわ。博之のことでしょう？　彼がイヴォンと組んだのには驚いたけど」

「あ、そうか。ヒロユキは君の友達だったっけね。だったら言うけど、『組んだ』という表現は正しくないな。ヒロユキはイヴォンに雇われた。より正確に言えば、利用するに足る人間だと評価された」

「ずいぶん手厳しいわね。それに、博之は決してハイエナなんかではないと思うけど」

「まあ、いいさ。いずれ君は嫌でもわかるだろうから。そんなことより、彼らのターゲットについての話だったよね。マヒルには悪いけど、彼らはものすごくシステマティックに買い付けを考えているよ」

「システマティックに？　もっと詳しく教えて、アンドレア」

話は佳境にはいってきた。そのことを探るだけでも、今夜ここに来た甲斐《かい》があるというものだ。

「市場のリサーチにも正しく力をいれているし、きちんとお金もかけている。マーケティングも本格的にやっている。要するに、イヴォンは、東京で日本人を相手にしたいわけじゃない。むしろ狙いは『銀座《ギンザ》』そのものなんだ」

「地の利ってこと？　それとも、日本の銀座という地名に憧《あこが》れて、あちこちから集まってくる、中国人とか、ほかのアジア人をターゲットにしているってこと？」

「そうだ。イヴォンが見ているのは、リベルテでもなければ東京でもない」

「ましてや日本人客なんか眼中にはない。著しい経済発展を背景に、旺盛《おうせい》な購買意欲を全身にみなぎらせて、日本の銀座に押し寄せてくる中国人や、ほかのアジア人に目を向けていると言いたいわけね」

真昼の言葉に、アンドレアは頼もしげにうなずいた。

「そのとおりだ。だから勝つんだよ、マヒル。どんなことがあっても、絶対にね。そうだよ。イヴォンなんかに、負けてたまるか……」

アンドレアは、はっきりとそう告げたのである。


パリ行きが決まってからの真昼には、さらに忙しい日々が待っていた。

久々のアンドレアとの再会を、自分のなかでどのようにとらえ、このあとどんな向き合い方をしていくべきか、じっくりと考えなければいけないのに、その暇もなく怒《ど》濤《とう》のような毎日が始まったのである。

それにしても、アンドレアとは親しげに手を取り合い、ハグを交わしたりはしたが、結局はそれだけで終わりだった。お互いの近況を語り合い、とくに仕事の話は熱心にしたものの、それ以外は拍子抜けするほど淡泊な再会だった。

そのことに安堵《あんど》しているのか、それとも物足りなさを覚え寂しく感じているのか、正直なところ自分でもわからない。あらためて感心したのは、仕事の分野について語るときのアンドレアが、以前よりはるかに鋭いセンスを感じさせたことだった。しばらく会わなかったあいだに、厳しい世界でもまれ、鍛えられたのを実感させられる。イヴォンに対する彼の感情も、むしろライバル意識に近いものに変わってきたのではないかとも思えてくる。

イヴォンがひそかに練り上げているビジネス戦略や、アジア市場への進出計画について、アンドレアはこちらが戸惑うほど具体的に漏らしてくれた。もちろん真昼が望んだからではあったのだが、言葉の端々や、真昼をけしかけるように語りかけてくる顔つきを見ていると、その裏になにがあるのか、アンドレアの本心が知りたくもなる。

だが、イヴォンに向けられる人知れぬ競争心が、以前の夜の二人のキスとどのように結びつき、どんな経緯を経たものなのかも、いまの真昼には想像すらできなかった。

「ごめんね、マヒル。明日の朝早くにはここを出て、成田《ナリタ》から上海に発《た》たなきゃならないんだ……」

そう告げたアンドレアは、テーブルに置かれた伝票に、部屋づけの支払にするためのサインを済ませると、椅子から立ち上がった。

「いいのよ。お互い忙しいんだし、今夜はこうして久しぶりに会えただけでも、嬉《うれ》しかったわ」

「上海のあとはミラノに戻るけど、近いうちにまた香港《ホンコン》に来る予定なんだ。そのときは、必ず東京にも立ち寄るから、連絡をするね。マヒルがミラノに来るときも、忘れずに電話をくれるんだよ」

その目は以前と変わらない優しさを湛《たた》えている。だが、その一方で、早く部屋に戻りたくて、急いでいるような気配も拭《ぬぐ》いきれない。そのまま真昼をエスコートして優しく背中を押すときも、ホテルのエントランスに出て一緒にタクシーの列に並んでからも、やはり落ち着かない様子が感じられた。

「ありがとう、アンドレア。私のことは、ここで、もういいから」

タクシー待ちの客は四組もいたので、そのまま待たせるのもすまなく思え、真昼がそう伝えると、申し訳なさそうに肩をすくめた。

「大丈夫？」

念を押してきた彼に、もちろん、と笑顔で答える。すると、アンドレアはあきらかに救われた顔になった。そして「チャオ」と言い、真昼の頬に軽くキスをしたかと思うと、すぐに背中を向けて、あっという間にホテルの奥に消えていった。

★★★

花井の招集で、緊急に開かれたのは、まずリベルテ全店の店長会議だった。

イヴォン東京店の華やかなオープニング・セレモニーを皮切りに、次々と展開される大々的な広告活動や、女性誌での特別企画などを見せつけられ、リベルテの役員たちのあいだにもようやく緊迫感が広がってきたのである。

緊急対策会議では、危機感を共有する一部の役員たちを中心に、激しい議論が交わされたようだ。午後になると、真昼も花井の部屋に呼びつけられた。昨夜遅く携帯にかかってきた電話で告げられたとおり、パリ行きに関しての具体的な説明をしたいとのことだった。緊張の面持ちで部屋に行くと、すでに花井のほかに秘書の小倉ゆかりと、アシスタント・バイヤーの古田淑美が揃っていた。

「来週からの出張には、古田さんも一緒に行ってもらいます。今回はかぎられた時間で、効率優先で動いてもらうことになります。買い付け先では、お互いに協力し合って、うまくやってください」

「パリでの買い付けにつきましては、十分勝手を心得ておりますから、どうぞご安心ください」

真昼が到着する前に、すでになにか言われたのか、淑美はいつになくにこやかで、あからさまなほど花井に媚《こ》びるような態度だ。

古田淑美といえば、チーフ・バイヤーの二宮容子と組んで、長く彼女をサポートしてきた人間だ。花井の前では笑顔で握手を交わしながらも、真昼は複雑な思いだった。

以前トイレでさんざん悪口を言っていた張本人である。淑美自身が言わずとも、少なくとも同調していたことに間違いはない。

「今回の買い付けは、定例のものとは違って、特別な企画です。全社員が結集して、新しくゼロから始めるつもりで取り組んでいただくわ。残念ながらリベルテは、これまで老舗《しにせ》のネーム・ヴァリューに依存して、長いあいだ変革を避けて生きてきました。でも、あなたたちには次代を担う新しい芽になってほしいの。総力をあげて、創立以来の危機に立ち向かってもらえるものと期待しています」

何事にも動じることなく目的に向かって直進せよ、とその目が雄弁に語っている。花井の強い決意の表われだと真昼は思った。自分もなんとか期待に添いたい。ここは仕事のことだけを最優先に考えるべきだ。中傷も誹謗《ひぼう》も過去のこと。いつまでもこだわっていては前に進めない。そう思い直したのである。

「それからあなたたちには次の店長会議にも出てもらいますからそのつもりで。現場の声を、直《じか》に受け止めてほしいのね。今朝の第一回の店長会議で、私は店長たちにそれぞれ宿題を出してきたので」

こちらに向けられる花井の視線から、滾《たぎ》るような熱が伝わってくる。

「リベルテのお客さまの生の声を、それぞれの店単位で集めてフィードバックしてもらうから」

「顧客のリサーチですね。買い付け《バイイング》の参考になります。その数字と、リサーチ結果をもとに、今回の買い付け商品のターゲットを絞るんですね？」

淑美は真昼に負けまいと告げてくる。それを受けて、ゆかりが思わせぶりな顔で言い添えてきた。

「そのとおりよ。さすがに理解が早いわね。店長たちには大至急と言ってあるから、今週中には集計があがってくるはずです。それをもとに、金曜日までにはもう一度全体で店長会議を開くつもりです」

平然と告げるゆかりの言葉に、真昼は引っかかりを感じてならなかった。

「店長のコメントや、セールスの現場のヒアリングはもちろん必要ですし、とても大切だと思います。でも、われわれが耳を傾けなければならないのは、やはりお客さまの声だと思うんです」

「だけど、そんなこと無理でしょう。お客さまの声なんか、どうやって集めるっていうの？　まさか、直接お客さまに訊《たず》ねるなんて言うんじゃないでしょうね」

淑美が、あきれたような顔をして、笑い飛ばした。

「いいえ、そのとおりなんです。お客さまの声は、お客さまにお訊ねするしかありません」

「馬鹿みたい。どうかしてるんじゃないの、柏木さん。あなたねえ、そんなこと簡単に言うけど……」

　同じく見下すような顔で告げてきたのは、ゆかりだった。花井が静かに口を開いた。

「そうね。たしかに、柏木さんの言うことは一理あるわ。店長の意見を分析するのは大事だけど、店長であるがゆえの思い込みに終わってしまうことも否定できない。経験が邪魔をすることもあるでしょう。ここはむしろ、素直にお客さまの声に耳を傾けて、私たちが見逃したり、見落としてきたことがないか、再確認をしてみる必要があるかもね」

「そうなんです。イヴォンの企画会議では、きちんとプロのリサーチャーを使った客観的な顧客データをもとに、緻密《ちみつ》な買い付け戦略を立てているそうです」

「でも、柏木さん。リサーチャーだの、プロの分析だのっていっても、本当に信頼できるのかしら？　どうせ高いお金を払わされて、どうってことないアンケート結果を見せられるだけじゃないの？」

　ゆかりは、ますます懐疑的だ。

「それは、ひとえにわれわれの姿勢次第だと思いますよ。リサーチ会社はリサーチのプロなのですから、こちらがどんな答えを求めているか次第で、それに見合った答えを出してくるでしょう。われわれが求めるもの次第で、リサーチ方法もおのずと違ってきます。適切なリサーチ会社を選んでも、こちらがなにを知りたいか、自分たちできちんと理解して焦点を絞り込み、それを正しく伝えられなければ、ほしい答えが返ってこない場合もあるかもしれません」

「あなたならそれができると言いたいのね、柏木さん。あなたは、なにもかもよくわかっているから、自分にやらせてほしい。つまりは、そう言いたいわけなんでしょ？」

淑美は挑発的な言い方をした。相手の考えを決めつけてかかり、小馬鹿にしたような態度である。

「私が申し上げたいのは、リサーチ会社に依頼を出す以前の話なんです。バイヤーはもちろんですが、お客さまに接するお店のセールス担当者も含めた社員全員が、リベルテがいまどんなセレクト・ショップをめざしているのか、お客さまになにを提供したいと願って進んでいるのか、そういったことを正しく理解し、徹底的に頭に叩《たた》き込んで、そのうえで個々の行動をしなければいけないということです」

「ええ、たしかに柏木さんの言うとおりだわ。社員の一人ひとりが、リベルテのめざす企業としての方向性について正しく理解し、共通の認識を持つことが第一歩ね。正しい認識を持てば、おのずとモチベーションも高まるし、それに向かって協力し合ったり、無駄を排除しようという自覚が生まれる。それができていないから、力がバラバラに分散して、労力の浪費に終わってしまう」

花井が納得したような声で繰り返した。

「たしかにプロを使えば、その分だけコストはかかります。でも、それに見合う結果を得られれば、必要な経費とみなすことができます。むしろ、お客さまのニーズにより近いものを揃えられれば、それだけ商品の消化率があがり、デッドストックをかぎりなく減らせることに繋《つな》がります」

独りよがりを脱しないといけない。リベルテが陥っている誤った思い込みを、いまこそ正すときなのだ。でないと、イヴォンのような新しいやり方に太刀打ちできない。真昼は心から訴えた。

「まあまあ、誰に吹き込まれたのか知らないけど、ずいぶん他人任せな話よね。よっぽど自分に自信がないからなんでしょうけど」

そのとき、背後から声がした。

「あら、二宮さん……」

花井がドアのほうを見て名前を呼んだので、驚いて振り向くと、いつの間にやって来たのか、チーフ・バイヤーの二宮容子が立っていた。

「すみません。パリのパコ・ファビアンと電話で話し込んでいたもので、遅くなりました」

二宮は鷹揚《おうよう》に言って、花井に向かって優雅に頭を下げた。

「これで、全員揃ったわね。二宮さん、古田さん、そして柏木さん。あなた方三人には、今回の実行部隊となっていただきます」

花井は、三人の顔を見較《くら》べながら、きっぱりと申し渡した。

「実行部隊、ですか？　この三人が？」

声をあげたのは、淑美だ。

「そうよ。今回の買い付けにあたって、この三人でチームを組んで、頑張ってもらうことに決まったの。一連の事態を打破するための、いわばこの花井正子が提案した、緊急対策企画を推進するための実行部隊です。三人とも得意分野があるでしょうし、将来有望な新人デザイナーを見出《みいだ》す発掘眼や、売れ筋になりそうな新しい商品の見極めについても一家言持っているわね。今回はそれを思いきって行動に移してきてほしいの。あなた方独自の、ほかとは違う、そういう強みをぜひ活《い》かしてもらいたいのね」

申し合わせたように、三人は大きく同時にうなずいていた。

「リベルテの危機を救うために全力を尽くす。でも、いい意味での競争は、大いにしてほしいわ」

三人はまた声を揃え、「はい」と大きくうなずいた。

「お互いに刺激し合って、お客さまをアッと驚かせるようないい商品を集めてきてちょうだい。リベルテはそれで大々的なキャンペーンを張るわ。セールス側のスタッフ教育も、もちろん徹底させます。ディスプレイについても、あなた方にも積極的に意見を出してもらいます」

「わかりました。私たちにお任せください」

チーフ・バイヤーの威厳を保ちながら、二宮が優雅に答える。

「頼むわよ、二宮さん。それから古田さんも、柏木さんもよ。昔から攻撃は最大の防御というでしょ。新参のショップになんか負けてはいられない。老舗《しにせ》の底力を、いいえ、私たちの実力を見せてやるの」

花井は何度も繰り返し檄《げき》を飛ばした。

★★★

花井の部屋を一歩出ると、淑美はすぐに二宮に声をかけた。

「先輩、どうぞよろしくお願いします」

「よかったじゃない。あなた、これはすごい抜擢《ばってき》よ。今回の企画でそこそこいい数字を残したら、これで一気にアシスタント・バイヤーから、ジュニア・バイヤーに昇格できるかもしれないじゃない」

「あの、そのことなんですが、実はさっき、二宮さんがいらっしゃる前ですけど、今回の買い付けから私はジュニア・バイヤーに昇格だと、花井さんにおっしゃっていただきました」

淑美が嬉《うれ》しそうに言うと、二宮の顔が一瞬強《こわ》ばった。

「あら、そうなの……」

頬を引き攣《つ》らせている二宮とは対照的に、淑美は晴れ晴れとした顔だ。

「いろいろと、ありがとうございました。花井さんが、私のことを一人前のバイヤーとして認めてくださったわけですので、これからも必死で頑張って、実績をあげていきます」

淑美にしてみれば、二宮からの独立宣言のつもりだったのかもしれない。そそくさと逃げるように立ち去っていく二宮の背中を見送ってから、淑美は真昼にも声をかけてきた。

「ねえ、柏木さん。あの人のさっきの顔見たでしょう？　パリでは私をアシスタントとしてサポートに使うつもりだったのよ。でも、そうはいかない。私、遠慮しませんからね。あなたにも負けないわ」

「勝つとか負けるなんて、そんなことは……」

「あなたはパリに行っているあいだに全国のテレビで紹介されるし、雑誌にも次々と出るんですもの。帰国したころには一躍有名人よね。でも、私はやっぱり実力で勝負する。お互い遠慮抜きでいきましょう。私、このチャンスに賭《か》けているの。一気に成績をあげて、業界のみんなを振り向かせてやるんだわ。いずれはリベルテのチーフ・バイヤーになってみせる」

淑美は高らかに言いきった。レオーニでの買い付け《バイイング》のときも、同僚たちとのつきあいの難しさはそれなりに感じてきた。だが、いまの立場に較べればあのころの買い付けなど気楽なものだった。買い付けの前は、眠る暇もないほど忙しかったが、なんのかんのと言っても、所詮《しょせん》は同じグループ企業内での競争に過ぎない。売り手であるミラノ側も、買い手側の自分自身も、いってみれば身内である。それぞれの独立性はあったとはいえ、みんなが頑張ればブランド自体の成功になる。つまり、大きなオサイフは同じだったというわけだ。

だが、その点だけでも、リベルテではまったく事情が異なってくる。取引相手はまったくの他人で、価格や納品などの条件交渉はもちろん、そもそもビジネスの信用ということから注意が必要になる。

真昼にとっては、そのことだけでも大変なプレッシャーなのに、そのうえ、花井は今回のキャンペーンで、三人のバイヤーを競わせるつもりなのだ。古株のチーフ・バイヤー二宮容子と、アシスタント・バイヤーからジュニア・バイヤーに昇格して闘志を燃やしている古田淑美。彼女たちと並べられたら、どう考えても自分には最初からハンディがある。

今回の買い付けに際して、花井は真昼を含む三人のバイヤーに条件を課した。それぞれの予算枠《バジェット》の約六割まではこれまでリベルテが扱ってきた既存のブランドからでいいが、少なくとも残りのうちの約三割はまったく新規のブランドを探して買い付けるようにというものだ。つまり、今回はできるだけ新しいブランドの発掘に力をいれろというのである。

真昼は内心溜《た》め息を吐きたい気分だった。まだ日本にはいっていない新しいブランドの発掘どころか、これまで取引のあった相手先からの買い付けですら、心もとない状況だ。パリへの出張は初めてではないとはいえ、実際にはまだ満足な買い付け交渉も経験していない。そんな自分が、これまでまったく取引のない相手や、ビジネスの経験が浅い新人のデザイナーや、日本の業界や商習慣に馴染《なじ》みのないブランドに、どうやったら食い込んでいけるのだろう。

「どうしよう、なにをしたらいいんだろう……」

とにかく、なにかしないではいられない。パリへ発《た》つ前に、少しでも準備をしておきたい。背後から、見えないなにかに追い立てられるような思いで、考えられるかぎりのことに手を伸ばした。まず、リベルテ各店の店長会議に出たときは、会議室にひそかにレコーダーを持ち込み、徹底的にメモを取った。店長たちの意見を細かに記録し、ポイントを箇条書きにしておいた。

さらには、時間の許すかぎり実際に店舗に足を運び、セールス・スタッフの話を聞いたり、店内の雰囲気を調べるだけでなく、顧客層や周辺の人の流れなどといったことにも注意して、リストを作った。

そのうえで、前回パリに行ったときのバインダーを読み返したり、海外のファッション雑誌を取り寄せて、商品の傾向をチェックしたりもした。辞書を片手に、インターネットを使っての情報収集にも、時間をかけた。

遅くまでオフィスに居残り、あれこれと追われているうちに、時間ばかりが過ぎていく。このままでは、出発を前にどうかなってしまいそうだと思っていたとき、ジャン＝クロードから携帯に電話がかかってきた。


「まだオフィスにいるの？　もう明日にして、そろそろ帰ったほうがいいんじゃない？　これから迎えにいってあげるよ」

電話を取った真昼に、ジャン＝クロードはいきなり言った。

「迎えにって、会社まで？　私、今夜なにか約束していたっけ？」

時計を見るとすでに午後九時を回っている。周囲を見回すと、いつになくがらんとしてすでにフロアにはほとんど誰も残っていなかった。

「そうじゃないけど」

「私、いまはちょっと……」

それどころではないのだ。出張を前に、寸暇も惜しんで準備が必要なのだから。真昼は、少し不機嫌な声を出した。

「まあ、そんなにカリカリするなよ。もうすぐまたパリに行くんだろう？　その声だと、かなり煮詰まってるんじゃないか？　だったらよけいに、ちょうどいいチャンスだからさ。ちょっとだけ出ておいで。つきあってあげるから」

ジャン＝クロードがなんのことを言っているのか、さっぱりわからない。

「悪いけど、いまは、ほんとにそんな時間ないの。遊んでる余裕なんか全然ないんだから。それじゃね」

一方的に電話を切ってから、真昼は大きく息を吐いた。喉《のど》の奥あたりに苦いものが広がっていく。せっかく心配して電話してきてくれたのに、ひどい断り方をしてしまった。なにも、あんなに邪険に切ることもなかったのに。

だけど、いまは仕方ない。なによりも仕事優先、ジャン＝クロードのような暇人を相手にしているときではないのだ。とにかく、今度の買い付けをなんとしてもやり遂げなければ、リベルテに転職してきたことの意味がなくなってしまう。いや、それ以前に、ここに居続けること自体が難しくなるだろう。

「ごめんなさいね。ジャン＝クロード……」

聞こえるはずもない相手に、そっとつぶやいてから、気を取り直して、またパソコンに向かった。そのとき、ふと、背後に人の気配を感じて、真昼は驚いて振り向いた。

「ジャン＝クロード……」

いつの間に、こんなところまではいってきたのだろう。とすると、さっきの電話は歩きながらでもかけていたのか。

「謝ったりするぐらいなら、最初から素直にウイって言えばいいんだよ」

ライトの加減か、青みがかって見えるヘイゼルの瞳《ひとみ》が、問いかけるようにこちらを見つめている。

「あなた、いったいどこからはいってきたの」

ビルのエントランスを通過するためには、社員専用のIDカードが必要なはずだ。さもなければ、ビジターとして、面会相手とアポイントを記入しなければならないシステムになっている。それなのに、こんな時間にどうやってはいってきたのだろう。

「そんなの決まってるじゃないか。僕専用の通路からだよ」

嬉《うれ》しそうな笑みを浮かべている。

「なにを馬鹿なこと言ってるのよ」

「それより、早く行こう」

言いながら、椅子の背にかけてあったジャケットを取り上げ、着せかけようとする。

「待ってよ、冗談じゃなくて私はほんとに忙しいんだから」

「でも、どっちにしても食事はしないといけないだろう？　それとも、このままなにも食べないで、朝までここにいるつもり？」

「そういえば、お昼からなにも食べてなかったわ」

途端に空腹を覚え、真昼は思わず胃のあたりに手をやった。

「どうせそんなところだと思ったんだ。さ、行こう。僕も、もう腹ペコだよ」

言い終わる前に、デスクの下に置いてあった真昼のバッグに手を伸ばすと、ジャン＝クロードは先にドアのほうに向かってさっさと歩いていく。

「ねえ、待ってったら、私にはまだ仕事が……、わかった。行くわ、行きますよ。あなたって、本当に強引なのね。わかったから、少しだけ待って。ちょっとここを片づける時間ぐらいならいいでしょ？」

「ウイ・ダコール」

嬉しそうにそれだけ言うと、まるで真昼のバッグを人質にでも取ったように、胸に抱きかかえて入口のドアにもたれかかった。

ジャン＝クロードが案内してくれたのは、オフィスからそう遠くない、こぢんまりした銀座のフレンチの店だった。一歩店内にはいると、白で統一されたインテリアが清潔感のある、若々しくてしゃれたビストロ風だ。よほどの常連なのか、ジャン＝クロードを見つけると、すぐに黒服のメートル・ドテルがにこやかに近づいてくる。

「遅くに悪いね」

パリで一緒だったときも思ったことだが、こういうときのジャン＝クロードは、ちょっとした仕草が実に堂々として、物慣れている。

「とんでもないです。いつもありがとうございます、佐久間さま」

どこからかソムリエもやってきて、終始穏やかな笑みを湛《たた》えながら、二人を一番奥のテーブルに案内してくれた。

次々と運ばれてくる食事には、フレンチとはいえ決して堅苦しさはなく、むしろ新鮮な旬の素材を活かした日本人好みのヘルシーなスタイルだ。アペリティフのシャンパン・カクテルは口にしたものの、勧められたワインを、真昼がグラスに手をかざして断ると、ジャン＝クロードが怪訝《けげん》な顔をした。

「まさか、このあとまたオフィスに戻るつもりじゃないよね？」

「だって……」

買い付けを前に、焦りが募るばかりのいまの心境など、ジャン＝クロードにはわかるまい。そもそも、仕事の苦労や、不安感などという言葉自体が無縁だろう。

「私のプレッシャーなんて、きっとあなたにはわからないと思うわ。今回の買い付けは、言ってみれば、泳ぎ方も知らないのに、いきなりプールに突き落とされるようなものなのよ。あなたみたいに『労働とは無縁の人生』の人には、想像できないかもしれないけど」

目の前で、ゆっくりとワイングラスを回している様子を見ながら、真昼は言わずにはいられなかった。すると、突然ジャン＝クロードが大きな声で笑い出した。

「あら、そんなに可笑《おか》しい？」

なんだか馬鹿にされたようで、真昼は唇を尖《とが》らせる。

「ああ、可笑しいね。もうちょっとでワインを噴き出すところだった。それにさ、なんでそんなことがプレッシャーなの？　君はうまく泳げるようになりたいんだろう？　素敵なプールで立派なスイマーになるのをめざしているんじゃなかったっけ？」

「そのとおりよ」

「だったら話は簡単だろう。目の前にプールがあって、泳ぎを覚えたいと思うんだったら、とりあえず飛び込んでみたらいいのさ」

「あのね。他人事《ひとごと》だから、そんなに簡単に言えるのよ」

「いや、君が怒るのは、それが正解だからさ。プールサイドから、泳いでる人を何時間眺めてフォームを研究していたって、泳ぎを覚えることなんてできないよ。勇気を出して飛び込むだけさ」

「だけど、そんなことしたら溺《おぼ》れるかもしれないじゃない」

「溺れそうになったら、人間は自然に手足をバタバタする。そのうち身体が浮いてくる」

「世の中、そんなに簡単なら、悩まなくていいんだけど」

所詮《しょせん》ジャン＝クロードに理解しろというほうが無理なのだ。真昼は苦笑するばかりだった。

「いいかい、真昼。バイイングの基本は、その商品が売れるかどうかの判断だ。リベルテの立場からすれば、売れるじゃなくて、売るなんだけどね。だから、バイヤーとしては商品を見て、買う客がいるかどうかを考える。そしてパッと六人のお客の顔が浮かんできたら、十人分買い付ける。わかるだろう？　いたってシンプルなことさ」

ジャン＝クロードはこともなげに言ってのける。

「六人の顔が浮かんだら、十人分を？　なんなのよそれ。あなた、いったいなんのつもり？」

彼が買い付けのなにを知っているというのだ。真昼は挑むような視線を向けた。

「ビジネスの基本はどれも同じ。冒険を避けたらおしまいだ。攻めに徹しているあいだは、大丈夫なものなんだよ。ところが不安を覚えて躊躇《ちゅうちょ》したり、保身を考えると、その瞬間から負けが始まる」

たしかにそれには真昼も同感だった。これまでも、つい弱気になって無難なものを選んだときは、必ずと言っていいほど売れ残りを出した。この前、二宮がパコ・ファビアンのゴールドを避けた理由も、この保身からきていることは間違いない。

だが、なぜこのジャン＝クロードが、そんなことを口にするのだろう。

「それから、リベルテに来る客のなかで実際に売れ行きにつながるのは年配の富裕層が中心だ。だから大きめのサイズを必ず入れておくこと。それも覚えておくことだね」

「ねえ、あなたなんなの？」

真昼には、まずそのことが気になるのだ。だが、彼は無視してまた続ける。

「だからさ、ポイントはふたつなんだよ。さっきも言ったように、これは売れるぞって、現場でピンときたら、少し多いかなと思うぐらい大胆に買っておくこと。とにかく攻めの姿勢だ、忘れるなよ。それからサイズは必ず四十二まで買っておくこともだ。その二点さえ覚えておいたら、基本的には大丈夫だ」

まるで辣腕《らつわん》バイヤーのような口調である。

「悪いけど、実際の買い付けの現場は、そんなに単純じゃないわ」

「いや、シンプルに考えるのさ。あとは真昼自身の直感とセンスを信じればいい。それから相手との条件交渉についてだけど」

ジャン＝クロードのアドヴァイスは、自信に満ちていて、澱《よど》みなく続く。

「条件交渉？」

「そうだ。商品は、届いてみなければ本当のところはわからない。バイヤーはサンプルだけで判断するしかないわけだから、仕方がないんだけど、だからこそ過信は禁物だな。新しいメゾンはとくにね」

「でも、だったら、どうやって判断するの？」

真昼はつい身を乗り出した。いつの間にかすっかりジャン＝クロードのペースになっている。

「判断材料はいくつかある。君自身でもチェック・ポイントを決めておくといいかもな。たとえば、相手の企業姿勢を見ること。メゾンは大小さまざまで、それこそ星の数ほどあるけど、デザイナーが単独でやっているのではなくて、会社組織にしているところとか、グループでやっているところなんかは、真摯《しんし》に物づくりをしていることが多い。つまり、商品に対する責任感があるから、品質管理《クオリティ・コントロール》とか、納期の正確さとかに安心感が持てる」

「せっかく買い付けても、間違いなく納品されなかったら、大変なことになるわ」

「そうだ。逆に言うと、たとえデザイナー本人に才能があっても、売り込みのための営業力のあるブレーンが周囲にいなかったり、それからパターンナーにいいのが揃っていないとダメだね」

「そう。たしかにそのとおりよ」

「本当は工場に行ってみるのが一番なんだけど、物理的にそれができないケースが多いから、まず営業の人間をよく見て、メゾンのレベルとか、企業体質を知ることだね。どこと契約しているとか、たとえばニーマンマーカスとか、ノードストロームなんかに納品している、なんていうことがわかると安心だ」

競争の激しいアメリカの高級デパート、ニーマンマーカスやノードストロームを相手に、継続的に取引があるとなると、商売の厳しさを心得ていると判断していいというのだ。

「僕も来週からパリなんだ。なにかあったらいつでも携帯にかけてきていいよ。困ったことがあったら手伝ってやる。夜はなにかおいしいものを食べに行こう。よかったら郊外に祖母《グランメール》の別荘もあるしね」

「ありがとう。どうしても困ったときは電話するかもしれない。そのときはよろしくお願いします」

買い付けのことで頭がいっぱいで、ほかのことを考える余裕などないに違いない。

「だけど、アヌシーはいいところだよ。フランス人が一生に一度は行きたいって思う街なんだからね。スイスに近いから、ちょっと寒いかもしれないけどね」

真昼にとっては初めて聞く地名だった。ジャン＝クロードの話はリッチで、どこか現実離れしていて、調子っぱずれだけど、妙にポイントを突いている。やはり自分とは別世界の人間だと、真昼は思った。

「あなたは私にいろいろなことを教えてくれるのね。そんな理由も義務もないのに。どうして？」

「理由はあるさ。理由というより、権利であり、義務であると言ってもいいだろうね」

「わからないわ。どういうことなの？　私に教えるのが、権利で義務って、なに？」

「僕は、リベルテが収益をあげるように口をはさむだけの、正当な立場があるんだ」

まっすぐに真昼を見据え、ジャン＝クロードは真顔で言ったのである。

★★★

ハット・ラックに手荷物を入れ、通路側の席でシートベルトを締めてから、真昼は深々と息を吐いた。

いつもながら出発の直前まで準備に追われ、睡眠不足の日々が続いた。とくに今回は、リベルテのスペシャル・キャンペーン用に、メゾンと直接交渉をして、ほかには出さないオリジナル商品を獲得すること、そのうえ新進デザイナーの発掘という使命も帯びている。だから、いつも以上に気合いをいれて臨むことを迫られた。

前回の視察のときに出会った目ぼしいメゾンに当たりをつけ、これまでメールで何度もやりとりをして、出発を前にアポイントメントを取っておくのも大変だった。よくぞ出発までこぎ着けることができたものだと、シートにもたれながら、真昼はしみじみと思う。

秋冬物で、コレクションに先立ってメゾンと個別面談をするいわゆる「プレ」と呼ばれる買い付けの時期は通常一月になる。だが、今回はプレに先立って早めにパリに出向き、リベルテの威信を賭《か》けた交渉にあたるのだ。コレクションの時期ではないのでファッション・ショウもなく、極端な街の混雑もないだろう。個別にメゾンを訪れ、こちらの要望を相手にどこまで受けてもらえるか、その交渉はまさにバイヤー三人の腕にかかっている。

実際に現地に着いてから、これまでまったく知らなかった新進のメゾンを見つけるという開拓作業もやるつもりだが、期待どおりの出会いができない場合も起こり得る。だからといって手ぶらで帰国するわけにはいかないので、そういう事態に備えて、真昼も事前にできるかぎりの周辺情報を集めてきた。そのなかのいくつかとは、特別に相手を訪ねて最新の試作品《プロトタイプ》を見せてもらったり、リベルテ・オリジナルとして、商品に少しずつアレンジを加えてもらえるかどうか、個別に交渉をする予定だ。そのための具体的な日程を押さえておくのも容易ではなかった。

出発前に万全の準備をしてパリ行きに臨むのは、バイヤーとしての基本だが、アポを取ったからといって、すべての相手から買い付けができるとはかぎらない。そのうちどれだけの商品が買うに値するものか、あるいは双方の条件が合い、今回のキャンペーン用の商品確保に結びつくか、やはり実際に行ってこの目でたしかめてみないとなにもわからない。

「ねえ、柏木さん。向こうに行ったら、二宮さんのケアはお願いするから、よろしくね」

出発の直前になって、先回りするように告げてきたのは、淑美だった。真昼は答えに詰まった。二宮が助けを求めてきても、自分はあまり手伝えないと宣言しているのだ。二宮のアシストを全部真昼に押しつける気らしい。

花井は、今回の買い付けに関して個別の予算枠《バジェット》を与え、三人のバイヤーを競わせるような言い方をした。それぞれの競争心を煽《あお》り、いい結果を出させたいというのが花井の狙いだろう。

とはいえ、出張先では三人が協力し合うようにとも釘《くぎ》を刺している。実際のところ、互いに協力しないと、今回の商談はかなりタフだ。おそらく二宮を中心にして、あとの二人がサポートに回り、臨機応変に買い付けをしてくるという形に落ち着くはずだった。

「助け合うなんて、私はごめんだわ。そんなことしていたら、毎回二宮さんがおいしいとこだけ取っちゃって、それで終わり。いつまでもそうはさせるもんですか」

野心を剝《む》き出しにして、淑美は言った。

「でも、最終的にはリベルテのキャンペーンのためにいい商品を買い付けることが……」

今回の目的は、イヴォンに負けない強力な商品を可能なかぎり集めてくること。それが三人に課せられた期待であり、義務ではないか。真昼はそう言いたかった。

「甘いわね、柏木さん。そんな悠長なこと言ってたら、なにもかも彼女の手柄にされちゃうわよ。まあ、私はそのほうがいいんだけど、そのあいだ、私は自分の仕事に集中できるから」

「それなら私も……」

真昼にしても、立場は淑美と同じなのだ。まったくいい気なものである。だが、そうなるとますます真昼の負担は重くなる。そんなことを考え始めると、また落ち着かなくなってきて、真昼はハット・ラックにしまい込んだバッグのなかから、買い付け用のバインダーを取り出した。

これでもう四冊目になる。アレッサンドロ・レオーニの時代から、ヨーロッパに買い付けに行くたびに、自分なりのリストやメモを作って、バインダーに整理してきた。そのつど新しくページを加えたり、気に入った生地を貼りつけたり、あるいは注目すべき雑誌の記事なども切り取って加えたりしてきたので、表紙もボロボロになり、不恰好《ぶかっこう》に膨らんでいる。

失敗した事例や、反省点については、とくに詳しく書き込んであるので、人には決して見せられないものだ。それだけに、いまでは出張の際のお守りのような存在になっている。もちろん毎回の買い付けに必要なデータや、数字的なものは、パソコンで管理しているのだが、このバインダーは、真昼自身のバイヤーとしての貴重な成長記録でもあり、ページを開くだけで気持ちが落ち着いてくるから不思議だ。

不安をあげればキリがないが、ここまできたらやるしかない。真昼は覚悟を決めてまたそっと目を閉じた。離陸のために全身にかかってくる加速の重力を感じながら、目を閉じていると、出発を直前にひかえた先日の夜、突然リベルテのオフィスにやって来たジャン＝クロードと、思いがけないやりとりになったときのことが蘇《よみがえ》ってくる——。

★★★

「口をはさむ権利があるですって？　正当な立場って、どういうことなの？」

真昼は、あのとき思わず大きな声をあげていた。遅くまで居残っていた真昼を訪ねて、突然オフィスにやって来たジャン＝クロードが、最近、厳しくなっているセキュリティをいとも簡単に抜けてきたフシがあるのも変だった。いつも飄々《ひょうひょう》として、働くことなど無縁のような口振りだったのに、商談のときの取引相手との駆け引きや、条件交渉の秘訣《ひけつ》など、滔々《とうとう》と語る姿は別人のようだった。

その意外なほど的を射た指摘や、ポイントを突いた教え方にはなるほどとついうなずいてしまうほどの説得力がある。だが、どうしてそんなことを知っているのか、そして、なぜそこまで真昼に親切なのかも解《げ》せなかった。

「まあ、それはいいさ。いずれおいおいわかるから……」

ジャン＝クロードは、急にはにかんだ笑みを浮かべ、歯切れの悪い言い方になった。

「あら、どうしちゃったの。さっきまでとはずいぶん態度が違うじゃない。でも、そんなのって狡《ずる》いんじゃない」

「狡いだって？」

ジャン＝クロードは異様なほど過敏に反応した。その言葉によほどこだわりがあるとみえる。

「そうよ。だって、私に言いたいことを言って、僕には正当な理由がある、みたいな言い方までしたわけでしょう。なのに、その理由を訊《き》いた途端に逃げるなんて、やっぱり卑怯《ひきよう》じゃない」

もちろん、冗談のつもりである。

「おいおい、そこまで言われたら黙ってはいられないね。わが家の男子には、代々厳しく躾《しつけ》られていることがあってね。絶対に守らなければならない祖父からの二つの大切な約束事があるんだ」

佐久間家というのが、日本史に残る政治家に連なる一族であることは、以前花井からそれとなく聞かされたことがあった。祖母がフランス人で、由緒ある家系の末裔《まつえい》らしいとも聞いてはいたが、ジャン＝クロード自身がそのことに触れることはこれまで一度もなかった。

「二つの約束事？」

だから真昼は、いつにない彼の神妙な口振りに、いたく興味をそそられたのである。

「うん。まずひとつは、女の人には必ずドアを開けてあげること」

「なあんだ。それで、あとのひとつは？」

噴き出しそうになるのを抑えて、真昼は訊いた。

「男子たるもの、狡いとか、卑怯などと言われるようなことは生涯してはならない」

「あら、だったら、なおのこと教えてもらわないと」

すかさず言って、真昼はわざとらしく居ずまいを正した。

「いいよ。わかったよ。佐久間家の家訓は守らなければならないからな。それに、いずれは君も知っておいたほうがいいかもしれない。つまり、そもそもリベルテという会社はね……」

ジャン＝クロードは、ゆっくりと説明を始めた。彼にしては珍しく慎重に言葉を選び、なにかしら妙に拘泥《こうでい》しているようで、それを極力避けるような表現を選んでいる様子だ。

リベルテが、日本でも一、二を争う老舗《しにせ》の医薬品メーカーを母体とする企業グループに属していることは真昼も知っていた。そのなかの一社に、化粧品やサプリメント、それと家庭用洗剤を扱う自由堂という企業がある。リベルテはその系列会社として、いわば母体企業の孫会社といった感じで設立された。

「一九七〇年の創立だから、大阪で万国博覧会が開かれた年だね。日本のすべての女性に、美しさへのこだわりやファッション・センスを、トータルで養ってもらいたいというのが、当時の自由堂の願いだったんだってさ。だから、リベルテは、日本におけるセレクト・ショップの走りだったんだよな」

「そこまでは知っているわ。でも、そのことと、あなたの権利とどういう関係があるの？」

じれったい思いで答えを急《せ》かせる真昼を、彼はまあまあ、という具合に手で制した。

グループの母体であるその医薬品メーカーの大株主である祖父の佐久間和平《わへい》は、これまでグループ内のほかの株式も保有していたのだが、二年前、孫のジャン＝クロードに対し、生前贈与の形でリベルテの株を譲渡したのだという。

「へえ、そうなの？　ということは、つまりあなたはリベルテの大株主？」

だから、リベルテの収益に関して口をはさむ正当な権利があると言ったのか。

「いや、大株主とまで言えるかどうかは疑問だけど、まあ、そこそこの株主であることは事実かな」

「花井さんと親しいのも、そのためだったのね」

なにかあるたび、どことなく彼を特別扱いしているように感じてきたのも、こういう背景があったからか。真昼はようやく腑《ふ》に落ちた思いだった。

「いや、それは無関係だ。花井のママンとは単にテニス仲間というだけ。それと、これだけは忘れないでほしいんだけど、君はこれからもそんなことを意識する必要なんてまったくないんだからね」

きまり悪そうな表情で、念を押すように言うジャン＝クロードに、真昼はなんと答えていいかわからなかった。彼が、裕福な家の育ちらしいとは思っていたが、もしかしたら想像をはるかに超えたレベルなのかもしれない。

「わかりました株主さま。私は、自分に与えられた職務を懸命にこなして、せいぜいリベルテの収益に貢献できるように頑張ります」

真昼はそんなふうに答え、おどけて右手をあげて、敬礼の真似をしてみせた。

★★★

十二月はじめのパリは、どこも気が滅入りそうなほど灰色だった。

いまに小雪でも舞ってきそうな気配だが、降るところまではいかない。どんよりと低く垂れ込めた雲に頭のうえから抑え込まれるようで、東京が快晴続きだっただけに、なにをしていても重苦しさを覚える。

真昼は、息苦しさにときどき仕事の手を止め、意識的に深呼吸でもしないといられない気分だった。そのうえあっという間に日が暮れる。朝、ホテルの部屋で目覚めたときから、すぐに灯りを点《つ》けないといけなかったし、八時を回ったころぐらいから、ようやく陽が昇ったなと思っていると、あっという間に昼が過ぎ、午後四時にもなるとすぐに薄暗くなってくる。

誰だったか、冬のパリは一日の三分の一が昼で、残りの三分の二が夜だ、と歎《なげ》いていたのを聞いたことがあるが、まさにそのとおりだと実感する。

二宮の人使いは想像以上に荒かった。パリに着いた途端、あれこれとつまらない雑用を言いつけられ、その傲慢《ごうまん》さは以前の津田をしのぐほどだ。毎日が、予想をはるかに超えて慌ただしかったから、よけいに一日の過ぎるのが早く感じられたのかもしれない。

移動中も常に携帯電話を離さず、あらかじめアポ取りをしてあったメゾンに逐一確認の連絡をいれるのはいつも真昼の役目だった。同行したメゾンのショウ・ルームでは、二宮が買い付ける商品を片っ端からパソコンに入力していくのも、真昼がすべてをやらされた。

二宮は驚くほど押しが強く、相手の強引なまでの売り込みに対しても、イエスとノーが実にはっきりしている。条件交渉をすぐそばで見ていると、それなりに得るものは多かった。ただ押しが強い分、意外に大ざっぱで、細かい部分の詰めが甘いように思えるところもあった。

「納期のことは、先方がおっしゃっているままで大丈夫なんでしょうか？　あれではキャンペーンに間に合わせられるかどうか……」

気になって、真昼がつい横から口をはさむと、二宮は大儀そうに顔をしかめた。

「あら、気がついたんなら、あなたがきちんと確認しておかなきゃダメでしょうが」

逆にこちらが責められる始末だ。二宮のアポとアポの隙間を利用して、自分が予定していたメゾンを訪ね、たまにぽっかり三十分ほど時間ができたりすると、真昼は極力一人で街を歩き回った。

厳格なまでに統一された街並みの色、青みを帯びた灰色の屋根と砂色の壁が、灰色の空にそのまま溶け込んでいく。そんな風情に思わず足を止め、石畳の道に立ち尽くして、見とれてしまうこともあった。

「アレッサンドロ・レオーニが得意としていた、グレージュの世界だわ」

気がつくと、真昼は一人つぶやいていた。パリの空気そのものに色がある。グレーでもなく、ベージュでもない。その二色が作り出すなんとも言い表わしようのない微妙な色合いは、まさにヨーロッパのこの季節ならではのものだろう。街ゆく女性たちのなにげないファッションが、そんな街の色にうまく調和して、深みのある味わいを際立たせている。

「この色なのよね、レオーニが長いあいだこだわってきたのは」

だが、それもやはりヨーロッパのこの時期にこそ生きてくる色である。同じものをそのまま持ち帰って、はたして日本の街並みを背景に綺麗《きれい》に映えるのかどうか。東京の空気の色にうまく馴染《なじ》んでくれるものか、疑わしい。

ミラノでも感じたことなのだが、街にはたしかに独自の空気の色がある。だから、ファッションも、その街でないと似合わないものが存在する。だからこそ海外で商品を買い付けるときは、現地の人の持つ肌や髪の色、街の色などまでを考慮する必要がある。

「難しいものよね……」

パリはミラノとは違う。

当然ながら、東京とはさらに違う。真昼はしみじみと思うのだ。パリのデザインは、同じ洋服でもミラノのものよりラインがどこか固い。これが長い伝統を守ってきた正統派のファッションなのだろう。だが、長いあいだアレッサンドロ・レオーニの世界に慣れ親しんできた真昼の目には、どうしても抑えきれない違和感があった。

二宮のサポートに翻弄《ほんろう》され、その合間を縫うようにして、自分に与えられた予算枠の買い付け作業に取りかかろうとしても、気持ちのなかに自分では消化しきれない迷いが生まれてくる。迷いは、そのまま悩みとなり、積極的な行動を阻《はば》み、買い付け作業を妨げているのが感じられてならなかった。

そんな葛藤《かっとう》を御しきれず、自分のファッションに向けるこだわりを持て余し始めていたころ、ジャン＝クロードから真昼の携帯に電話がかかってきた。

「やあ、久しぶり。元気だった？」

ジャン＝クロードの声はいつもとまったく変わりなく、それがどこか能天気にも聞こえる。

「私は相変わらずよ。東京にいても、パリにいてもね。いま、どこからなの？」

気乗りのしない声で、真昼は訊《き》いた。おそらくパリのどこかからなのだろう。

「おやおや、なんだか突っかかるね」

「そんなことないわよ。とっても元気だし、毎日頑張って、買い付け《バイイング》に精を出しているわ」

なんだかムキになっていると自分でも思う。ジャン＝クロードに罪はないのに。

ファッションに対する強い思い入れは、二宮から強要される日々の雑事と、どうしようもない疎外感のなかで、空回りするばかりだ。焦りはそのまま疲労感になり、身体の底に澱《おり》のように溜《た》まっている。

「それならいいんだけどね。そろそろ、煮詰まっているころじゃないかって思ってね」

大丈夫よと答えようとした真昼を、ジャン＝クロードの声が遮った。

「一緒に外の空気を吸いに行かないか、これから迎えに行くから。どうせ明日は休みだろう？」

おそらく花井にでも聞いたのだろう。出張のスケジュールはすでに把握しているらしい。

「いまから、ここに?」

「頼むよ。なにかあってもその予定をキャンセルして、つきあってくれないかな。助《すけ》っ人《と》がほしいんだ」

祖母がホーム・パーティをやるので、どうしても一緒に来てほしいというのである。

「君の仕事の参考になるような人間も来ているはずだよ。じゃ、三十分で迎えに行くから」

弾んだ声でそれだけ告げると、返事も聞かずに電話はすぐに向こうから切れた。

ジャン=クロードが運転してきたのは、白いポルシェのカブリオレで、冬だというのにルーフを開けていた。昼間はあれほど冷え冷えとして、人を拒絶しているような風情のパリの街も、陽が落ちると一変する。琥珀《こはく》色にライト・アップされたなかに、ところどころ銀色の光が混じった十二月の夜のパリは、切ないまでに優しげだった。

「ねえ、もしかして空港に向かってない? さっき飛行機の道路標識が見えたけど」

助手席であたりに目をやりながら真昼は訊いた。車はやがて市内を抜け、スピードをあげている。

「もう少しでル・ブルジェだ。パリで一番古い空港でね。一九二七年にアメリカから初めて大西洋の無着陸横断飛行に成功したチャールズ・リンドバーグが着陸したところなんだって」

狼狽《うろた》えたのは真昼である。

「ちょっと待ってよ。お祖母《ばあ》さまのお家って言ってたけど、いったいどこにあるの？」

「グランメールの家はパリの六区だよ」

「でも、とっくにパリの街は出ちゃっているわよね」

「あれ、言ってなかったっけ？　彼女はほんとに気まぐれでね。今夜みんなが集まるのは、アヌシーの別荘のほうなんだ。季節はずれもいいとこなのに」

「アヌシー？　どのあたりなの」

「ジュネーヴに近いんだけど、とっても素敵な街だよ。秋になるとみんな扉を閉めて帰っちゃうから、いまごろはガランとしてる。フランス人が一生に一度は行ってみたい街だと言って憧《あこが》れるんだって」

「まさか、いまから飛行機に乗るの？」

それならそうと言ってほしかった。今夜中にパリまで帰ってこられるのだろうか。

そうこうするうちに空港に着いた。だが、通常の出発ロビーを大きく迂回《うかい》して進んでいく。どうやら、この先に特別なゲートがあるらしい。

「友人のアヴリルが、彼女のボーイフレンドを連れてくるそうだ。そろそろ着くころかもしれないな」

しきりに腕時計を見ながらジャン＝クロードは言った。車を降りると、さすがに冷気が頰を刺す。

「さ、行こう、真昼。こんなところにいたら風邪をひく。出発の前にホット・ワインで温まろう」

空港ロビーの雑踏からは隔離されているのか、ひっそりと静まりかえったサロン風の部屋がある。インテリアは洗練されていて、奥にはバー・カウンターが設《しつら》えられていた。なにがなんだかわからないまま、こんなところまで連れてこられたが、こうなったら彼に従うしかない。

「飛び立ったら、一時間もしないうちにアヌシーの空港だ。そこから車で街まで十分。湖を回って別荘に着くまで二十分もかからない。四人だから、気楽なフライトだしね」

「四人だけって、まさか私たち四人だけでジェット機を？」

いったいどういうことなのだ。真昼はまじまじとジャン＝クロードの顔を見た。

「正確に言うと、パイロットとキャビン・アテンダントを含めて、六人になるのかな。短距離だから、今夜は副操縦士《コ・パイロット》はつかないから」

いたずらっぽい目でウィンクを返してくる。その指さす先、正面の窓の向こうに白いイルカのような形をした小型のジェット機が、見るからに精悍《せいかん》そうなシルエットを浮かび上がらせていた。

「悪趣味な親父でさ。ガルフストリーム・Ⅴ《サンク》っていうアメリカの飛行機で、エンジンはロールス・ロイス社のを積んでいるんだと。窮屈でも我慢するんなら十五人ぐらいまでは乗れる」

「あなたは、いつもあんな自家用ジェットで旅行していたのね？」

話には聞いたことがあるが、プライヴェイト・ジェットなど、見るのも生まれて初めてだ。

「いや、親父のおもちゃだよ。エコ・ブームの時代にこんなものに乗っているなんて、時代錯誤でナンセンスだって、僕はいつも文句を言ってるんだ」

ジャン＝クロードは恥ずかしそうに肩をすくめてみせた。

数分もしないうちにカップルがはいってきた。一人は目の覚めるような金髪の小柄な白人女性で、一人はアジア系のほっそりとした男性だ。二人とも三十代なかばといったところだろうか。

「ヘイ、アヴリル。案外早かったね」

すぐにソファから立ち上がったジャン＝クロードは、女性に向かって手をあげた。

「ずいぶん久しぶりね、ジャン＝クロード。どうしてた？」

互いにしっかりと抱き合ったまま、懐かしそうにおしゃべりを続けている。アヴリルの西海岸アクセントに合わせるように、ジャン＝クロードも砕けた英語に変わっている。

「紹介するよ、こちらは昨日話したマヒル。真昼、こちらはさっき話していたアヴリル・ベネディクト」

アヴリルはいきなりぎゅっと真昼を抱き締め、頬にキスをしてきた。

「会えてとっても嬉《うれ》しいわ、マヒル。ジャン＝クロードはグッド・ガイよ、今夜のパーティは楽しみましょうね。こちらはクリス・ホー、広告代理店でクリエイティヴ部門《セクション》のチーフとして、最近はニューヨークとLAを行ったり来たりしているの」

アヴリルは親しみをこめて三人を引き合わせた。彼女は人をリラックスさせ、飽きさせない才能があるのかもしれない。初対面なのに緊張感もなく、すぐに寛《くつろ》いだ気分にさせてくれる。クリスはというと、浅黒い頬と東洋人にしては彫りの深い顔立ちで、終始穏やかな笑みを浮かべ、思慮深く、聞き上手といった雰囲気がある。

「オーケイ、ガイズ。じゃあ、シャンパンとおしゃべりの続きは機内で」

ジャン＝クロードがおどけた口調で言い、四人揃ってタラップに向かうことになったのである。

機内は驚くほどゆったりとしていた。操縦室のすぐ後ろに、二つの客室が続いていて、最初の部屋には大きなオフ・ホワイトの革張りのリクライニング・シートが二席。オーク材のドアを開けて奥の部屋に進むと、片側だけに二席ずつ、同じ革製のシートが向き合うようにして合計八席並んでいた。窓際にカウンターがあって、鉢植えやブロンズなどが無造作に飾られている。機内というよりまるでどこかの家のちょっとしたリビング・ルームといった雰囲気だ。

アヴリルと真昼が向かい合って窓側に座り、それぞれの隣にジャン＝クロードとクリスが座って、四人はテーブルを囲んで向き合う恰好《かっこう》になった。インテリアはどれも目を瞠《みは》るほどに豪華だ。

まもなくキャビン・アテンダントがやって来て、シャンパンのボトルを開け、四人のグラスに注いでくれた。窓は通常の飛行機に較《くら》べるとかなり大きく、解放感がある。真昼がもっとも驚いたのは、離陸するときの速度だった。上空に向かう角度が急とでもいうか、とにかく一気に上昇するのである。

「マヒルはバイヤーなんだってね。だったら僕らはきっと話が合うよ。アヴリルもスタイリストをしているからね。ハリウッドのセレブリティ専用の仕事なんだけど」

クリスが、真昼の目をじっと見つめて言った。

「ハリウッドで、スタイリストを?」

「素晴らしくゴージャスなクライアントを何人も抱えていてね。なぜかビヴァリー・ヒルズの住人というのは、たった一回しか着ないドレスを、なにがなんでも彼女に選んでもらいたがるみたいなんだ」

クリスはおどけて眉根《まゆね》を寄せ、大げさに肩をすくめてみせる。

「きっと優秀なスタイリストなのね。コーディネイトがそれだけ絶大な信頼を得ている証拠だわ」

「そのあたりは微妙だね。ただ、アヴリルが適当に組み合わせてやるだけで、彼女のクライアントたちときたら、涙を流さんばかりに感激するらしい。アヴリルのコーディネイトだというだけで、自分はパーティで注目の的になれるし、メディアの前でも堂々としていられるって固く信じている」

「ねえ、クリス。私を褒めているつもり？　それとも、私の大事なクライアントをけなしているの？」

憤慨しているような口調だが、アヴリルの目が笑っている。

「もちろん、君の才能を絶賛しているんだ。そうだよね、マヒル？」

クリスは可笑《おか》しくて仕方ないという顔でこちらを見た。

「あのね、言っておきますけど、数あるコレクションの膨大なドレスのなかから、クライアントの魅力を最大限に引き出すように、私はプロフェッショナルとして仕事をしていたのよ」

二人のやりとりに、真昼は微笑むしかなかった。言いたいことを言い合っていても、お互いへのかぎりないリスペクトが感じられる。思いきってジャン＝クロードの誘いを受けてよかった。少なくともこの二人に会えただけでも収穫だった。

「クライアントというのは、どういう方なんですか？」

真昼が訊《き》くと、またもクリスが横から口をはさんでくる。

「それがね、アヴリルはどんな人間でもクライアントにしてしまう天才なんだ。たとえば、出演作品のプレミア・ショーとか、映画祭やコンクールの授賞式なんかで、レッド・カーペットを歩くためだけに着る服を彼女に選んでもらいたがるような若い女の子は、もっぱら上位のクライアントかな」

そう言いながら、クリスは何人かの名前を口にした。どれも世界的な女優たちだ。

「だけどさ、たった半日買い物につきあってもらうだけで、数千ドルもの手数料《コミッション》を請求されるんだよ。それでもアヴリルと年間契約を交わしているクライアントがなんと三十人もいるっていうんだからね。世の中にはよほど金の使い道に困っている人間がいるんだなって、つくづく感心させられるよなあ」

「一回のコーディネイト料が数千ドル……」

「相手によっては一回七千ドルだって、暴利をむさぼっているとんでもない人間だ」

「あら、当然の報酬だわ。そうよね、マヒル？」

両方から同意を求められ、困惑してジャン＝クロードを見ると、ただ笑っているだけだ。溜《た》め息が出そうな世界だが、そんなファッション・ビジネスが成り立つことも事実なのだろう。それを支える顧客層が存在しているのも、ハリウッドという土地柄ならではなのかもしれない。

「最近はレッド・カーペットを歩くときだけでは物足りなくて、普段着のアドヴァイスまでアヴリルに頼むっていうんだからね。もちろんそのつどお金を払ってだよ」

「そりゃあハリウッド女優ですもの。彼女たちなら普段着だって注目されるんでしょうから」

しきりと感心している真昼に、今度はアヴリルがウィンクを送ってくる。

「私のクライアントは、私の選んだドレスを着て、アクセサリーを身につけ、バッグを持って歩くのよ。レッド・カーペットだけじゃなくて、街も、リゾートもね。その姿は、新聞や雑誌やテレビを通じて世界中に報道されるわ。地球上の隅々まで映像が伝わって、世界中の女の子たちが羨望《せんぼう》のまなざしで見つめるのよ。そしてその瞬間によ、昨日まで誰も気にも留めなかった無名のデザイナーが、世界で一番クールで注目度の高いブランドになるってわけ」

誇らしげにそう言って、アヴリルは優雅に微笑んでみせるのだ。

「おもしろいだろう、マヒル。でも、彼女の言うとおりなんだ。アヴリル・ベネディクトは、全米のファッション業界で、いまもっとも影響力を持つ存在の一人だって騒がれている」

ジャン＝クロードが横からつけ加えた。そして、アヴリルの仕事が、単にハリウッドのトップクラスの女優の服を選ぶだけでなく、自分のクライアントを企業主と引き合わせて、ＣＭや香水のキャンペーン・モデルに起用させたりしてビジネス・チャンスを拡げていることも話してくれた。

「つまり、アヴリルのクライアントにとっても、デザイナー側にとっても、両方が飛躍できるようなチャンスを運んでくる仲人役《マッチメイカー》になっているってことだね。それがさらにアヴリルの人気と名声を広げ、収益のチャンスを高めている。そこが普通のスタイリストと違う彼女の大きな強みだろうな」

ジャン＝クロードの説明はいつも説得力がある。

「だからね、マヒル。彼女に自分の作品を取り上げてほしくて、人気デザイナーやメゾンの人間は彼女をちやほやする。彼らにしてみれば、経費をかけずに最大の宣伝効果が得られる恰好の存在だもの。コレクションに行くとどこでも引っ張りだこだ。どこのメゾンも露骨に特別扱いをするんだからな」

それに較べて、クリスは皮肉たっぷりだ。

「ひがまないでよ、クリス。それに、マヒルならわかってくれるわよね。考えただけでもゾクゾクしてくるでしょう？　毎シーズン世界中のデザイナーのコレクションに目を光らせていて、凄《すさ》まじいほどの数のドレスのなかから、最高の一着を選び抜く仕事という点では、基本的にバイヤーと似ているから」

アヴリルが真昼に強い連帯感を持ってくれるのが嬉《うれ》しかった。同等に語るのはおこがましい気がするが、ファッションに対する情熱は共通のものがある。

「凄《すご》いよね。君たちを見ていると、人生なんて本当はこんなにイージーなものなんだって思えてくる。僕みたいに不器用な人間は考え込んでしまうよ」

クリスは、きっと何事も斜めに見るのが好みなのだ。

「ねえ、アヴリル。あなたの国では、あなたみたいなパワフルなスタイリストばかりなの？」

彼女が得ているような輝かしいビジネス・チャンスは、やはりハリウッドにしかないのかもしれない。選ばれた人間を相手に、常に完璧《かんぺき》を求められる仕事。世界中から注目を浴び、そのプレッシャーをエネルギーに変えていくパワーを秘めた女性。真昼にはアヴリルが眩《まぶ》しく思えてならなかった。

それに較べて、自分はいまものすごく飢えているのではないか。二宮や淑美にかぎらず、閉塞《へいそく》感ばかりの日本人社会にはウンザリさせられる。だが、いま真昼を取り巻いている、あの息が詰まるような環境から脱《ぬ》け出そうとするなら、自分にはいったいなにが必要なのだろう。

もしもそれを誰かから学べるとしたら、アヴリルのような女性をおいてほかにはいない。東京にいたのでは到底知ることができないような、強いなにかを見つけて帰りたい。ジャン＝クロードはそんな真昼の苛立《いらだ》ちや、ひそかな願いを察知して、それで今夜誘ってくれたに違いないのだから。

「もちろんいるわよ。たくさんではないけど、ニューヨークにも、ロンドンにもね。東京《トウキョウ》にもいるんじゃないかしら？　ただ、ファッションの世界はすでに飽和状態。この世界でこの先も長生きしていくには、とても厳しい時代になってきたわ」

アヴリルの表情から笑みが消えた。

「それは、私も強く感じているのよ、アヴリル。以前に較《くら》べるとなにかが根本的に違ってきているって、ひしひしと実感するわ。私はアヴリルと違って、もっとずっと大衆《マス》というか、購買力の低い日本の富裕層を相手にしているから、その変化は直接肌で感じるのかもしれない。毎日、販売実績の数字を眺めていると、焦りすら覚えるもの。たぶん日本中の業界人が同じことを感じているはずだけど」

「そのとおりよ、マヒル。アメリカだってさまざまな問題を抱えているわ。これまでと同じことをしていたら、ファッションの世界はもう先が見えている。でも、飽和状態なりの闘い方があると思うの」

アヴリルはきっぱりと言った。その緑色がかった瞳《ひとみ》が、どきりとするほど鋭い光を放っている。

「その闘い方が知りたいの。私は、飽和状態のまっただなかの東京で、いま必死にもがいているセレクト・ショップのバイヤーなんですもの」

突き上げてくる思いに、真昼はつい声を強めていた。プライヴェイト・ジェットのなかで、世界のセレブリティを客に持つアヴリルと出会ったことが、こんなにも自分を昂揚《こうよう》させている。

「君ならできるよ、マヒル。君がブレイクスルーのきっかけを見つけるために、僕がなにかの役に立てるなら嬉しいけど」

「そうよ、マヒル。せっかくこうして会えたんですもの、もしもなにか訊きたいことがあったら言ってちょうだい。私が知っていることなら、なんでも話してあげるから」

クリスに続いて、アヴリルまでが言ってくれた。それにしても、二人はなんと大人なのだろう。そう思って振り向くと、ジャン＝クロードが黙って笑みを浮かべている。真昼は機内を満たしている穏やかで温かいものに身を委《ゆだ》ねていた。

★★★

アヌシーの空港に着くと、四人のためにレンジローバーが待っていた。

日はとっぷりと暮れ、スイスに近い街だけにパリよりは一段と寒いはずなのに、空気がどこか柔らかに思える。機内ではシャンパンからワインに進み、四人はすっかり打ち解けた雰囲気のまま、はしゃぎながら車に乗り込んだ。暗くて景色はよくわからなかったが、車は湖の周りを半周して、約十分ほどで別荘に到着した。鉄格子で囲まれた屋敷の門をはいり、エントランスの前で車を降りてふと見上げると、凍《い》てついた空に夥《おびただ》しい数の星がまたたいている。木立が黒々とそびえ立つあいだを縫うように、玄関まで続く小道には小さなフットライトが点々と並んでいた。

ジャン＝クロードに背中を押され、真昼はクリスやアヴリルと一緒にドアのなかになだれ込む。玄関フロアには、小柄な白髪の女性が待ち受けていた。目や眉《まゆ》のあたりがジャン＝クロードに似ているので、祖母だというのはすぐにわかる。

「いらっしゃい。やっと来たわね。待ちくたびれたわ」

腕をいっぱいに広げ、ジャン＝クロードをしっかりと抱いて、頬にキスをしたあと彼の髪に手をやって、くしゃくしゃにした。祖母にかかったら、いつまでも小さな少年のままなのだろう。

「このマドモアゼルがマヒルなのね。あなたのことは何度聞かされたかしら……」

祖母は悪戯《いたずら》っぽい目でウィンクをし、真昼をその胸にしっかりと抱いて、両頬に挨《あい》拶《さつ》のキスをする。真昼はどぎまぎしながらそれを受け、緊張して日本式に礼をすると、今度は祖母もそれを真似してくる。

「みんな揃っているわ、さあ早くなかへ」

フランス語なまりの癖のある英語だが、少女のような愛らしい声だ。案内されたサロンは広々として、天井も高く、落ち着いた赤い壁もいかにもヨーロッパのクラシックな雰囲気だ。よく見るところどころに九谷焼の壺《つぼ》や、金屏風《びょうぶ》が配されていて、屋敷の主のたしかな選択眼で飾《ふる》われた東洋と西洋の美が、自然に融合され不思議な調和を保っている。

祖母の遊び心を感じたのは、隅に飾られたアジアの民芸品らしい、西瓜《すいか》ほども大きさのある蛙の置物のユーモラスな表情だった。サロンには、すでに三人の先客がいて、暖炉の前でシャンパングラスを手に、思い思いの恰好でくつろいでいた。五十歳前後のイタリア人のカップルと、真昼と同年代ぐらいの女性である。それぞれに挨拶と紹介を終え、祖母の声を合図に、全員が揃って隣のダイニングに移った。テーブルのうえにも、染めつけの日本の磁器や黒と赤の漆器がうまく使われていて、しゃれたテーブル・セッティングになっている。

緊張はしたものの、遅めの夕食は和やかに進んだ。タマネギと白ワインの風味が効いたムール貝のスープで始まったメニューは、ゆったりと時間をかけて終わり、食後の甘いソーテルヌの白ワインが出されたころにはすでに午前一時を回っていた。

「ねえ、マヒル。私いいことを思いついたの。さっきあなたは、なにか独占的《エクスクルーシヴ》な製品を探してるって、そう言ってたわよね。だったら、バッグなんかどう？　リベルテのロゴとかを可愛く入れて、オリジナルのバッグを作っちゃうのよ」

アヴリルは目を輝かせて言ったのである。

★★★

翌朝、真昼は頬を刺すような冷気で目を開いた。高い天井に、壁紙とお揃いの厚いゴブラン織の豪華なカーテン。真昼はゆっくりとベッドから下りた。

重いカーテンを開けると、薄暗かった部屋にいきなり光が飛び込んできて、真昼は眩しさに思わず目を細めた。同時に、竦《すく》み上がるほどの寒気も襲ってくる。霜に縁取られた窓の向こうには湖が広がり、朝陽を跳ね返して神々しいまでに輝いている。

これがアヌシー湖。ヨーロッパで一番透明度が高いのだと、教えてくれたのはクリスだった。だからこの湖の美しさに引き寄せられて、世界中から人々が集まってくるのだと。喧騒《けんそう》の東京を離れ、疎外感ばかりのパリからも出て、この静謐《せいひつ》の風景を見られただけでもよかったではないか。

壁際のソファのうえに投げ出されたバッグの脇にメモ用紙が無造作に置かれているのが目にはいった。

「そういえば、これは……」

メモの一枚にはバッグのデッサンが描かれていた。ピンクのマーカーで塗られ、ポップな手書き文字で「liberté」のロゴが、あちらこちらに散っている。アヴリルと一緒に完成させたデザイン画だ。昨夜のやりとりが浮かんでくる。

「他の店には絶対にない、特別な商品がほしいんです。リベルテのキャンペーン用に、アイ・キャッチになるような、日本中の話題をさらっちゃう商品がないかと思って必死で探しているから」

真昼のそんな言葉がきっかけだった、それに応《こた》えて、アヴリルがオリジナルでバッグを作ればと助言をくれたのである。

「キャンペーン用に、数を限定して目玉のバッグを作っちゃうの。もちろんファッション・アイコンになるぐらいの超レアな雰囲気を演出しないといけないけど」

「オリジナルで特注品を？」

真昼も考えなかったわけではないが、いまひとつ斬新《ざんしん》なものが見つからなかった。

「そうよ、どこにも売っていない、メイド・イン・フランスのスペシャルなバッグよ。できあがったら、雑誌で人気のモデルにさりげなく持たせるとか、いろんな仕かけをするの。若い女の子が飛びつきそうなバッグだけど、セレブリティが持ってもおかしくないものがいいわね。限定数だけの販売にするとか、いっそお客に先着順でギヴアウェイするの。ショップの前に長蛇の列ができれば宣伝効果も狙える」

ギヴアウェイ、つまり、リベルテのノベルティとして、お客にプレゼントするというのである。イヴォンと本気で張り合うなら、それぐらいインパクトのある演出をしたり、話題を提供することは不可欠だ。

「さすがだわ、アヴリル。女性はプレゼントに弱いものね。でも、年代を超えて誰もほしくなるような、そんな品格《クラス》を備えたカジュアルさ、なんて望めるかしら？」

真昼は身を乗り出して、アヴリルの目を覗《のぞ》き込んだ。

「知っているわよ。東京では、そういうのを『カワイイ』って言うんでしょ？」

「そうだったわ。英語ではキュートとか、ポップな感じとでも言うのでしょうけど、でも日本の可愛いはちょっとニュアンスが違うの。やっぱり『カワイイ』という表現なのよね」

懸命に説明をする真昼に、アヴリルがますますのってくる。

「だったら、やっぱりバッグしかないわね。ねえ、こんなのどうかしら?」

酔いも手伝っていたのだが、アヴリルと二人で昨夜は、ああでもない、このほうがいいなどと、スケッチを描きながら夢中で話し合ったのである。

「見てよ、マヒル。ほら、バッグの名前、こんなのはどう? 素材は断然ビニールね。それでね、模様《パターン》はリベルテのロゴと、このバッグそのものをちっちゃなイラストにしたものにするの」

そう言ってアヴリルがさらさらとデザイン画を描いてみせる。バッグのボディに、小さなバッグを描いたイラストがポップな感じで跳ねている。アヴリルの指先を真昼は食い入るように見入っていた。あっという間に描き上げ、アヴリルは「little pink bag」と書き添えて、真昼の前に差し出してきた。

「へえ、ズバリ『ちっちゃなピンクのバッグ』という名前のバッグなのね。最高よ。まさに『カワイイ』だわ。だったら、バッグのサイズはかなり小さめのほうがいいと思う」

「そう、そのちっちゃくてカワイイがコンセプトよ」

「嬉《うれ》しいわ、アヴリル。これでリベルテに一気に若い女の子を引き込める。色のバリエーションは、そうね、サーモンがかったピンクの地に、ブラウンのロゴがいいんじゃない?」

アヴリルと話していると、真昼にも次々と際限なくアイディアが湧き出してくる。

「もう一色は、透明《トランスペアレント》の地にピンクのロゴ入りバッグの絵ね。そしてあとの一色は、シックな秋色のブラウンにピンクのロゴが素敵。完全にリベルテのオリジナルのバッグの完成だわ」

アヴリルの絵の横にピンクとトランスペアレント、そしてブラウンの文字を書き加えた。

「でもね、アヴリル。そうなるとできるだけ価格を安くしないとダメだわ。そんなこと可能かしら？　製造コストは低く抑えて、それでいて女なら誰でもほしくなるような、小さくて、可愛くて、だけど使い勝手のいいバッグなんて……」

臆《おく》することなく、まっすぐにアヴリルの目を見て、訴えていた。それは不思議な体験だった。真昼は、自分がとても正直で、野心的になっているのを実感していた。長いあいだ頭のなかにあったのに、漠然として形にならなかった願いが、いまは不思議なほど具体的なイメージとなって言葉にできる。これまでずっと探し求めていたものが、アヴリルのアドヴァイスに触発されて、鮮やかに像を結んでいく。

「そうね。ギヴアウェイにするのだったら、このバッグは安くしないとダメね。せいぜい二十ドル程度というところかしら？　ショップのオープニング時にはプレゼントするけど、希望者には販売もしますっていうふうにしてもいいんじゃない？」

「グッド・アイディアよ、アヴリル。そのときは、いっぺんに色違いで三個全部揃えたくなるぐらいの価格設定が必要ね」

「そうよ。安いけど、品格《クラス》もあり、カワイイ。年齢に関係なく誰もがほしくなるものね」

「サイズも、縦横は小振りだけどマチは厚めのバランスね。小さくても実用性があって、エレガントで、キュート。これなら日本人女性の心を間違いなくわしづかみにする……」

二人の話はどこまでも拡がったが、一気に告げてから、真昼ははたと口をつぐんだ。

「でも、上代が二千円ちょっとのバッグで、上質なものなんて作れるかしら？」

「できるわ。ショッピング・バッグみたいな感じのビニール製ね。任せておいて、私の友達にこの分野のスペシャリストがいるの。どんな難しい注文を出しても、条件どおりに完成させてくれる天才的な人で、頼めばきっと力を貸してくれるはずよ」

「アヴリルの友達？」

「そうよ。ここまできたら、絶対に実現させなくちゃね。ちょっと待ってて、マヒル。いまメールで彼に訊《き》いてみてあげるから」

アヴリルは頼もしげに笑ってそう言うと、すぐに部屋の隅に置いてあったバッグから掌《てのひら》サイズの情報端末機《ブラックベリー》を取り出して、メールを打ち始めた。

それから数分後だっただろうか。返事は、驚くほど早くきた。

「嘘みたいよ、マヒル。あなたは本当にラッキーな人ね。彼、いまパリにいるんですって」

アヴリルは弾《はじ》けるような笑顔でさらに言う。

「明後日の午後三時からなら、マヒルに会ってくれるって。大丈夫よね？」

「もちろん！　どこにでも会いに行くわ」

相手の名前と滞在先のホテルを書いてくれたアヴリルに、真昼は大きくうなずいていた。

★★★

朝食のため食堂に降りていくと、アヴリルとクリスはすでに朝一番で帰ってしまったあとだった。彼女がアポを取ってくれた話をすると、驚いたのはジャン＝クロードである。

「名前は、たしかデレック・スミスって言ってたけど」

「本当なのか？　彼がどういう人か真昼は知っているのかい？」

「期待できそうな人？　偶然いまパリに滞在中らしいの。普段はニューヨークみたいだけど」

パリに戻ったらインターネットで調べてみるつもりだった。明日のアポの前までには、できるだけの予備知識を得ておかないといけない。

「知らないのかい？　ああいうのをカリスマっていうんだろうな。イルダのバッグを一手に扱っている人物だよ。というより、イルダをあそこまで世界的なブランドに仕立て上げた功労者というべきだ」

イルダといえば、いまは洋服からアクセサリーや靴まで総合的に商品展開している、世界的なファッション・ブランドのひとつである。なかでも群を抜いて商品展開に力を入れているのがバッグで、それだけに消費者からの人気も高く、注目を集めている。

ビニール・コーティングされた布製のバッグは、軽くて使い勝手がよく、日本でも多くの熱烈なファンを獲得しているが、初めて登場したときは、ここまでになるとは誰も予測がつかなかっただろう。

「イルダのバッグは、最近は革のもなくはないけど、基本的にメインが布製だからね。最初はいわゆるラグジュアリー・ブランドとはほど遠い存在だった。はっきり言って、安っぽいバッグだったんだね」

「いまではれっきとした高級ブランドだわ」

「そうだ。当初は誰も見向きもしなかった安っぽい布製のバッグを、世界のファッション界で押しも押されもせぬ現在のイルダの地位にまで育て上げたのが、誰あろうデレック・スミスというわけだ。実際のところビニール・コーティングのバッグだからね。製造コストは数百円ぐらいのものなのに、店頭に並ぶと百倍の上代になっていたりしてね。これぞファッション界の錬金術だな」

ジャン＝クロードの説明は、相変わらず冷ややかだった。

たしかに、イルダのバッグなら、どんなに小振りのサイズでも三万円はくだらない。彼が言うように、低コストで生産して百倍で売っているというのはあながち誇張ではないだろう。それでも若年層だけでなく、大人の女のスポーツ・シーンにまで、広く熱烈なファンを開拓している。

「それこそがブランド力というものでしょう。安価に製造して、ブランドの付加価値で高く売る。消費者は布製のコストの低いバッグと知りつつも、先を争って高いお金を払って買う。ファッションのビジネス・モデルとしては最強のモデル・ケースね」

真昼は、あらためてデレック・スミスという人物に思いを馳《は》せた。

「そうだな。彼は単なるバッグのデザイナーではなく、プロモーターだ。ブランドのイメージ戦略から、マーケティングを含めた販促にいたるまで、トータルで展開する力があるんだね。なんでもない布製のバッグだったのを、まんまと国際競争力のある世界の高級ブランドにしてしまった」

そんな凄《すご》い人物が、忙しい出張先のパリで、わざわざ時間を割いて真昼と会ってくれるという。アヴリルが紹介してくれたからこそ実現するのだが、考えただけでも気《け》圧《お》されそうだ。

「どうしよう。そんなに凄い人だなんて、まったく知らなかったから」

「いいじゃないか。いっぱい吸収してくればいい。滅多に会える相手じゃないんだから、この際、いっそ自分を売り込んできたら」

「茶化さないでよ。私はいま買い付けのことで頭が一杯なの。リベルテのキャンペーンのために、なにかひとつでもこれはという斬新な商品を見つけて帰らないといけないのよ」

本来なら、こんなところで暢気《のんき》に食事をしている場合ではないのだ。真昼は、窓の外の晴れ渡った空から、急に厳しい現実に引き戻されるのを感じていた。

★★★

空港に戻る途中、湖に沿って西に曲がり、車はアヌシーの街にはいってきた。旧市街は味わいのある運河が流れていて、季節はずれなのに観光客で賑《にぎ》わっている。昼食を取ろうとジャン＝クロードが言い出して、小さなチーズ料理の店にはいり、窮屈な木のテーブルに向き合って腰を下ろした。

「明日は、デレックとのアポがうまくいくといいね。遠慮なんかせずに、どんどん思いをぶつけてくるといい。ニューヨークは、いま袋物が強いんだ。強豪ブランドがひしめき合っていて、そこで勝ち抜くことは世界制覇を意味するから」

「いまのファッション界はニューヨークが先導しているということなのね。西海岸もニューヨークも、行ったことがないけど、アヴリルの話を聞いているだけでも、熾烈《しれつ》な競争の街っていう感じだわ」

「考えるだけでゾクゾクするよな。僕にとっても、むしろあっちのほうが性に合っているのかなあ」

ジャン＝クロードの目の奥に、燃えるものがある。やがてテーブルに見たこともない器具が運ばれてきた。鉄製の半円形の受け皿と、銅製の細長い卓上ランプのようなものでできている。古びて、半分変色し、そのうえ油光りしているようで、いわくありげな雰囲気だが、好奇心をそそられる。

「チーズ料理のお店だって言ってたのよね」

不思議そうに器具を眺めている真昼に、ジャン＝クロードは笑みを浮かべた。

「これはね、ラクレットといってね、このあたりの定番料理だ」

「ラクレット？」

「そう、フランス語で、削るとか、削《そ》ぎ取る、っていう意味さ」

「削ぎ取る？　私、スイスのチーズ料理って、フォンデュぐらいしか知らなかった」

そのフォンデュにしても、何年も前に東京で一度だけ食べたことがあるぐらいだ。

「だろう？　フォンデュもいいけど、断然ラクレットのほうがお勧めだ。忘れられなくなるはずだよ」

続いて、丸ごと茹《ゆ》でた皮つきのジャガイモが、大きな皿にたっぷり盛られて運ばれてきた。

「これで二人分？」

「足りなかったら、もっと追加してもいいよ」

そのいたずらっぽい目を見ていると、彼が心から寛《くつろ》いでいるのがわかる。ひと抱えもある半円形のチーズと、金属製のヘラが運ばれ、キュウリのピクルスとパン、白ワインとグラスなどがテーブルに並んだ。最初、真昼が蛍光灯かと思ったのは、ランプにあたるところが電熱コイルになっているらしい。どうやらこのヒーターでチーズの断面を溶かして食べるようだ。アルザス地方の冷たい白ワインを飲みながら、じっと待っていると、あたりにチーズが溶ける濃厚な香りが漂ってきて、食欲をそそる。

「朝ご飯をたくさん食べたのに、なんだかまたお腹が空《す》いてきちゃったみたい」

「この匂いには誰だって勝てないさ。明日はまた忙しい一日になりそうだし、遠慮しないで食べておくことだね。僕は、なんでもおいしそうに食べる人が好きだな」

そう言って、またも嬉《うれ》しそうにウィンクをする。東京では、いつもどこか醒《さ》めたところがあると思っていたが、こんなに朗らかで屈託のない一面があったのか。彼とのあいだには、明らかにこれまでとは違うなにかが育っている。真昼はそれを意識しないではいられなかった。

旧市街の煤《すす》けた木製の格子窓を通して、すぐ先にゆったりと流れる運河が見える。冬の光を浴びた岸辺には名も知らぬ赤い花が咲いていて、寒そうに身体を寄せ合っている水鳥の姿もあった。

「このでっかいチーズは、ちょっと強めの塩味が絶妙なんだよな」

話しているうちに、ヒーターで温められたチーズの断面がふつふつと溶け出してくる。さらに待って、縁が少し焦げ始めてきたころ、ジャン＝クロードがヘラを使って溶けた部分を削ぎ落としてくれる。

「ほら、このとろとろになったのを、こうやって、ジャガイモの上にかけて。さあ、食べてみて」

勧められるままに、湯気のあがった熱々のところを、ふうふう息を吹きかけながら試してみると、たっぷりのとろけたチーズと淡泊なジャガイモが、口のなかで絶妙なバランスで混ざり合う。

「すっごくおいしい……」

「だろう？　寒い季節に、暖かい部屋で、このラクレットと冷たい白ワインの組み合わせが最高なんだ。日本の鍋物《なべもの》の感覚に近いものがあるね。ただ、このラクレット・チーズを使わないとダメなんだ。僕が東京の家で作るときは、スイスのグリュイエールでやってみるんだけど、やっぱりどこか違うんだな」

「へえ、ジャン＝クロードは自分でお料理なんかするの？」

彼が台所に立っているところなど、これまでなら想像もしなかった。

「もちろんだよ。今度、家にも来るといい。僕がおいしいものを作ってあげるから」

「強力な胃薬持参で行くわね」

「こら、馬鹿にしたたな」

罪のない冗談で思いきり笑い合い、いっとき仕事を離れて、ひなびた郷土料理が心に沁《し》みる。

「綺麗《きれい》な街ね。来てよかったわ。アヴリルたちに会えたのもよかったし、誘ってくれてありがとう」

だから、真昼は心から言ったのである。

空港に着き、来たときと同じプライヴェイト・ジェットに、二人だけで隣り合って座っていても、ル・ブルジェ空港からパリ市街までのドライブのあいだも、交わす言葉がめっきり減っていた。

「なあ、真昼。明日は頑張ってこいよな」

そのかわり、二人を穏やかで温かい空気が包んでいた。

「僕、思うんだけどね。君には、なにか運命を引き寄せるものがあるのかもしれないな。生まれつき備わっている直感力というかさ」

あと少しでパリのホテルに着くところまで来て、ジャン＝クロードがぽつりと言った。

「なによ、急にあらたまって」

「つまり、人生も、仕事もそうなんだけど、予想外の事態とか、大きなトラブルとか、ここぞっていう大勝負とかさ。なにか大きな変化が待ち受けているような局面で、思いっきり翻弄《ほんろう》されて堕《お》ちていく者と、しっかり生き残って這《は》い上がる者との分かれ道って、案外ちょっとしたことだと思うんだよね」

「たしかに、世の中、ラッキーな人と、アンラッキーとしか言えない人というのはいるかも」

とくに深く考えることもなく、真昼は言った。

「でさ、いろいろあって、今度こそ危ないかなっていうときにも、なんだか知らないけど、必然的にひょいという感じで、安全なほうの道を選ばされる。そういう人間がいるという話だよ」

「それが私だとでも言いたいの？」

いったい彼はなにが言いたいのだろう。このときの真昼には、想像もつかなかった。

「違うかい？」

「なんなのそれ？　私がいま、そういう分岐点に立っているという意味？」

明日のデレック・スミスとのアポについて、言っているのだろうか。たしかに、アヌシーでアヴリルに会わなかったら、絶対に得られなかったチャンスである。とはいえ、そのチャンスにしても、活《い》かせるかどうかは、まさに自分次第だ。

「だからさ、いまは嵐の前の静けさかもなってことだよ」

それにしても思わせぶりな言い方だ。

「つまり、運命の女神は、間違いなく僕らに味方しているってことさ」

「どういうこと？」

なにが言いたいのか解せなかった。まるで、なにかを予言しているつもりなのだろうか。

「まあ、そのうちわかるさ。じゃあね、お疲れさま。今夜はゆっくり眠るんだよ」

やがて車はホテルの前に着いた。意味不明な言葉を残したまま、すぐに帰っていったのである。

★★★

翌日の午後、真昼は緊張で頬を強《こわ》ばらせながら、約束どおり、フォーシーズンズ・ホテル・ジョルジュ・サンクのエントランス・フロアで、デレック・スミスを待っていた。

落ち着くのよ、真昼。そう自分に言い聞かせ、大きく息を吸って、背筋を伸ばした。朝、あらかじめ電話をいれたとき、中央の大きなシャンデリアの下あたりで待っていると告げておいた。顔を見たこともない相手なので、それらしい風貌《ふうぼう》の人間が来たら、片っ端から声をかけるしかないだろう。

ただ、それらしい風貌というのがどういうものかは、まったく自分の思い込みでしかない。イルダのバッグを世界的に有名にした男であり、バッグを中心とするファッション界のカリスマ的存在だと、事前に吹き込まれているだけに、少なくとも個性的で目を引く恰好《かっこう》だろうことだけは予想がついた。

「イクスキューズ・ミー」

背後から英語で声をかけられ、真昼は慌てて振り向いた。

「デレック・スミスさんですか？」

こちらも英語でそう訊《き》き返したのだが、すぐに人違いだと思った。薄くなった髪の肥《ふと》った男で、おそらく五十歳前後。ジョルジュ・サンクの豪華なフロアには、およそ似つかわしくないジーンズ姿である。

「君がアヴリルの友人？」

驚いたことに、男はそう答えてきた。なんと、これがかのデレック・スミスなのか。

「あ、はい。マヒル・カシワギです。本日はお時間をいただき、ありがとうございます」

あらためて名刺を差し出し、握手を求めたのだが、真昼はまだ信じられない気分だった。デレックが、目でフロアの先を示した。ラウンジがあり、壁には天使の絵が織り込まれた巨大なタペストリーが飾られている。「はい」と答えて向かおうとすると、デレックは真昼の背中に手をやって、優しくエスコートしてくれる。

「アヴリルと会ってたんだって？」

隣り合ってソファに腰を下ろし、黒服の男に二人分のエスプレッソを注文したあと、デレックは意外なほど気さくに話しかけてきた。

「はい。一昨日、アヌシーでご一緒しました」

「そうなんだってね。君との約束を忘れないようにって、今朝もリマインドの電話をしてきたから」

「え、そうなんですか」

彼女はそこまで気遣ってくれていたのだ。徹底したプロらしい側面を見た気がする。

「僕もアヴリルには借りがあるからさ。彼女に頼まれると、聞かないわけにいかないんだ」

そんな彼女の仕事振りに、デレックも一目置いているということなのだろう。

「ありがとうございます。アヴリルからご紹介を受けまして、バッグのことで、ぜひスミスさんからアドヴァイスをいただけたらと思いまして」

英語でうまく事情が説明できるように、昨夜は必死で準備をしてきた。リベルテのキャンペーンのことや、顧客向けの話題性のある商品がほしいこと、日本でファッションアイコンになるぐらいの可愛いバッグをオリジナルで作れないか。納期と数量、条件面についても、必死で説明をした。

「なんだ、そういうこと。僕はてっきり、君がニューヨークで職探しをしているのかと思っていたよ」

冗談とも本気ともわからぬ言い方で、真昼は煙《けむ》に巻かれている気もする。

と、そのとき真昼の携帯電話がバイブレーションで着信を知らせてきた。

「失礼します《イクスキューズ・ミー》」と断って画面を見ると、二宮からだ。出ようか躊躇《ためら》っていると、すぐに切れたが、今度はメールが送られてきた。

その文面に、真昼は目を疑った。

〈東京から連絡があり、すぐに帰国せよとの命令です。直ちにホテルに戻りなさい。リベルテが閉鎖されることになったの。二宮〉

頭のなかが、ひどく混乱していた。デレックに非礼を詫《わ》びて、ひとまず急いで確認の電話をいれてみたが、三度かけても携帯電話は繋《つな》がらなかった。すぐにも事態をたしかめたかったのだが、デレックの手前それ以上電話をかけ続けるわけにもいかない。

リベルテが閉鎖される？　すぐに帰国せよとの命令……？

いったい東京でなにがあったというのだろう。そんな大企業の経営方針が、これほどまで唐突に変更されるものなのか。閉鎖という言葉自体がどの範囲で、どこまでの事態を意味しているのかもはっきりしない。もしもなんらかの不測の事態があり、文字どおり店を閉じるということであるなら、今回の買い付けも中止することになるのだろうか。もしもそうなら、話をどこまで進めていいかも、微妙になる。

「なんだか急用のようだね」

デレックが心配そうに訊いてきた。

「すみません。東京の本社から急ぎの連絡がはいったんですが……」

真昼は口ごもった。

「わかったよ。君は行かなきゃいけないんだね。実は僕もそうなんだ。このあともう一件、人と会う約束があってね。今日はなんだかアジアの女性に縁があるみたいだなあ」

次の約束の相手というのもアジア人女性だと言っているのだろう。デレックは腕時計に目をやった。

「君も急いでいるんだろう？　とりあえず、話はまたにしよう」

「でも、私はあの……」

いまを逃したら、デレック・スミスと直接交渉できる機会など二度とないだろう。だが、二宮からのメールが事実で、万が一にもリベルテが大きな方向転換を迫られているとしたら、オリジナルバッグのプロデュースどころではなくなってくる。それならいまこれ以上話を進めると、デレックにも迷惑が及ぶ。ただ、アヴリルの好意を考えると、デレックにはどこまで説明すればいいものか、判断がつかない。

「さ、いいから行きなさい。必要なら、あとでここにメールをいれておいてくれないか」

手渡されたのは小さなピンクのカードだった。ニューヨークのアトリエの住所と電話番号、さらに彼のメール・アドレスが記されている。

「ありがとうございます。では、詳しくはメールと電話でご連絡をさせていただきます。ミスター・スミス、今日は貴重な時間をいただいておきながら、私としてもなん

「ですからお詫びすればいいのか……」

真昼が堅苦しい口調で詫びると、デレックは軽く肩をすくめて苦笑してみせる。

「まあ、いいさ。メールをもらっても、すぐに返事ができるかどうかは約束できないけど、アヴリルに頼まれたことだからね。君のことは忘れたりしないから、心配しないで」

「そう言っていただけて安心しました。今日はお会いできて、本当に光栄に思っています」

誠意をこめて言い、しっかりと握手を交わした。そのままテーブルで次の相手を待つというデレックに心を残しながら、真昼はラウンジの出口に向かったのである。

その直後のことだった。逸《はや》る心を抑えて、ホテルのエントランス・ホールを突っきろうとしたとき、視界を横切る見覚えのある顔に、真昼はふと足を止めた。

すぐには誰と思い出せなかった。相手はまったく真昼に気づく気配もなく、むしろ脇目も振らぬ様子でまっすぐにラウンジに向かっていく。首を傾げながらも、やり過ごして、そのまま少し行ってから、真昼は突然後ろを振り向いた。

そうだあの顔、そしてあの後ろ姿……。

しばらく見なかったあいだに、いくらかふっくらとしたのだろう。それがむしろ彼女にゆとりをもたらしたのか、年齢にふさわしい落ち着きと貫禄《かんろく》を与えている。髪をショート・カットに変えているが、やや猫背のあの背中と、膝《ひざ》を前に出すような癖のある歩き方は、いまでもはっきりと覚えている。

以前アレッサンドロ・レオーニで一緒だったころ、痛々しいほどに痩《や》せて、いつも渇いた感じがしていたあの青白い頬が、別人のようにしっとりとして、血色がよくなっている。

津田史子。

どんなに外観が変わっていても、彼女を見間違うわけがない。あの忌まわしい出来事は、はるか昔のこととして、二度と封印を解くつもりはなかったのに……。

そこまで考えてから、まさか、と真昼はその場で首を振った。デレック・スミスが約束をしていたのは、もしかしてあの津田史子だったのでは。咄嗟《とっさ》に浮かんだその考えに、真昼はもう一度彼女に目をやった。だが、すでに津田の姿はどこにも見当たらず、さっきのテーブルからデレックの姿も消えていた。

★★★

メトロの揺れに身を任せながら、真昼はそのあとも何度自問したことだろう。

考えるべきことが次々と浮かんでくる。まず、なによりリベルテの閉鎖についてだ。

二宮からの連絡はどういう意味だったのか。そのことと、昨夜のジャン＝クロードの予言めいた話に関連はあるのか。

ただ、考えようとしても、すぐにさっきの津田の姿が浮かんできて、心が搔《か》き乱されてしまう。ジョルジュ・サンクですれ違ったのは、たしかに彼女だった。だとしても、なぜいまパリにいるのだ。そして、もしもデレックと会っているとしたら、それはいったいなんのためなのか。

津田がイヴォンのバイヤーとして採用されたらしいことは、以前アンドレアから聞いたことがあった。しかし、東京で見かけることもなければ、それが事実かどうかをたしかめるすべもなかった。

あれこれ、脈絡なく浮かんでは消えていく邪念を振り払いながら、真昼がメトロを降りて地上への階段をあがっていくと、携帯電話の着信音がした。見ると、また二宮からだ。

「はい、柏木です」

「あなた、いまどこにいるの」

真昼が言い終わる前に、苛立《いらだ》った声が返ってくる。

「アポがあったので、ジョルジュ・サンクのほうにいたんです。でも、もういまはホテルに向かっているところです。あと十五分もすれば着けると思いますが」

「まったく、なにやってたのよ。こんな非常事態だっていうのに、全然連絡もしてこないし、何回電話してもつかまらないから、困っていたのよ」

怒りが収まらない様子で、二宮が言う。

「すみません。こちらからもお電話したんですが、繋がらなかったみたいで。それより、どういうことなんですか？　突然リベルテが閉鎖だなんて、本当なんですか。いったいなにがあったんです」

「自由堂の本社が決定を下したのよ。グループ企業全体の総合的な収益性の向上をはかるためだとかで、大々的な改革プログラムが発表になったらしいわ」

「改革プログラムというのは？」

「だから、いままで子会社でやってきた衣料販売事業から全面的に撤退することが決まったのよ」

「なんですって、衣料販売事業ということは、リベルテも全部閉店してしまうってことですか？」

「そういうことよ。全面撤退ですもの、ほかになにがあるっていうの」

まるで、真昼に突っかかるような言い方である。

東京を出るとき、そんな話は微塵《みじん》も出ていなかった。いや、それどころか、短期間で店内を改装して、販売強化のキャンペーンをすることになったとの説明を受けた。

だからこそ、こうして三人が急遽《きゅうきょ》パリまで買い付けに来たのではなかったのか。

「花井さんはなんておっしゃっているんです？」

二宮は腹立たしげに溜《た》め息を漏らした。

「つべこべ言ってないで早く帰ってくるのよ。今日中に飛行機を手配して、東京に帰るんだから」

ヒステリックにそれだけ言い放つと、電話は二宮のほうから切れてしまった。

★★★

ホテルに着いても、真昼は自分の部屋には戻らず、エントランス・ホールからそのまま二宮の部屋へ直行した。ドアをノックすると、なかから顔を出したのは、先にやって来ていたらしい淑美だった。

「あら、やっと帰ってきたのね」

淑美の第一声は冷ややかだった。飲んでいるのだとすぐにわかった。頰にかかる息がアルコール臭い。

「柏木さんなの？」

部屋の奥から二宮の声が聞こえる。

「すみません、遅くなりました」

声の方角に向けて真昼が言うと、二宮が気だるそうな顔を覗《のぞ》かせた。見ると、テーブルのうえにはワインのボトルが二本も置かれていて、二個のグラスにはなみなみと赤ワインが注がれている。

「まったく、あなたっていったいどういう気？　肝心なときはいつもいないのよね」

ろれつの回らない二宮を、真昼はまっすぐに見た。商談で外出することは、事前に報告しておいたはずではないか。今日のアポの相手が、デレック・スミスだとまでは明かさなかったが、キャンペーンの有力商品になるかもしれないから、直接交渉に行くと伝えてあった。

「なによ、その目。こんな状況のときに、ワインなんか飲んでって、あなたそう言いたいんでしょう？」

「いいえ。ただ、今日中に帰国するようなことをおっしゃっていたので」

だから、せっかくのデレックとの商談を中断して、急いで帰ってきたのである。

「冗談やめてよね。いくらなんでも、いまから三人分の飛行機なんか取れるわけないでしょうが」

横から口をはさんできたのは淑美だった。

「では、帰国は明日の便で？」

だったら、デレックとも今後のためにもう少しぐらいは話ができたのに。

「そうね。あなたはそのつもりで、今夜中に帰る準備をしておくのね」

「それはもちろん」

もとよりそのつもりだが、まるで、真昼だけが先に帰国するようにも聞こえる言い方だ。

「それにしても、なにが収益向上に向けた企業内構造改革よ。リベルテの取締役連中もいい気なもんだわ。一方的に親会社の言いなりだもの。あの人たちにはプライドっていうものがないのかしら」

二宮は花井のことを責めているのだ。

「そうですよ、二宮先輩。馬鹿にするにもほどがあります。大々的なキャンペーンを張って、イヴォンをアッと言わせようだなんて、われわれをパリくんだりまで来させてですよ。さんざんお尻《しり》を叩《たた》いて競争させて、目玉商品探しに奔走させられてきたんです。こっちは休む暇もなく働かされたのに、いきなり全店閉鎖なんて、冗談じゃないわ。ワインでも飲まなきゃ、やってらんないわよ」

一気にまくし立てた淑美は、そこまで言って、残ったワインを音を立てて乱暴に飲み干した。

「リベルテの閉鎖については、公式発表されたんでしょうか」

「ええ、そうよ。われわれに知らせるより先にマスコミ発表されたの。馬鹿にしてるわよ」

二宮が憎々しげに吐き捨てた。その目には恨みすら滲《にじ》んでいる。だが、それも無理はない。

「それで、今回の買い付けはどうなるんですか？　私たちはどうしたらいいんでしょう。そのあたりの指示を仰いだほうが……」

すでに契約を取り交わし、発注した商品もかなりある。そうした相手にどのように対処するかを東京に確認する必要があるはずだ。ワインで憂さ晴らしをする前に、いや、帰国の手続きをする前にも、まずできるだけの対応をするのがバイヤーの仕事だろう。真昼はそうも言いたかった。

「そんなの知らないわよ。今期の会計年度末には閉鎖するっていうことだから、あなたの優しいボスに直接自分で訊《き》いてみたら？　そもそも、全部あの独善ワンマン・マダムの花井さんが言い出したことですもの。リベルテの売り上げが落ちてきたのは誰もがわかっていたことよ。それに、追い討ちをかけるように仕入れを膨らませるなんて、もともと無謀な案だったの。この先、もしも取引相手とトラブっても、全部彼女の責任でしょ。当然の報いよ。私たちには関係ないわ。私たちは犠牲者ですもの」

淑美の口調はどこまでも辛辣《しんらつ》だった。

「そうよ、潰《つぶ》すことが決まったショップの後始末なんかやっている場合じゃないわ。それより、自分の身の振り方を考えるほうが先決よ。いっそ、パリであちこち声をかけて、次の職場を探すとか？」

二宮は、ますますろれつが回らない。

「やめてください」

たまりかねて声をあげると、淑美が馬鹿にしたように真昼を見た。

「柏木さんはいいのよね。再就職先の心配なんて要らないから」

「どういう意味ですか。だいいち、リベルテが閉鎖になるからって、まだ正式にクビになると言われたわけではないでしょう」

「だから甘いのよ。もっとも、あなたは株主のお坊ちゃまと親しいから、なんとでも助けてもらえるんでしょうけどね。それに、その気になればイヴォンに行ったっていいんだし」

「なにがおっしゃりたいんですか」

我慢ならず、見つめ返した真昼に、淑美は平然と言ってのける。

「隠さなくてもみんな陰で言ってるわよ。イヴォンを起《た》ち上げた若い役員って、柏木さんの元カレなんでしょう。だから、こっちの情報はみんなイヴォンに筒抜けなんですって」

「嘘です。そんなこと絶対にありません」

「そんなふうにムキになるところがなによりの証拠でしょう。ねえ、もしものときは、私にもその元カレを紹介してくれない？」

ワインのせいか紅くなった上目遣いの淑美の目もとに、卑屈なものが浮かぶ。

「それはだめだわ、淑美さん。実はあそこも危ないって、もっぱらの噂よ」

「え、イヴォンが危ないですって？」

真昼は思わず声をあげた。

「あなた、元カレに聞いてないのね。あそこの内情は火の車みたいよ。私も、昨夜こっちの知り合いに聞いて初めて知ったんだけど」

「どういうことなんですか、二宮さん。まさかあのイヴォンまで潰れちゃうんですか。だってまだ開店していくらも経ってないのに」

淑美に迫られ、二宮は愉快そうに言った。

「タイミングが悪すぎたのね。まあ、素人のやりそうなことよ。開店を前に、大量の商品を仕入れたんだけど、それがユーロ高のピークの時期で、いざ開店になったら今度はガクンとユーロ安でしょう。そりゃあ厳しいわよ。おまけに、おおもとのスポンサーがアメリカの投資ファンドだから、今回の金融危機で、本業のほうが目茶苦茶やられちゃってるのね。だから東京店のトップは、いま資金繰りに血眼であちこち駆けずり回っているそうよ」

たしかに、以前村尾から聞いたことがある。外資系で、潤沢な資金を抱えた投資家から見込まれ、経営を任されたのだと、あのころ誇らしげに語っていたものだった。

「外資の金融系はいまみんな死んじゃってますものね。イヴォンまでそんなだなんてショックだわ。だったら転職はほかを探さないと」

淑美が大げさに溜《た》め息を吐いた。


わずか二週間ばかりのことなのに、ここまで変わってしまうものだろうか。

ようやくの思いで成田に着き、重いスーツケースを引きずりながら、その足でリベルテのオフィスにたどり着いた途端、真昼は深々と溜め息を吐いた。倒れ込むように自分のデスクの椅子に腰を下ろしたのだが、肩にも背中にも疼《うず》くような痛みが凝《しこ》っている。腕時計を見ると、すでに十一時を過ぎていて、照明を落としたオフィスのなかは暗く静まり返っていた。いつもなら誰かしら居残っているのに、まるで人影もないフロアは殺風景で気味が悪いぐらいだった。

真昼たちが予定を切り上げて帰国することはもちろん、飛行機の到着時刻と、空港から会社に直行することも、パリを発《た》つ前に知らせてある。それにもかかわらず、花井は社内のどこを探しても見つからなかった。三人は荷物だけ自分たちの席に置いて、その足ですぐに役員室に向かったのだが、花井の部屋のドアにはなぜか鍵《かぎ》がかかっていた。

仕方なく、いったん自席に戻ったのだが、溜まっていた郵便物のチェックや片づけものを済ませた二宮が、青い顔をして真昼のデスクにやって来たのは、真昼が花井を探すため、思い当たるところに何本かの電話をかけ終わったときだった。

「ねえ、花井さん見つかった？」

「いえ、それがどこにも」

まさか、すでに会社を出てしまっているのだろうか。

「だけど、成田に着いたら家に帰らないで一度会社に寄るようにって、そう言ってきたのは小倉さんのほうなのよ。だから、疲れているのに出社してきたんじゃない」

帰国を知らせたとき、秘書の小倉ゆかりから携帯電話へのメールで指示されたというのである。

「でも、もしかしたら、食事かなにかでどこかへちょっと出かけられていて、まもなく帰ってこられるのかもしれません。ただ、小倉さんもつかまらないので、そのあたりの事情がわからなくて……」

「まったく、馬鹿にしてるわ。だったら今夜なにも無理して出社することなかったじゃない」

「私、帰ります、お先に」

淑美は拍子抜けするほど屈託のない声で言う。二宮のように憤慨するのでもなく、自分のようにただ愚直に戸惑うばかりでもない。臆面《おくめん》もなく「じゃあ」とだけ言い置いて、平然と帰っていける図太い神経がほしい。淑美の背中を見送りながら、真昼はしみじみと思う。

「花井さんには、私からも電話してみるけど、あとのことはもう明日にしましょう。誰もいないんじゃ、したくたって話もできないし、待っていても、どうせすっぽかされて、馬鹿を見るだけよ」

「私はあと少しだけ残ってみます。溜まっているメールの返事も書かないといけませんし」

「そう。まあ好きにしなさい。じゃ、お疲れ」

二宮は、そのまま部屋を出ていった。

★★★

二人が帰ったあと、どれぐらい経ってからだろう。携帯電話の着信に気がついて、真昼は慌ててバッグのなかをまさぐった。画面を開くと非通知となっている。花井が外からかけてきたのに違いない。

「はい、柏木です」

努めて明るい声を出した。こういう状況下だ。花井自身も辛《つら》くないはずはない。そう思ったからだが、向こうから電話をかけておきながら、なぜかずっと黙っている。

「もしもし？　柏木ですが、夕方成田に到着しまして、そのままいまはまだオフィスに……」

そこまで告げたとき、消え入りそうな声がした。

「俺だよ。久しぶり」

低くてしゃがれたような男の声だ。

「俺って、すみません。あの……」

すぐには誰とわからなかった。間違い電話か、いたずらなのかもしれない。

「この前、ＮＫＨにも出ていたみたいだね。真昼、とってもカッコよく映ってた」

ああ、あのことかと思い出した。パリにいたあいだに、以前収録をしてあったテレビ番組が放送されることは聞いている。広報で録画をしているはずなので、ダビングしてもらうつもりだったが、帰国直前の騒ぎで、そんなことはすっかり忘れていた。

「博之なのね。どうしたの、あなたずいぶん……」

と言いかけて、真昼は言葉に詰まった。

「雑誌も何冊も見たよ。真昼は昔のまんまだった。いや、あのころよりずっと綺麗《きれい》になってたな」

「ねえ、博之。いまどこからなの？　元気にはしているのよね」

イヴォン東京店の噂を聞いていただけに心配だったが、訊《き》けばかえって自尊心を傷つけるだけだ。

「うちの店のこと、真昼はもう聞いているんだろう？　俺、いま、公園にいるんだ」

村尾の声が震えている。

「どこの公園なの？　こんな時間に公園なんかでなにしてるのよ」

思わず訊いてから、真昼は言葉を途切れさせた。まさか、債権者に追われて、人目を避けるため、寒風吹きすさぶ公園ぐらいしか行くところがないとでもいうのだろうか。

「一週間ほどまともに寝ていないんだ。せっかくよりが戻りかけていたんだけど、今度はずいぶん借金を抱えちゃったからね。あっちに迷惑がかからないようにするには、俺が家を出るしかなくて」

こちらの質問には答えず、村尾はぼそりと言った。自嘲《じちょう》というより、自虐的な響きすらある。

「食事は？　こういうときは、せめてしっかり食べないと、いいこと考えないんだから」

だから、かろうじてそう訊いた。

「いいよな、真昼は。どんなときも前向きで」

「なに言ってるのよ。博之らしくない」

村尾は黙り込んでしまった。相手が黙ってしまうと、真昼はさらに言葉のかけようがない。気まずい沈黙が続くのを、破ったのは村尾だった。

「悔しいよ」

爛《ただ》れた心の奥底から絞り出すような、呻《うめ》きにも似た声だった。

「俺、あんなに頑張ったんだよ。頑張って、がむしゃらに突っ走って、ずっとうまくいってたんだ」

「知ってるわ。博之のお店、華々しいオープニングだったもの」

わざわざリベルテの目の前に開店して、挑戦的なキャンペーンを仕かけてきたのではなかったか。

「そうだよ。あと少し待ってくれたら、先も見えてたんだ。だけどファンドの連中は、ほかにも投資をやってたから、そっちで大損こいててさ。いきなり資金を引き揚げてった。一セントも残さずにね」

「でも、イヴォンがいるんじゃなかったの？」

あの開店の日を思い出すと、一言ぐらいはチクリと言いたくもなってくる。

「イヴォンはまさに掌《てのひら》を返すっていうやつさ。あいつは、下手なファンドや商社マンなんかよりよっぽど切れ者《キーン》で、冷徹だよ。ファンドが危なそうだって噂を聞きつけると、その日に逃げたんだから」

「でも、博之だって昔は……」

商社マン時代、村尾もそんな百戦錬磨を誇っていたはずだ。

「そうだよ。これまでだって、ああいうヤツらとは互角に渡り合ってきたつもりだったさ。けどね、結局俺は甘かったんだ。なんのかんのと言っても所詮《しょせん》は組織に守られたサラリーマンだったんだな。それに較《くら》べると、あいつらは凄《すご》い。容赦ないっていうか、なにもかもが本当にアッという間だった。声をあげる暇もないぐらいにね。うまくいくときは、すべてが加速度的に回っていったのに、いったんダメだとなると、途端に身ぐるみ剝《は》がされる。坂を転がり落ちるっていうのはこのことだな」

ほとばしるような村尾の無念さが、携帯電話からあふれて伝わってくる。だが、真昼はなにも言えなかった。いろいろな経緯を経て、一度は背を向けた相手である。

「なあ、真昼。どうしてなんだ。なんでこんなことになるんだよ」

声がうわずっている。泣いているのかもしれないと、真昼は思った。

「大丈夫よ、なにも博之が悪いわけじゃないんだもの。いまは世界中が落ち込んでる。

しばらくは耐えるしかないと、私は思っているの。こんなこと言っている私だって、この先どうなるかわからないんだけど、でも私、これまでやってきた仕事だけは絶対に手放したくない。大事にしたいと思ってる」

一語一語、自分自身に言い聞かせているつもりで、真昼は言った。

「なあ、真昼。これから、会えないか」

すがるような声だ。

「ごめん。私、今夜パリから着いたばかりでね。ここでボスを待っていないといけないの」

「頼むよ。三十分でいいんだ。いや、十五分、それがだめなら五分でもいい」

いつになく執拗《しつよう》な言い方が、胸に突き刺さる。だが、真昼にはどうしようもない。

「ごめん。明日じゃダメ？　いえ、明日もきっとゴタゴタするわ。ごめん、明後日にしましょう。それより、今夜はちゃんと家に帰るのよ。こんな時間だから、こっそり裏口からはいれば大丈夫じゃない」

村尾は、なにも答えなかった。しばらくして、やっと消え入りそうな声が返ってきた。

「真昼。おまえは頑張れよ。おまえならできるよ。いつだったかミラノに買い付けに来たとき、一緒にコモ湖に行っただろう？　ヴィラ・デステの庭に出て、湖の前でさ、二人で昔みたいにキスをしたんだ」

たしかにそんなこともあった。もう過ぎたことだ。真昼は携帯電話を握りしめ、小さく首を振った。

「綺麗だったよな。水面に飛び跳ねる魚になるんだって、いつかここから抜け出すんだって、アンドレアにそう言ってたんだってな。あのころあいつが嬉《うれ》しそうに話していたよ。跳《ライズ》ねるってさ」

「そんなこと、私、言ったっけ」

決して忘れたわけではない。だが、いまの村尾に言うには残酷すぎる言葉ではないか。

「跳べよ真昼。誰にも遠慮なんか要らないから」

「わかってる。頑張るわ。だから、博之だってね」

「ちくしょう、ここは寒いよ。目茶苦茶寒くてたまんないよ。いいな、真昼。おまえは必ず成功するんだぞ。そしていつか俺の仇《かたき》をとってくれ」

「そんなの嫌よ。そんなに悔しい気持ちがあるんだったら、博之が自分で仇をとらなきゃダメ」

冷たい言い方に聞こえたかもしれない。だけど、それも真昼の正直な気持ちだった。仇なんていう考え方も好きではない。頑張るとしたら、それはこの仕事が好きだからだ。

「いいから忘れないでくれ、真昼。お願いだから、忘れないでくれよな。あのコモ湖のこと……」

そこまで言うと、電話は突然ぷつんと切れた。電池が切れたのか、回線の具合が悪いのか、後味の悪い切れ方だった。ふと胸騒ぎを覚えて、真昼はすぐにこちらから電話をかけ直そうとした。だが、非通知と表示されているので、かけたくても手立てがなかった。

そのあとは村尾からの連絡もなく、結局花井もつかまらず、あきらめて終電で帰宅した。

★★★

翌朝、出勤してくる真昼を待ちかねていたかのように、広報の木村が駆け寄ってくる。

「あ、柏木さん。お帰りなさい。聞きましたか、イヴォンの社長のこと」

「イヴォンのことなんかあとでいいわ。それより、リベルテのことを先に知りたい」

突き放すように真昼は答えた。いったいなにを言っているのだ。パリ以来、釈然としない情報にあれだけ振り回されてきたこちらの身にもなってほしい。

「だけど、お知り合いだったんでしょう？　気の毒に、今朝電車に飛び込んで即死だったって」

木村の青白い頰が引き攣《つ》っている。

「え、なんですって？　なにかの間違いでしょう。博之が、そんなことするわけがない……」

全身に震えが走った。膝《ひざ》の力が脱《ぬ》け、真昼はその場にへたり込んだ。

「大丈夫ですか！　柏木さん」

きっとそんなふうに叫んでいるのだろう。だが、後方に強く引きずられていく感覚があり、身体に力がはいらない。すべての音を掻《か》き消すような、わけのわからない耳鳴りがして、木村の顔が無声映画のように滲《にじ》んで見えた。

冷徹なほど頭脳明晰《めいせき》で、村尾はどんなときも前向きだった。その彼が、なぜ死を急いだのか。一条の救いも、この世への未練や執着も、なにひとつ見出《みいだ》すことができなかったのか。

振り払おうとしても、容赦なく浮かんでくる残酷な光景に、真昼はただ激しく首を振り続けていた。そうすることで、まるでこの現実を打ち消せるとでもいうように、固く目を閉じ、身体を震わせていたのである。

「真昼、頼むよ……」

どこからか、村尾の声が聞こえた気がした。

「ちくしょう。寒いよ、目茶苦茶寒くてたまんないよ」

昨夜、電話の向こうから訴えていた声が耳の奥にこびりついている。村尾はあのとき、人生で最後の夜に助けを求めてきたのだ。それなのに、自分はわずかな時間を惜しみ、すがってくる声に反発すら覚えて、そっけなく背中を見せてしまった。

なんてことを、なんてことを……。

唇を嚙《か》み、真昼は激しく首を振った。こんなことになるのなら、せめて会いにだけでも行けばよかった。なぜもっと親身に話を聞いてやらなかったのか。顔をあげると、全身の血液が踵《かかと》に向かって一気に下りていく。視界が急に狭くなり、薄暗い管のなかを背中から墜《お》ちていくような感覚だった。手を伸ばしても、届かない。遠のいていく意識のなかで、真昼は必死でなにかをつかもうとしていた。

★★★

どれぐらい経ったのだろうか。

目を開けると、すぐ前に木村の顔があった。

「気がつきましたか」

「ここは？」

「ビルの診療所です。急に倒れたから、びっくりしましたよ」

あたりを見回すと、ベッドに寝かされていて、左の腕には点滴のチューブが繫《つな》がっていた。

「昨夜パリから帰国されたばかりですものね。疲れが溜《た》まっていたうえに、精神的に強いショックを受けたから、軽い貧血を起こしたのだろうって、医者は言ってました」

木村は囁《ささや》くような声で言った。

「こんなときに、私まで心配かけてごめんなさい。こんなところで暢気《のんき》に寝てる場合じゃないんだわ」

急いで起き上がろうとする真昼を、木村は強く手で制した。

「だめですよ、無理したら。花井さんみたいになったら、元も子もないんですからね」

「花井さんみたいってどういうこと？　花井さん、どうかなさったの？」

木村は、一瞬逡巡《しゅんじゅん》を見せたが、やがてゆっくりと話し始めた。

「昨日の午後四時ごろ、外出先から帰って、突然倒れられましてね」

もともと血圧が高かったらしいと木村は言うが、真昼には初耳だ。

「クモ膜下出血でして、白金国際病院に入院されたんです」

「本当なの？　それで容態は？　まさか、あの……」

胸が締めつけられるようだった。村尾に続いて、このうえ花井にもしものことがあったら。

「安心してください。絶対安静のようですが、命に関わるということではないそうです」

「ああ、よかったわ。私、すぐにお見舞いに行く。行ってもいいんでしょう？」

「いえ、ご家族からは、面会は少し待ってほしいとのことだそうです。どうも後遺症があるみたいで」

木村が躊躇《ためら》いがちに口にしたその言葉が、事態の深刻さを如実に物語っている。

「僕自身は役員会に出たわけではないので、実際のところはわかりませんが、柏木さんたちが帰国される前日まで、花井さんは毎日悲壮な顔をして、本当に全力で闘われてました」

リベルテを存続させるよう最後まで可能性を模索すること。それでも閉鎖を余儀なくされるのであれば、そのあとのスタッフの処遇を最優先させること。その二点をめぐって、花井は孤軍奮闘、自由堂との交渉役を一手に引き受けていた。毎日朝から晩まで外出し、粘り強い折衝を続けたというのである。

「そのことで教えてほしいの。いったいリベルテになにがあったの？　私たちも、旅先でびっくりしたのよ。閉鎖されるなんて、そんなことまったく聞いていなかったし、むしろ私たちは特別のキャンペーンという、営業的に攻めの目的で出張していたわけですもの。なにがなんだかわからなくて」

溜まりに溜まった鬱憤《うっぷん》をぶつけるように、真昼は言った。

「それは僕らだって同じですよ。消費の低迷で、物が売れにくくなっているのは前々からわかっていましたけど、ここまで急激に深刻な状況になるなんて、誰も予測はつきませんでした」

「でも、そんなことは化粧品業界だけにかぎったことじゃないでしょう」

「だからこそ自由堂の幹部を相手に、花井さんは頑張られたんですよ。ただ、いまリベルテを切り離さないと、親会社自体の経営が厳しいという判断なんでしょうね。断腸の思いでの撤退だと、会長が花井さんに頭を下げられたんだそうです」

それ以上抗《あらが》う言葉を失い、花井はやむなく自由堂本社から引き揚げてきた。みずからの手で育て、半生を捧《ささ》げてきた職場をその手で閉じるのだ。花井の胸中には、真昼にははかり知れない無念さがあったことだろう。

リベルテの業務はそのあとも淡々と続けられた。会計年度末となる三月末までは、各店舗も表向きは平常どおり営業を続けるという方針だったからだ。

「とにかく、みんなは冷静に。動揺しないように」

上層部からはおざなりの指示があっただけで、具体的な社員救済策も、解雇後の処遇についても、もっか検討中というばかりだ。「早期退職プログラム」と称した体のよい首切り措置も発表されたが、それに応募して早期に退職しても、どれほどのメリットがあるのかいまひとつ明確ではない。

とはいえ、それぞれの心中はともかくも、真昼を取り巻くオフィスの空気は、これといって以前と変わりなく、不思議なほど平静な日々が続いた。

そんななか、二宮容子、古田淑美と真昼の三人は、花井の代理だという小倉ゆかりの指示で、もっぱらパリで買い付けてきた商品の事後処理に追われていた。可能なかぎりキャンセルに向けて交渉にあたること、キャンセルできないものは、保証金を支払って引き取り数量を減らすこと。それでも、どうしても無理なものは、そのままアウトレットの専門業者にできるかぎり高額で引き取らせることなどだ。

「私、面接で忙しいの。あとは柏木さんに任せるわ。せっかく苦労して好条件で買い付けたっていうのに、このざまはなんなのかしら。だから花井さんって信頼できないって、最初から思っていたのよ。いっそ、この商品ごと次の会社に持参金がわりに持っていこうかしら」

処理を進めないばかりか、文句ばかりを口にするのは淑美である。

「なに言ってるの、リベルテの非常事態なのよ。立つ鳥跡を濁さず、っていうでしょう。バイヤーのプライドにかけて、頑張るしかないわ」

二宮は、意外なほど協力的だった。

「ねえ、柏木さん。ちょっといいかしら」

二宮が笑みを浮かべて近づいてきたのは、それからしばらくしたころのことだ。

「真面目な話よ。折り入って相談があるの。まず、これを見てほしいわ」

差し出されたのはA4サイズのファイルで、表紙にタイトルが書かれている。

「ジュンヌ・リベルテ?」

「リベルテの再建計画の企画書よ。いいえ、単なる再建というより、まったく新しい企業の設立と言うべきね。これまでより若者にターゲットを絞るだけじゃなく、商品開発にまで手を拡げて、新しいリベルテを誕生させようという意図なの」

ここ数日のあいだに、二宮はそんなことを考えていたのか。

「商品開発にまで関わるんですね」

「そうよ。これからは、買い付けだけではどうしても限界があるわ。それに、富裕層だけを向いているのも時代に合わないし」

「たしかに、最近の銀座は様変わりですものね。老舗《しにせ》の売り上げは悲惨な状況ですが、若者向けの低価格だけど、おしゃれなファッションはまだ健在のようです。むしろ銀座にこれまでになかった新しい客が流れ込んでいます。だから、リベルテの若者バージョンを起《た》ち上げようと？」

高額商品を扱うブランドが青息吐息のなか、対照的に気炎を吐いているのがそうした一部の新規参入勢力だというのは、もちろん真昼もよく知っている。そして、リベルテ自体も、世界的な景気低迷の影響をまともに受けた親会社から支援を絶たれ、閉鎖に追い込まれたのだ。

「このままでは、みんな共倒れになる。再就職先なんか探しても、同じことの繰り返しよ」

それは、真昼自身も漠然とながら考えていたことだ。二宮が口にした「商品開発」という言葉にも、強く揺さぶられるものがある。

「最初は、ごく小さな組織から始めたいの。こんな時代ですもの無用なリスクは取りたくないわ。だから、スタッフは心ある精鋭だけを集めて結成する。あなたに、ぜひその旗振り役になってほしいの」

二宮はまっすぐにこちらを見て言った。穏やかだが、揺るぎのない決意が伝わってくる。

「資金繰りの目処《めど》は立っているのですか？」

真昼は咄嗟《とっさ》に口走っていた。

「厳しいのは事実だけれど、ある程度はなんとかなりそうなの。私がこの足で集めるわよ。もちろんあなたにも手伝ってほしい」

「どうして私なんかに声を？」

決して仲がよかったとも言えず、むしろ敵対することの多かったこれまでの経緯を思うと解せなかった。確執を超えて、二宮は運命を共にしたいと考えているのだろうか。

「だから言ったでしょう、いまは非常時だって。われわれを取り巻く環境は最悪よ。単身で生き延びるには限界がある。この際贅沢《ぜいたく》を言っているときではないの。本当に力のある者が組むべきでしょう」

この道のベテランを自認し、みずからの審美眼を信じ、なにかと言っては周囲の人間を馬鹿にしてきたはずの二宮である。その誇り高い彼女が、いま真昼の実力を買いたいという。

「好きでしょう、あなた。ファッションの仕事が好きで好きでたまらないでしょう？不景気もリストラも関係なく、こんなことなんかで簡単にあきらめきれないぐらいに」

「はい。それはたしかに」

「考えてみなさいよ。リベルテが潰《つぶ》れても、女性たちが洋服を着なくなるわけじゃない。どんなに不況でも女はおしゃれをしたいのよ。むしろ不況のときは女子供を狙えっていうぐらいよ。先を見て、時代に合うファッションを提唱すれば、お客は必ずついて来る」

熱っぽく語る二宮を前に、真昼はひとまず、「考えさせてほしい」とだけ答えた。

★★★

花井との面会が許可されたのは、それからさらに五日後のことだ。

ベッドのなかで、詫《わ》びの言葉を繰り返す花井は、まるで別人のようだった。かつてこの人の口から、こんな弱々しい声を聞いたことがあっただろうか。シミの浮いた荒れた肌に、深く縦皺《たてじわ》のはいった乾いた唇。ゆっくりと声を発するたびに、右の口角が不自然に引き攣《つ》れる。

「こんな、情けない姿に、なっひゃって……」

一語一語言葉を絞り出すように語るもどかしげな姿を、真昼は正視することができなかった。白い毛布から出ているのは左手だけで、右半身の自由はほとんど失われたという。覚悟はしてきたつもりだったが、実際にその姿を目にすると、真昼はかける言葉を呑《の》み込むしかない。

「そんなこと、おっしゃらないでください」

あふれそうになるものを堪《こら》えて、真昼は言った。だが、花井は不自由な姿勢で首を振る。

「許してね。あなたをリベルテに引っ張ってきたのに、みんな私の責任よね。マスコミも注目してくれて、あと一歩のところまで来てたのに、まさかこんなことになるなんて」

訥々《とつとつ》と、何度も息継ぎをしながら告げる花井が痛ましくて、真昼は涙が出そうになる。

「大丈夫よ、考えがあるの。あなたのことは、私がなんとかする。私はこんな身体だし、力尽きてしまったから、あとは娘夫婦が言うとおり、一緒に静かに暮らすわ。だから、これまで築いてきたネットワークはみんなあなたに譲ってあげる。いまからあなたの時代が始まるのよ」

花井は身を乗り出すようにして言った。その瞬間、無残に歪《ゆが》んだ右手が姿を見せた。

花井は慌てて毛布で覆ったが、真昼が目を逸《そ》らす暇はなかった。

「いいえ、花井さん。もう結構です。私のことは、自分で決めますから」

真昼は思わず口走っていた。花井の気持ちはありがたいが、これ以上、誰かに振り回されて生きるのはたくさんだ。流されるのも、追われるのも、もう嫌だ。ほとばしる思いが、自然に声を大きくさせていた。花井が目を丸くしてこちらを見ている。だが、真昼はもう迷うまいと思った。

村尾とのことのように、後悔も、自己嫌悪も、二度とごめんだ。だから、もしもこの先、新しい道を選ぶのなら、誰かについて行くのではなく、自分がこの手でつかみ取る。

「私のことより、いまはどうぞお大事に。花井さんご自身の回復に専念してください」

真昼は、花井をまっすぐに見て告げた。

花井を見舞ったあと、どうやって部屋にたどり着いたか覚えていない。昼間からなにも食べていなかったので、お腹は空《す》いているはずなのに、なにも口にする気にはなれなかった。部屋着に着替え、冷蔵庫の隅にいれたままにしてあった飲み残しのドライ・シェリーを一気に呷《あお》って、ベッドにもぐり込んだ。

遠くでかすかにサイレンの音が聞こえる。病気なのか、事故なのか。そう思った途端、また村尾のことが浮かんできた。線路に飛び込んだあと、彼はどんな姿で救急車に運ばれたのだろう。

次に花井の無残な右手が蘇《よみがえ》ってきた。その手を隠そうとして慌てた顔が、真昼を責《そ》めるように睨《にら》みつけてくる。異様なほどに白髪の増えた乱れ髪と、化粧気のない削げた頬は、あれほど華やかだった花井をいつの間にか老人のような姿に変えていた。

ごめんなさい、許して……。

無意識のうちに、真昼は口のなかでつぶやいていた。考えれば考えるほど、胸のあたりに重くのしかかってくるものがあり、息が詰まってくる。あまりの胸苦しさに、真昼は何度も寝返りを打った。いっそ大声をあげて泣きたいのに、なぜか不思議なほど涙が出ない。

村尾がこの世からいなくなったという事実に、どうやって慣れていけばいいのか、いや、村尾という存在をどうすれば自分のなかから消すことができるのか、わからなかった。

朝が来てもカーテンを開ける気になれず、夜になって陽が落ちても、灯りを点《つ》ける気持ちになれなかった。ベッドのなかですっぽりと頭から毛布をかぶり、膝《ひざ》を抱くように小さく丸まって、夢と現実の狭間《はざま》を行ったり来たり、漂いながら過ごした。

なにをする気力も湧かない。そうこうしているうちに、次第になにもかもがぼんやりとしてきて、戻ることのできない暗い穴のなかに、少しずつ、だが確実に引きずり込まれていくような感覚があった。

その喩《たと》えようもない脱力感と、虚無感に身を任せて、だらだらと時をやり過ごしているうちに、真昼は本当に起き上がることができなくなってしまった。なにもかもにやる気が失《う》せて、ひたすらベッドにうずくまっていたのである。

遠い世界に逝ってしまった村尾が、一緒においでと自分を呼んでいるのかもしれない。本気でそんなことまで考えるようになったころ、玄関でチャイムの音がした。

続いて、ドアを激しく叩《たた》く音がする。いったいなんの騒ぎかと思い、這《は》うようにして玄関に向かう途中で、突然鍵《かぎ》が開き、ドアから誰かが飛び込んできた。

驚きのあまり、声をあげることもできない真昼の目の前に、ジャン＝クロードが立っていた。すぐ後ろには、マンション管理人の顔も見える。

「三日も会社を休んでいるっていうじゃないか。欠勤届けも出していないっていうし、電話をかけても、チャイムを鳴らしても全然出ないから」

怒ったような口調だった。それで管理人に頼んで、鍵を開けてもらったのだろう。

「ごめんなさい」

「何回電話したと思っているんだ。留守電だって聞いたんだろう？」

「留守電？」

「おいおい、聞いてなかったのかよ。まったく、どうしちゃったんだ。大丈夫なのか」

それだけ心配してくれていた、ということなのかもしれない。いつになくきちんとしたダークスーツにネクタイ姿は、誰かと会ってきた帰りなのだろう。

「あなたは知っていたんでしょ、リベルテの閉鎖のこと。だったら……」

なぜ教えてくれなかったのだ。真昼は睨みつけるようにジャン＝クロードを見た。

「悪かったよ。だいたいのことは父から聞かされていた。僕は株主だからね。それだけに守秘義務もある。だけど、僕もここまで急な展開になるとは思っていなかった。それは本当だよ。ねえ、真昼。そのあたりの経緯を知りたければ、いくらでも話してあげるけどさ、その話、ずっとここで続けたい？」

「あ、とりあえず奥にはいって。こんな恰好《かっこう》だし、散らかしているから恥ずかしいんだけど」

突然のことで、ひどく戸惑ってはいたが、こんな姿では外に出かけるわけにもいかない。ジャン＝クロードにはひとまず部屋のなかで待っていてもらい、近くの喫茶店にでも行くつもりで真昼は言った。

素顔を見られるのは恥ずかしかったが、いまはほかに選択肢がない。脱ぎ散らかしてあったセーターとデニムをひったくるようにして、真昼はバスルームに駆け込んだ。

「村尾さんのことは聞いたよ。身内だけで密葬を済まされたみたいだね」

慌てて着替えている真昼に、ジャン＝クロードが離れたところから声をかけてきた。

「え、お葬式はもう終わったの。私、お線香だけでもあげに行くつもりだったのに」

叫んだ自分の声が、狭く湿ったバスルームにこもって響く。そのことがあまりに現実的に思えて、真昼はなんだか自分だけがはぐらかされた気分だった。ここ数日というもの、あれほど思いつめ、苦しんでいたのに、そのあいだも時間は容赦なく流れていき、人の営みはそっけないほど即物的だ。

「奥沢《おくさわ》の教会で、ひっそりとした葬儀だったみたいだね。しかし自殺とは驚いたよ。商社マンって、普通はもっと楽観的で、強靭《きょうじん》な神経の持ち主が多いはずなんだけどね。君は彼と親しかったの？」

「商社時代の同僚だったの。ほんの一時期だけど、つきあっていたことがあった」

「へえ。なのに、彼は別の女と結婚しちゃったのか。要するに君はフラれたってわけだね」

「そうよ」

「そんな二人が、銀座のライバル店同士となって、久々に再会したわけだ」

「その前に、ミラノに買い付けに行っていたころ、彼もあっちに赴任していて偶然出会ったの。でもただそれだけだった。それなのに自殺する前の晩、電話がかかってきて……」

　その先を詳しく話そうとするのを、ジャン＝クロードはすぐに遮ってきた。

「わかった。それだけ聞いたらもう十分だ。なにもなかったんだったらこれ以上あいつのことには深入りするな。身勝手で、弱いヤツだったんだよ。いまごろになって君に救いを求めてくるなんてどうかしてるよ。いいかい、君はイヴォン東京店とも、村尾博之とも一切無関係だ」

驚くほど強い口調だ。真昼が不用意に巻き込まれるのを警戒しているのだろう。たしかにジャン＝クロードの言うとおりだ。だが、彼が手厳しく批判すればするほど、逆に村尾への哀れさが募ってくる。

「きっとものすごく孤独だったのよ。ほかには誰もすがる人がいなかったんだわ」

真昼は、村尾を必死で弁護している自分が不思議だった。

「経営者としては最悪だね。同情の余地はない。男としても最低だよ。そんなヤツへの未練なんか、いますぐ捨てることだ」

「未練なんて言わないで。そういうことじゃないの」

「いや、そういうことだよ。いまさら君が振り回されるなんてナンセンスだ」

この気持ちは誰にもわかるまい。真昼は、虚《むな》しい気持ちでいっぱいだった。

「博之が男として最低なら、私は人間として最低だった。この世の最後に助けを求めてきた電話なのよ。人間として、私は手を差し伸べてあげるべきだった。なのに私は……」

「やめろ、真昼。もういいよ」

ジャン＝クロードは乱暴に真昼の手を取り、その身体をすっぽりと胸に引き寄せた。

「三十歳ちょっとで死ぬなんて罪だよな。自分勝手で残酷だよ。死んでいく側の時間はそこで止まるけど、生きている者には現実がある。いつまでも立ち止まっているわけにはいかないからよけいに辛《つら》い」

熱い身体から直接伝わってくる言葉が、一語一語真昼の胸に突き刺さる。

「私、立ち止まったりなんかしないわ」

真昼は叫んだ。叫ばずにはいられなかった。自分の声が、ジャン＝クロードの身体に吸い込まれていくようだ。そして、静かに浄化されていく気がした。

「そうか。だったらいいんだ。リベルテの閉鎖も、花井のママンのことも、ショックが重なって辛いのはよくわかるけど、君までがヘコむことはない。君はもっとしたたかな女のはずだろう？」

「したたかだなんて、私はそんな……」

「いいじゃないか。どうせならもっともっとしたたかに生きてやれよ。こうなったら、花井のママンの分も、村尾さんの分も強くなってやるんだ。実は、パリのあとしばらく連絡できなかったのは、僕のほうにもいろいろあってね。東京に帰ってくる前に、ニューヨークを回ってきた」

思いがけない報告だった。

「そういえば、私。デレック・スミスに会ったのよ。転職志望だって勘違いされちゃったけど」

「そうか。ニューヨーカーらしい早とちりだ。しかしそれもいいかもな。思いきって乗ってみれば？」

「なに言ってるの。そんな無責任な」

「いいかい、真昼。無理はしなくてもいいし、僕も君に強要するつもりはない。ただ、少なくとも君はそんな顔をしていたらダメだ。これから一生、村尾博之の影を引きずって、花井のママンに遠慮して、後ろを向いて生きていくつもりじゃないだろう？」

「私、そんなにひどい顔してる？」

真昼は腕から離れ、顔をあげて、ジャン＝クロードを見た。

「ああ、ひどいね。やり手のバイヤー、柏木真昼とは思えない」

茶化した言い方である。だがそれもきっと彼なりの優しさなのだろう。

「どっちにしても、僕は来月からあの街に行く。親父の会社の子会社をひとつ任されることになったんだ。親父に言われたんだよ。おまえも一回ぐらい経営者として死ぬ気で頑張ってみろってね」

宣言するような口振りだった。

「いいお父さまね。いつも背中を押してくれる人がいるのは幸せだわ」

少なくとも彼にそんな父がいるかぎり、村尾のようにはならなくて済む。

「君の背中は、僕が押してあげるよ」

「ダメよ。自信がないもの。怖くて、飛び込めない……」

真昼は首を振り、唇を噛《か》んだ。誰になにを言われても揺らぐことのない、確固たる自信がほしかった。淑美のように堂々と自己主張し、二宮のように胸を張れるような、キャリアと手応《てごた》えがほしい。つけ焼き刃の我流ではなく、どこにでも通用する緻密《ちみつ》な知識を身につけたいのだ。

「飛び込んでから、泳ぎ方を覚えればいいんだよ。これまでだってそうだったんだろう？」

「だから嫌なのよ！」

思わず叫んでから、自分でも驚いた。だが、もしも自分を試すなら、村尾の匂いが残るミラノでもパリでもなく、ニューヨークがいいのかもしれない。そして今度こそ、一からファッションを勉強したい。

「チャンスは自分の手でつかむしかないんだよ、真昼。ニューヨークは実力の世界だもの、遠慮なんか無用だ。二月はちょうどファッション・ウィークだし、見にいくだけでも、きっと収穫はある」

訴えるジャン＝クロードの目を、真昼は食い入るように見つめていた。


（下巻へつづく）

本書は、二〇一一年九月に集英社より刊行された単行本『ランウェイ』（雑誌「MAQUIA」連載「ライズ・イン・パリ」「ライズ・イン・ミラノ」「ライズ・イン・ニューヨーク」）を、著者の加筆修正を経て文庫化したものです。なお、文庫化にあたり、上・下巻に分冊いたしました。

ランウェイ 上

幸田真音《こうだまいん》

平成27年 1月25日 初版発行

発行者●堀内大示

発行所●株式会社KADOKAWA
〒102-8177 東京都千代田区富士見2-13-3
電話 03-3238-8521(営業)
http://www.kadokawa.co.jp/

編集●角川書店
〒102-8078 東京都千代田区富士見1-8-19
電話 03-3238-8555(編集部)

角川文庫 19003

印刷所●旭印刷株式会社 製本所●株式会社ビルディング・ブックセンター

表紙画●和田三造

ISBN978-4-04-102307-5 C0193

角川文庫発刊に際して

角　川　源　義

第二次世界大戦の敗北は、軍事力の敗北であった以上に、私たちの若い文化力の敗退であった。私たちの文化が戦争に対して如何に無力であり、単なるあだ花に過ぎなかったかを、私たちは身を以て体験し痛感した。西洋近代文化の摂取にとって、明治以後八十年の歳月は決して短かすぎたとは言えない。にもかかわらず、近代文化の伝統を確立し、自由な批判と柔軟な良識に富む文化層として自らを形成することに私たちは失敗して来た。そしてこれは、各層への文化の普及滲透を任務とする出版人の責任でもあった。

一九四五年以来、私たちは再び振出しに戻り、第一歩から踏み出すことを余儀なくされた。これは大きな不幸ではあるが、反面、これまでの混沌・未熟・歪曲の中にあった我が国の文化に秩序と確たる基礎を齎らすためには絶好の機会でもある。角川書店は、このような祖国の文化的危機にあたり、微力をも顧みず再建の礎石たるべき抱負と決意とをもって出発したが、ここに創立以来の念願を果すべく角川文庫を発刊する。これまで刊行されたあらゆる全集叢書文庫類の長所と短所とを検討し、古今東西の不朽の典籍を、良心的編集のもとに、廉価に、そして書架にふさわしい美本として、多くのひとびとに提供しようとする。しかし私たちは徒らに百科全書的な知識のジレッタントを作ることを目的とせず、あくまで祖国の文化に秩序と再建への道を示し、この文庫を角川書店の栄ある事業として、今後永久に継続発展せしめ、学芸と教養との殿堂として大成せんことを期したい。多くの読書子の愛情ある忠言と支持とによって、この希望と抱負とを完遂せしめられんことを願う。

一九四九年五月三日